Wrocklage | Die Frau mit dem französischen Namen

HHW

Hartmuth H. Wrocklage

Die Frau mit dem französischen Namen

Eine Novelle um Liebe

vor politischem Hintergrund

Teil 1

Für die, die es angeht

Hamburg 2019

Herstellung und Verlag:
BoD - Books on Demand, Norderstedt

ISBN 978-3-7448-8327-6

Salvatorische Klausel:

Von der Einbringung konkreter seelischer Erfahrungstatsachen abgesehen, sind die Personen und ihre Handlungen in dieser Novelle frei erfunden. Das gilt ebenfalls für alle Namen. Etwaige Ähnlichkeiten mit der Realität beruhen daher auf reinem Zufall.

Inhalt

1.

Annäherungen

Zeiten wie diese erlebt wohl jeder Mensch mindestens einmal in seinem Leben. Wenn er dieses zweifelhafte Glück hat, verliert die Welt alle Selbstverständlichkeit. Die Erde, die uns bis dahin leicht und freundlich getragen hat, zeigt ihr zweites Gesicht. Die Doppelbödigkeit unserer Existenz, von der wir bis dahin nur eine abstrakte Ahnung hatten, tritt uns konkret entgegen. Unser bis dahin fröhliches Lachen klingt falsch. Das grausame Auge im Antlitz des Schicksals betrachtet uns gleichgültig. Dessen direkter Blick, den wir zu suchen gezwungen sind, lässt uns erstarren. Unsere Gespräche, auch die, in denen wir uns um Tiefe mühen, klingen flach. Und selbst gut gemeinte Trostworte wirken phrasenhaft und verächtlich. Ein Anderes tritt uns entgegen. Eine andere Wesenhaftigkeit, männlich, weiblich oder ungewiss, verfremdet das gewohnte Geflecht menschlicher Beziehungen.

In Zeiten wie diesen besinnen wir uns auf unsere Vergänglichkeit. Und während das bisherige Leben noch normal weiter zu laufen scheint, verliert es seinen Zauber, seinen Zusammenhalt und alle Zukunft. Wir bewegen uns auf den steinernen Treppen und Fluren der sicheren Gebäude, die wir errichtet haben, wie Drahtseiltänzer, die in großer Höhe ohne Netz arbeiten.

Was für den individuellen Menschen katastrophal erscheint, ist gleichgültig für das Leben an sich, ja, bereits für den nicht betroffenen Nachbarn. Aber macht das die Sache besser? Für den Einzelnen ist dies der entscheidende Augenblick. Stirbt er nicht an der Vorahnung seines Unglücks, z.B. durch Kummer und Krankheit, bleibt ihm nur, entweder sich fallen zu lassen (im schlimmsten Falle ins Nichts) oder den Schlag einzustecken, aufzustehen und um sein Leben, seine Ziele und insbesondere um seine Liebe zu kämpfen. Dabei streiten manche bis zum Schluss – selbst dann, wenn sie in Wirklichkeit schon verloren sind.

Welchen Weg jemand geht, hängt ab von äußeren Faktoren wie Herkunft, Erziehung, erworbenes oder verlorenes Gerechtigkeitsgefühl, ist aber abhängig vor allem von seiner spezifischen körperlich-seelischen Verfassung. Man muss sich immer im Klaren darüber sein, dass der Einzelne in unterschiedlichen Situationen ganz unterschiedlich reagieren kann – wie letztlich, das hängt von seiner inneren Freiheit oder Unfreiheit ab, man könnte auch sagen vom jeweiligen Schicksal. Das gilt gleichermaßen für uns beide, die wir uns hier und jetzt stark vorkommen. Ja, auch Sie als junger Mann können jederzeit dem Verdikt des Scheiterns ausgesetzt sein. Gedenken wir einen Moment lang voller Mitleid derer, die den Kampf gar nicht erst haben aufnehmen können oder ihn aufnehmen, in ihm jedoch unterliegen und untergehen. Ihnen gehört jedenfalls meine Solidarität und mein Mitgefühl."

So begann der Staatsminister außer Dienst, Wolf Wega-Wagemann. Wegen seines anfangs übertrieben feierlichen, manchmal theatralischen Tones schriebe ich am liebsten: ‚So hub er an'; aber lassen wir das. Denn nach dieser, wie ich herauszuhören glaubte, vorbereiteten und etwas gekünstelten Eingangsrede schlug er nun glücklicherweise einen natürlichen Ton an. Das hatte ich von Wolf Wega-Wagemann auch erwartet, obwohl ich ihn nur mühsam zu diesem Gespräch bewegt hatte. Jetzt konnte ich ihn genauer beobachten. In diesem Moment wirkte er fast wie abwesend, als erhole er sich von seinem vorbereiteten Text. Dabei verfiel er lange Zeit in Schweigen. Aber es arbeitete in ihm. Ich nahm all meine Geduld zusammen und wartete, ohne eine Frage zu stellen. Schließlich seufzte der Mann auf und sagte in schwerer Diktion:„ Was nun die Geschichte angeht, nach der Sie mich am Telefon gefragt haben: die ganze Wahrheit über die Motivation der handelnden Personen zu kennen, wage ich nicht zu behaupten. Ich kann Ihnen dieses Stück Leben nur so erzählen, wie ich es erlebt und wahrgenommen habe. Und ob ich Ihnen alles werde berichten können, muss ich entscheiden, während ich zu Ihnen spreche. Intime Details gebe ich sowieso nicht preis. Wenn Sie es darauf abgesehen haben, nein danke, dann gehen Sie bitte lieber gleich. "

Er schwieg wieder und sah mich mit einem hypnotisch wirkenden Blick an. Er versuchte, mich einzuschätzen. Es war ein starker Blick. Hinter seinen Pupillen loderte es wie abgedunkeltes Feuer.

Ich hütete mich davor, eine Antwort zu geben, wich seinem Blick aber auch nicht aus, sondern hielt ihm sehr bewusst stand, ohne mich provozieren zu lassen. Es war wie eine Prüfung, die ich offenbar bestand. Denn nach einer ganzen Zeit hörte ich Wega sagen: „Gut denn." Und nun erst nahm er den Faden der eigentlichen Geschichte auf, deretwegen ich ihn aufgesucht hatte.

Einen Augenblick hatte ich gedacht, ein möglicherweise wichtiger Teil meines Beitrags zum „Zusammenwirken von etablierter Politik und Nichtregierungsorganisationen (NGO) mit Blick auf die menschlichen Beziehungen der Akteure zueinander" sei gefährdet. Dieses Thema hatte ich im Rahmen eines Forschungsvorhabens der EU „The Human Factor in Politics" zu betreuen. Nun war ich sehr erleichtert. Als gelernter Journalist hätte ich es sehr bedauert, wenn meine konkrete Recherche gerade in Sachen Wega-Wagemann gescheitert wäre. Denn die zu erwartende Fallgeschichte, obgleich wohl nicht gerade exemplarisch, schien mir nach meinen Vorkenntnissen gut in den Zusammenhang meines Themas zu passen. Die Gefahr des Scheiterns meiner Recherche gleich zu Anfang war jedenfalls zunächst einmal gebannt. Denn Wolf Wega-Wagemann äußerte sich bereits.

Im Bildergarten

„Es fing an, wie viele solcher Geschichten beginnen: mit einer zufälligen Begegnung. In diesem Fall auf einer Vernissage in der Neuen Nationalgalerie von Berlin. Zum ersten Mal fiel mir die Frau von etwa Mitte 40 auf, wie sie völlig in sich gekehrt dastand, versunken in die Betrachtung des inzwischen weltbekannten Bildes von Fabricius mit dem Titel „Die Frau mit dem französischen Namen". Dieses Gemälde hängt inzwischen übrigens im Museum of Modern Art in New York.

Die dort abgebildete Dame, ganz in ein Blau gekleidet, das mich an Yves Klein erinnerte, aber dunkler wirkte, wendet sich mit einer halben Drehung nach hinten einem ganz in Schwarz gekleideten Herrn mit Zylinder zu. Man sieht ihr hochgestecktes blondes Haar, nicht aber ihre Augen. Der Herr in Schwarz blickt sie respektvoll und zugleich so fasziniert an, als habe ihn ein coup de foudre getroffen. Man erkennt ein gewisses Leuchten in seinen Augen, das tief von innen her den Blick der Frau widerzuspiegeln scheint. Über dem ganzen Gemälde liegt ein unterschwelliges gegenseitiges Verlangen, unterstrichen noch von mohnroten Motiven im Bildhintergrund. Der Spannungsbogen in diesem Bild kommt dadurch zustande, dass der Mann und die Frau sich fremd und distanziert gegenüberstehen und sich dennoch zugleich in fast obszöner Weise zu gefallen, ja, sich zu begehren scheinen: Man spürt geradezu ihre Spontaneität, ihre Wildheit und etwas Unabwendbares, das sich zwischen ihnen anbahnt.

In diesem Gemälde ist im Grunde ein wesentlicher Teil unserer Geschichte enthalten. Das kann man, glaube ich, wirklich so sagen. Dabei hat sich der Prozess der Annäherung zwischen uns, der Frau vor dem Bild und mir, im Ganzen gesehen, eher rational und geradlinig entwickelt, dabei mit viel Empathie natürlich."

Ich war überrascht, denn ich hatte eher eine sachliche Abhandlung über die Ausländerpolitik erwartet. Das hörte sich hier aber ganz anders an. Mir sollte es recht sein. Denn ohne eine persönliche Note würde ich mein Thema verfehlen. Es sollte ja gerade um die menschlichen Beziehungen gehen. Als könne er Gedanken lesen, richtete sich Wega-Wagemann auf und sagte, sich von der Vergangenheit lösend: „Wenn ich Sie bei unserem letzten Telefonat richtig verstanden habe, interessiert Sie ja unabhängig von dem eigentlichen Anliegen Ihres Forschungsvorhabens, dem menschlichen Faktor, besonders der Blick des Anderen und überhaupt der ‚Andere' in Beziehungen. Hier finden Sie die Basis unserer Geschichte, die sich organisch weiter entwickelte, bis ein Vertrauensbruch alles in Frage stellte. "

Wega-Wagemann machte eine Pause. Dass er inzwischen über siebzig war, sah man ihm nicht an. Sein Gesicht hatte den heiteren, aber auch ernsthaften Ausdruck eines Menschen, der sich auf sich selbst besonnen und seine Mitte gefunden hat. Während er redete, verfinsterte sich seine Miene allerdings zunehmend. „Die Erinnerungen, die bei mir hochkommen, sind schmerzlich", sagte er. „Nehmen Sie doch einfach das Bild und machen Sie Ihre eigene Geschichte daraus. Das Ende kennen Sie ja. "

„Der Ausgang der Geschichte ist mir zwar bekannt", antwortete ich, „aber vor allem interessiert mich der Weg, den Sie beide beschritten haben; und hier insbesondere die jeweilige Motivlage der handelnden Personen. Aus welchen Gründen ist wirklich geschehen, was passiert ist? Darum geht es". Und nach einer Pause brachte ich ein leises, aber nachdrückliches „Bitte!" hervor. Dabei sah ich Wega offen an.

Den Schluss kannte ich in der Tat. Es war damals ein beginnender Skandal gewesen, der ihn sein Ministeramt gekostet hatte. *Wega-Wagemann, der sich selbst als Vollblutpolitiker sah, dem manchmal allerdings sein unbedingter Wille zur Sachlichkeit im Wege gestanden und ihn nicht gerade beliebt gemacht hatte, war seinerzeit von einflussreichen Journalisten trotz oder wegen seiner Sperrigkeit als künftige politische Führungskraft eingeschätzt worden. Und ausgerechnet dieser Mann hatte „aus persönlichen Gründen" seinen Rücktritt von seinem Ministeramt erklärt. Und zwar, soweit ich wusste, in derselben Nacht, in der ihn die Frau verlassen hatte, die man oft „an seiner Seite" gesehen hatte, von der aber nur seine engste Umgebung sicher wusste, dass sie seine Geliebte und mehr noch: ‚seine Liebe' war. Sie jedenfalls war spurlos untergetaucht. Es hatte nach einer anonymen Anzeige ein kurzes Ermittlungsverfahren der Staatsanwaltschaft ‚gegen unbekannt' gegeben. Auch der Ex-Minister war befragt worden. Er hatte aber jegliche substantielle Frage mit dem Argument ‚Nichtwissen' pariert und sich auch später jeden Kommentars enthalten. Das Ermittlungsverfahren war überraschend schnell eingestellt worden.*

Das nachfolgende Schweigen zwischen uns war wiederum ein Albtraum für mich. So ausgeglichen und heiter, wie er zu Anfang schien, war Wega-Wagemann wohl doch nicht. Ich sah seinem Gesicht an, dass er mit einem großen Schmerz kämpfte. Wahrscheinlich fragte er sich, warum er sich ‚das hier' antun solle. Diese Frage hatte er schon bei unserem ersten Telefonat gestellt. Ich spürte, dass ein Element meines Forschungsprojekts auf der Kippe stand. Dabei brauchte ich ein paar markante Beispiele aus dem wirklichen Leben und glaubte, hier eines gefunden zu haben. – „Kommen Sie", sagte Wega-Wagemann schließlich, „wir setzen uns nach drüben an den Couchtisch." Er wuchtete sich hinter seinem Schreibtisch hoch. Darauf lagen Textentwürfe und Bücher chaotisch über- und untereinander. – Ich wusste, dass er seine Erinnerungen aufarbeitete („Ich schreibe nicht an meinen Memoiren", hatte er allerdings gesagt). Mir war auch bekannt, dass er nebenher Zeitungsartikel und literarische Texte verfasste.

„Was wollen Sie trinken? Wein? Wasser?", fragte er. Ich riss mich vom Anblick seines chaotischen Schreibtisches los, der mich vom ersten Augenblick an fasziniert hatte. „Nur Wasser, bitte", erwiderte ich.

Sodawasser und eine Anzahl von Gläsern standen schon bereit. Er schenkte uns ein, wobei er sich selbst zusätzlich mit einem nicht zu knappen Schuss aus der Wodkaflasche bediente, die er plötzlich wie durch Zauberei in der Hand hielt. Er setzte sich auf einen Sessel, der offenbar sein Stammplatz war, jedenfalls lag dort ein die Wirbelsäule stützendes schwarzes Keilkissen: Von diesem Sitz aus konnte er den Großteil der Bücher überblicken, die sich aus völlig überfüllten Regalen in das Innere des Raumes drängten.

Ich nahm unter den Bildern an den wenigen freien Wandflächen nur ein einziges Gemälde wahr. Zu erblicken war eine verfremdete Frau, deren Verletzlichkeit schon durch die feingliedrige Struktur umrisshafter Körperlinien deutlich wurde. Dieser Eindruck verstärkte sich noch durch ein dunkles Rot, das, wie eine Verletzung oder eine Wunde wirkend, an ihrer linken Seite unter dem angewinkelten Arm hervortrat.

Entlang der breiten Fensterfront standen Stelen mit Frauenfiguren. Eine davon war das Fragment einer Tanzenden, die andere eine Liegende, die ihre Nacktheit offensichtlich genoss, bei der dritten handelte es sich um eine Trauernde, der sich ein tröstender Arm um die Schulter legte.

Mir wies Wega den ihm gegenüberstehenden Ledersessel zu – und schwieg. Wieder dauerte es eine Weile. Dann hörte ich seine Stimme, eher leise, fast wie von fern, dann aber präsent.

Erster Blickwechsel

Sie stand mitten vor dem Bild von Fabricius, in der Hüfte leicht nach links eingeknickt, mit der rechten Hand ihr Kinn abstützend. Ihr langes dunkelblondes Haar trug sie offen. Ihr schwarzer, eleganter, seidig schimmernder und doch sportlich wirkender Hosenanzug – kurz geschnittene Jacke, enge Hosenbeine –, gab den Blick frei auf ein violettes Hemd, das, wie es gerade Mode war, knapp bis zu den sehr weiblichen Rundungen ihrer Rückseite reichte. Sie musste bei dem Andrang, der vor dem Bild herrschte, lange gewartet haben, um sich in diese zentrale Blickposition zu bringen. Gelassen stand sie da, ganz in das Bild vertieft. Obgleich ich eigentlich nur auf Blicke reagiere, war ich, der ich sie von schräg hinten und auch nur durch eine zufällige Lücke wahrgenommen hatte, vom ersten Moment an von dem Magnetismus ihres Erscheinungsbildes angezogen.

Das Gemälde selbst hatte ich schon zu einem früheren Zeitpunkt gesehen und brachte einfach nicht die Geduld auf zu warten, bis ich mich der Frau in Schwarz unauffällig hätte nähern können. Ich drehte daher eine Runde, schaute mir gemächlich andere Gemälde an und kehrte nach einiger Zeit, von der anderen Seite her kommend, zu dem Fabricius zurück, inzwischen neugierig, ob ich die Frau noch immer unter den Betrachtern fände, und gespannt, wie ihre Augen auf mich wirken würden. Und da stand sie wirklich noch in fast unveränderter Haltung. Ich konnte sie auf meinem Rückweg sehr gut von links vorn sehen, weil der Fabricius neben einem breiten Durchgang hing.

Die Frau hatte sich von dem Bild noch nicht lösen können. – So war es mir beim ersten Anblick dieses Werkes auch ergangen. Warum Fabricius dem Bild den Titel ‚Die Frau mit dem französischen Namen' gegeben hatte, war mir nicht ganz klar – vielleicht wegen der lässigen Eleganz, die seine Frauengestalt ausstrahlte. Aber was mir in diesem Augenblick viel wichtiger war: Je näher ich kam, desto besser konnte ich das Gesicht und dann die Augen der Frau vor dem Bild erkennen, d.h. eigentlich nur ihren Blick, aus dem, obwohl er eine Anmutung von Blau zeigte, eher ein lichter Schatten sprach. Ich konnte nicht anders. Fasziniert suchte ich unverwandt ihre Augen.

Sie musste meinen Blick gespürt haben. Denn als ich sehr dicht an sie herangekommen war, wandte sie mir ihre Augen direkt zu, ohne ihren Blick schweifen zu lassen: distanziert zwar, aber nicht abweisend, eher interessiert und ein wenig amüsiert. Sie erwiderte meinen Blick mit einem, wie mir schien, freien Gegenblick. Ich lächelte sie nicht an, sondern nickte ihr nur kurz zu und ging weiter, an ihr vorbei. Unsere Begegnung musste auf sie rein zufällig wirken.

Als brauchte mein Unterbewusstsein einen Namen für die Schöne, fiel mir der Bildtitel für sie ein: „Die Frau mit dem französischen Namen". Mit dieser Kennzeichnung kam ich vorerst aus.

Cafeteria

Später traf ich sie in der Cafeteria des Museums wieder. Sie hatte sich in den hinteren Teil des Raumes zurückgezogen und saß allein an dem rückwärtigsten Tisch in einer durch eine Zimmerpalme geschützt wirkenden Ecke. Vor sich einen Espresso mit einem Glas Wasser, blätterte sie, ohne aufzusehen, in einem Buch, das von fern wie ein Katalog aussah.

Wieder einmal geriet ich in eine jener Situationen, in denen sich alles entscheidet: ‚Spring oder lass es ganz'. Entweder man sucht den Kontakt oder man geht vorüber, als wäre nichts; und dann ist und wird auch nichts. Eine mögliche Geschichte verfehlt ihren Beginn, der Kairos ist vertan. Nun bin ich von jung auf eher der Draufgängertyp. Das ‚Herangehen' als Verhaltensmaxime hatte ich in einem Buch kennen gelernt, das ich schon in meiner Jugend gelesen hatte. Es handelte von dem berühmten Jagdflieger Bölkow. Dessen Devise: ‚Ran gehen ist alles!' hatte ich mir für alle möglichen Lebenslagen zu Eigen gemacht.

„Darf ich mich zu Ihnen setzen?", fragte ich sie. Mit meinem Milchkaffee in der Hand stand ich vor ihr und suchte erneut ihren Blick. Sie sah auf und sagte mit einem leisen Lächeln: „Offen gestanden, habe ich Sie erwartet. Vorhin haben wir einen bestimmten Blick getauscht. Und passiert es mir, dass ein Mann mir nicht nur auffällt, sondern ich mich ein paar Blicksekunden auf ihn einlasse, wird es interessant. Für Sie oder für mich oder für uns beide. Denn wenn ich mich unter solchen Umständen" – sie lächelte mir halb im Ernst, halb im Scherz, dabei völlig natürlich zu – „für einen Moment verliere, wird man mich so schnell nicht wieder los. Ich warne Sie also." Immer noch lächelnd wies sie mit einer Handbewegung voller Grandezza auf einen der freien Stühle an ihrem Tisch und fügte ein „Bitte" hinzu. Sich aber gleich wieder distanzierend, hörte ich sie leise sagen: „Wenn Sie es denn gar nicht lassen können." Sie legte das Buch, in das sie sich so vertieft hatte, zur Seite. Nun sah ich, worin sie in Wirklichkeit gelesen hatte: Es handelte sich um ein bebildertes, mit Notenbeispielen versehenes Textbuch von Wagners ‚Tristan und Isolde'.

‚Eine Jagdfliegerin', dachte ich, ‚eine von meiner Art'. Und so ging ich auf ihr freies Spiel gleich zu Beginn unserer Begegnung ein: „Darf ich mich vorstellen? – Tristan", sagte ich keck, selbst noch immer überrascht von ihrer Unbefangenheit, mit der sie sich gleich zu Beginn als selbstbewusste und emanzipierte Frau auswies.

„Isolde", lächelte sie zurück.

Ich wählte den Stuhl ihr gegenüber, stellte meinen Milchkaffee ab und setzte mich. Wir sahen uns an. Und dann mussten wir beide lachen. „Das fängt ja gut an", sagte sie, „wollen Sie mich wie Tristan seine Isolde etwa auch gleich verkuppeln?"

„Nein", antwortete ich, „erst möchte ich mich von Ihnen heilen lassen – während ich Ihnen dabei unrettbar verfalle. Oder soll ich uns zunächst einen Giftbecher besorgen?"

„Nicht schlecht", sagte sie, „ein Glas mit einem guten Gift-Wein, bitte. Ich bin dabei."

Kurze Zeit später war ich wieder bei ihr, ein Glas Frankenwein in jeder Hand. Sie erwartete mich mit ihrem aufmerksamen Blick.

„Wovon soll ich Sie heilen? Und warum wollen Sie mir gleich unrettbar verfallen?", fragte sie, kaum dass ich mich hingesetzt hatte. – Ich blickte sie nur kurz an. „Für beide Fragen gibt es nur eine Antwort", sagte ich, „eigentlich geht es immer nur um eins: Sehnsucht."

„Sehnsucht?", ihre Stimme klang belustigt und fast ein wenig spöttisch. „Sehnsucht wonach?"

„À votre santé!", ich sah ihr über den Rand des Glases in die Augen. Sie prostete mir in gleicher Weise zu. Nun erst ihre Frage aufnehmend, erwiderte ich: „Vermutlich von Sehnsucht nach dem, was meines Erachtens aus dem Blick der ‚Frau mit dem französischen Namen' spricht, aus dem Blick, den sie, wie ich vermute, dem Zylindermann zuwirft. Für mich spiegeln dessen Augen diesen Blick. Sie haben das Bild sehr gründlich betrachtet, ganz versunken waren Sie; wie interpretieren Sie es?"

„Ich glaube", antwortete sie, „die beiden erkennen sich gerade; vielleicht als für einander bestimmt, oder?" Dieses ‚Oder?' schwebte zwischen uns und schuf eine besondere Art von Nähe.

„Passt jedenfalls ausgezeichnet zu Tristan und Isolde", ich wies auf das Textbuch.

Darauf sie: „Andere Zeiten, aber die Sehnsucht nach Liebe und das Liebesverlangen sind wohl immer gleich, wenn zwei aufeinander treffen, ich meine, einander wirklich begegnen."

„Sehen Sie", sagte ich, „genau das ist meine Sehnsucht."

Wir sahen uns an und tranken uns erneut zu. Eine Pause trat ein. Beide hingen wir unseren Gedanken nach.

„Was verstehen Sie unter wirklicher Begegnung?", fragte ich.

„Das wissen Sie doch: Wenn man den Blick empfängt, der einen mitten ins Herz trifft. Und wenn man selbst mit einem entsprechenden Gegenblick antworten kann, auch wenn eine Frau diesen Blick meist zu camouflieren pflegt."

„Und wie bewerten Sie nun unser beider Blickwechsel?" Ich wusste schon vorher, meine Frage würde sie nicht akzeptieren.

„Erstens fragen Sie zuviel und zu direkt, zweitens bin ich keine Auskunftei, drittens sollten erst einmal Sie selbst diese Frage beantworten", sagte sie.

Ihre Antwort war keineswegs spitz, zeigte mir aber erneut, dass sie offenbar wirklich diese freie und selbstbestimmte Frau war, als welche sie sich von Anfang an gezeigt hatte. Wir sahen uns lange an. Es war eine Art Blickwechsel in freundlicher Absicht, der sich zu ‚friendly fire' entwickelte, vielleicht aber auch nur ein zugewandtes gegenseitiges Abtasten blieb. Sie hatte dunkelblaue Augen mit kleinen goldenen Einsprengseln in der Iris, aber das Prägende an ihrem Blick waren ihre großen, dunklen Pupillen, in denen sich ein hintergründiges Licht spiegelte. Mir fiel der unterschiedliche Ausdruck ihrer Augen auf: das linke blickte fröhlich in die Welt, im rechten waltete ein Schmerz oder vielleicht auch Sehnsucht nach Verlorenem.

„Sind Sie verheiratet?", fragte ich.

"Sind Sie der große Fragemeister?", kam es schlagfertig zurück, und dann erwiderte sie: „Ja, lange und sehr glücklich. Und Sie?"

„Ja, lange und sehr glücklich." Ich versuchte den gleichen Ton zu treffen, den sie angeschlagen hatte.

„Keine Affären?", fragte sie und lächelte entwaffnend.

Ich gab keine Antwort, sondern bemerkte nur leichthin: „Ich habe Sie angeblickt."

„Sie haben mich mit den Augen fast ausgezogen und sich gefragt, lässt die sich in meinen Blick fallen? Wie wäre es mit der?"

„Stimmt", antwortete ich schnell und atmete tief durch.

„Also auch so ein sehnsüchtiger Don Juan, der alle Frauen mit den Blicken testet, ob und wie sie sich wohl als Bettgenossinnen eignen", stellte sie in gleichmütigem Ton fest. Ihre Stimme wirkte leicht desinteressiert.

„Stimmt nicht", erwiderte ich, „daran denke ich erst, wenn ich einen Gegenblick erhalten habe, wie den von Ihnen vorhin."

„Und? Wie ist Ihre Beurteilung über mich ausgefallen?", fragte sie. Ihre Pupillen weiteten sich kurz, dann aber erschien das Lächeln eines perfekt gespielten Unschuldsengels auf ihren Zügen. Ich sah sie nur an, antwortete aber nicht. – „Nun reden Sie schon", drängte sie.

„Ich vermute", entgegnete ich in einer Mischung aus Irritation und Amüsement, „wir würden uns wunderbar verstehen."

„Auch im Bett?"

„Gerade im Bett!"

„Und nun wollen Sie das ausprobieren." Das klang wie eine selbstverständliche Tatsachenfeststellung.

„Ehrlich gestanden am liebsten ja, aber nur, wenn wir uns näher kennen gelernt haben und auch dann erst, wenn Sie selbst sich ganz sicher sind."

„Dann lassen Sie uns gehen, mon Chevalier." Sie stand auf und ging ohne jedes Zögern dem Ausgang zu. Ich legte einen 20 €-Schein auf den Tisch, beschwerte ihn mit einem Weinglas und folgte ihr. Sie ging vor mir: schnell, mit elastischen Schritten, die für eine Frau sehr raumgreifend waren. Fast unmerklich wiegte sie sich in den Hüften. Sie wirkte auf mich faszinierend attraktiv.

Im Hotel

Auf der Straße winkte sie ein vorbeifahrendes Taxi heran. „Zum Hotel Passagère, bitte", sagte sie dem Chauffeur in einem bestimmten, aber sehr freundlichen Ton. Mir lächelte sie zu, äußerte sich aber nicht.

Das „Passagère" ist ein stadtbekanntes First Class Hotel. Absoluter Luxus mit entsprechenden Preisen. Für mich war so etwas nicht erstrebenswert. Ich rückte innerlich ein wenig ab von ihr. Sie bemerkte das und lächelte mir liebenswürdig, aber auch irgendwie untergründig zu.

Im Hotel angekommen, fuhren wir in einem vollständig verspiegelten Fahrstuhl hinauf in das 14. Stockwerk. Sie öffnete die Tür zu einer sog. ‚Hanseaten Suite'. „Bitte", sie machte eine einladende Handbewegung. Eine geräumige Garderobe öffnete sich zu einem von Licht durchfluteten Wohnraum, der auf eine Freilufterrasse hinauslief. Zur rechten Hand war eine hohe und breite doppelseitige Schiebetür zu sehen, die halb offen stand. Dort mussten sich die Schlaf- und Sanitärräume anschließen.

„Ich mache uns schnell einen Kaffee", schlug sie vor. „Und den trinken wir draußen unter freiem Himmel. Dieser Junitag ist zu schön, um drinnen zu sitzen." Ich nickte nur. – „Gehen Sie, setzen Sie sich einen Augenblick nach draußen in die Sonne, ich ziehe mich nur eben mal um."

Wenig später stand sie vor mir. In meiner Männerphantasie hatte ich mir vorgestellt, sie werde in einem hauchzarten, fast durchsichtigen Sommerkleid erscheinen, mit einem leichten Schmollmund und einem träumerischen Blick. Sie aber stand vor mir mit lustigen Augen, in weißer Hemdbluse, Jeans und Sportschuhen. In jeder Hand hielt sie einen Becher mit dampfendem Kaffee.

Ein Lachen platzte aus ihr heraus, als sie meinen Blick sah. Und ich lachte mit.

„Sie haben doch nicht wirklich erwartet, ich würde sogleich mit Ihnen in die Kiste springen", bemerkte sie lachend.

„Natürlich habe ich ein bisschen darauf spekuliert", antwortete ich nur halb im Ernst, „Mann ist Mann. Aber ich liebe jede Form der Überraschung."

„Wenn überhaupt je, dann müssten wir uns erst einmal kennen gelernt haben", hielt sie dagegen. „Ich kenne ja noch nicht einmal Ihren wirklichen Namen. Ich heiße nicht Isolde, sondern bin Claire", fügte sie an.

„Und ich bin nicht Tristan, sondern Wolf", antwortete ich, „Wolf Wega-Wagemann. Meine Freunde nennen mich meist einfach ‚Wega‘." – „Wega wie das Sternbild?", fragte sie. – „Wie der Hauptstern im Sternbild ‚Leier des Orpheus‘. Der ‚Herabstoßende‘ lautet eine Übersetzung aus dem Arabischen, genauer wohl ‚der fallende Adler‘", erklärte ich. – „Das hört sich gefährlich an", antwortete sie und, formell werdend, fügte sie hinzu: „Gleichwohl, sehr angenehm. Claire Verte – nein, nicht Französin, sondern Deutsche mit einem französischen Namen. Mein Vater litt nämlich unter einer unheilbaren Gallomanie, wohl wegen seiner großen Liebe zu einer Französin, die auch Claire hieß. Er hat dafür gesorgt, dass nun auch ich diesen Namen trage. Der Feigling hat schließlich jedoch eine Germanin geehelicht, eine urdeutsche Ursula. Von ihr habe ich die blauen Augen und die blonden Haare. Aber wenigstens ich habe einen Franzosen geheiratet." Sie lachte wieder, aber dieses Lachen klang ein wenig verhalten.

Seine Erzählung unterbrechend, räusperte sich Wolf Wega. Er wandte sich mir zu und stellte fest: „Das war der Beginn. Und so wie dieser Anfang gestaltete sich unsere ganze Beziehung, bis wir…" Seine Stimme schwebte im Raum. „Es war ein beiderseitiges Aufeinander-Zugehen. Für mich eine Art Sucht, sich selbst verstärkend, offenbar auch darauf gerichtet, den Anderen als Anderen zu erfahren und im Anderen sich selbst zu erkennen. Jedenfalls mir ging es so." Und, nachdenklich *werdend, fügte er hinzu: „Ich habe lange überlegt, worin die eigentliche Triebkraft bestand, die uns aneinander zu fesseln begann. Gibt es so etwas wie Sehnsucht nach dem Anderen, wenn der Blick in das schillernde eigene Selbst keine Klarheit schaffen kann? Wenn aus einer Begegnung mit einer oder einem Fremden die Hoffnung auf eigene Selbstfindung im Anderen entspringt? Oder war es einfach eine spontane Liebessehnsucht in einer kühler werdenden Welt der objektiven Sachen, Sehnsucht nach Wärme und Nähe – Erotik und Sexualität eingeschlossen?"* Wega hing lange Zeit seinen Gedanken *nach. Dann stöhnte er auf. Seine offenbar selbstquälerischen Fragen beschwerten ihn. „Oh", schrak er auf, „ich glaube, ich bin zu ausführlich. Aber Sie wollten ja auch die menschlichen Begleitumstände erfahren; und für mich sind diese Begegnung und die daraus folgenden Ereignisse sehr gravierend für mein Leben geworden. Ich bitte um Verständnis."* Dann *nahm er seine Erzählung wieder auf.*

Ja, der Anfang offenbart alles. Wir trafen und verstanden uns von Beginn an in unseren Blicken. Es war eine Passion, die uns beide zu packen begann und uns hielt und uns nicht mehr los ließ. Und so nahm unsere Geschichte ihren Lauf.

Wir saßen also auf einer Freilichtterrasse hoch über Berlin in der Junisonne, tranken einen starken Kaffee, sahen uns an und tauschten uns aus. Es gab erstaunliche Parallelen. Claire war mit einem Maler, André Verte, verheiratet. „André lebt die meiste Zeit des Jahres in Forcalquier im Luberon (Provence)", sagte sie. „Wegen des Lichts und der Pigmente, die man dort findet. Er liebt die besonderen Farben." – Meine Frau Susan war ebenfalls Malerin und Bildhauerin und betrieb – nach öffentlicher Lehrtätigkeit – seit vielen Jahren eine private Kunstschule in Hamburg.

Claire und ich hatten dagegen beide praktische Berufe: Sie war Journalistin („Zeilenschinderin" nannte sie sich), die vorwiegend für eine französische Wochenzeitung von Berlin aus über Deutschland berichtete. Ich selbst stellte mich vorsichtshalber als Jurist im öffentlichen Dienst vor. Beide interessierten wir uns für Musik, Literatur, Lyrik, bildende Kunst, für Psychologie (sie), für Philosophie (ich) und für Politik (wir beide). Wir machten eine regelrechte tour d' horizon. – Beim Thema Malerei kamen wir noch einmal auf den Fabricius zurück. Claire sagte, auch sie interpretiere das Leuchten in den Augen des Zylindermannes als Reflex des Blickes der Frau. „Ich komme darauf, weil ich nicht weiß, woher bei dem gewählten Bildaufbau sonst dieser Lichtreflex kommen sollte", sagte sie. – „So ähnlich habe ich es auch empfunden", antwortete ich, „obwohl ich mir diesen Reflex nicht so rational erklären konnte, wie Sie es jetzt getan haben."

So ging es weiter. Das einmalige Fluidum der ersten Begegnung erfasste uns beide. Zwischen uns entstand ein kaum erklärliches Gefühl von Magnetismus. Wir fühlten uns zusammengehörig. Dabei verlief unser Gespräch, abgesehen vielleicht von zu langen Blicken, in völlig sachlichen Bahnen.

Irgendwann kamen wir auf die wirtschaftliche Seite des Kunstbetriebs zu sprechen und schimpften auf die Kostgänger der Kreativen, die Galeristen, die viel zu große Anteile der Verkaufserlöse kassieren. Halb belustigt, halb fragend erlaubte ich mir die Bemerkung, dass ihr Mann trotz dieser schwierigen Rahmenbedingungen ja ganz schön im Geschäft sein müsse, wenn er sich „das hier", ich deutete auf das Appartement hinter uns, leisten könnte. – „Nur keine Fehleinschätzung", sagte sie sichtlich amüsiert, „ich habe schon im Auto gemerkt, dass Sie etwas gegen diese Luxusherberge haben. Die Suite hier hat uns ein Millionär und Kunstliebhaber zur temporären Nutzung überlassen. Der hat einen Narren an André gefressen und ist brennend an dessen Malerei interessiert. Wir könnten uns dieses Hotel niemals leisten. André gehört nicht zu der Ausnahmeklasse von Künstlern, die von Paris über London bis New York Millionen machen."

Sie amüsierte sich immer noch, als sie sagte: „Wir sind bescheidene Leute – aber immerhin habe ich ein kleines Wochenendhaus geerbt, an einem See gelegen, gut eine Stunde Autofahrt von hier." Und dann fragte sie mich in ihrer sehr spontanen Art: „Wollen wir hin?" Sie sah mich an. – Ungläubig erwiderte ich ihren Blick. Ich hatte mir drei Tage Urlaub genommen. ‚Welch' Glück', dachte ich. Laut und gut gelaunt sagte ich: „Eine sehr gute Idee!"

Die Fahrt in ihr ‚grünes Paradies', so nannte sie es, war Claires spontane Idee gewesen. Unser Umgang damit zeigte, wie offen wir füreinander waren.

Eine kurze Autofahrt

Wenig später saßen wir in Claire Vertes' schwarzem Golf. Schon mit der Inbetriebnahme des Wagens erklang die leise Anfangssequenz der Tristanouvertüre. Claire hatte die CD-Anlage in ihrem Auto nach ihrer vorangegangenen Fahrt nicht abgeschaltet. „Karajan", erklärte sie nur.

‚Tristan und Isolde' war für mich immer schon eine Ausnahmeerscheinung in der Welt der Oper gewesen – das absolute Liebesdrama, in dem Musik, Wort und Sinn ineinander verschmolzen wie Menschen im Liebesakt. Claire teilte die Liebe zu Tristan aus eigener Nähe zu diesem Werk. Auf dem Weg in die alte Mark Brandenburg hörten wir das gesamte Vorspiel.

Überhaupt schien alles wie selbstverständlich zwischen uns zu sein, leicht und harmonisch. Aus Blicken, scheinbar unbeabsichtigten gegenseitigen Berührungen, aus dem Klang unserer Stimmen entwickelte sich wie von selbst eine erotische Atmosphäre, die uns beide ergriff, ohne dass sie in Worten Ausdruck suchte. Wie sich in unserem Gespräch auf der Fahrt in Claires Paradies schon bald herausstellte, waren wir beide aber keineswegs auf Wagner fixiert. Genau so liebten wir, die Werke anderer Komponisten wie Puccinis ‚Manon Lescaut', damit hatte dieser seinen

Durchbruch als Komponist gefeiert, oder Verdis ‚La Traviata'
und Musiktheater überhaupt (auch z.b. Henze oder Nono). Aber
dennoch: Wagners Tristan war unser beider erklärte Lieblings-
oper.

„Ich habe Karten für den Tristan", sagte Claire wie nebenher
und fügte mit entschiedener Stimme sofort hinzu; „wir gehen zusammen hin." Ich blickte sie ungläubig an: „Sie werden doch bestimmt schon verabredet sein", entgegnete ich. – „Stimmt, aber
mit einer Freundin, die sich nicht so viel aus Wagner macht. Sie
ist nur meinetwegen mitgekommen. Sie wird froh sein, wenn sie
nicht hin muss." Ich sah sie zweifelnd an. – „Ja, wirklich, so ist
es", fügte sie hinzu, als sie mein grenzenloses Erstaunen bemerkte. – „Aber... ", brachte ich hervor. – „Nichts aber", unterbrach
sie mich und lächelte mich an. „Es ist die Premiere in der Staatsoper für die diesjährigen Sommerfestspiele. Übermorgen."

Ich schwieg. Für mich war das alles wie ein Traum. Eingehüllt in
die ewige Musik von Liebessehnsucht und Weltenschmerz, von
Aufstieg und Untergang, fehlten mir die Worte, die ich jetzt hätte
sagen können. Neben mir, der ich damals Anfang 60 war, eine
junge, vitale, attraktive Frau, die mich mit jedem Atemzug mehr
in ihren Bann zog. Vor mir die Aussicht auf ein gemeinsames
Musikerlebnis der Extraklasse. Und in mir eine große Schwer-
mut, mit der ich lebte, nachdem ich der zweiten großen Liebe
meines Lebens (nach meiner Frau) begegnet war und am eigenen
Leibe erfahren hatte, was Liebe sein kann mit all ihren Himmeln
und Höllen. – An dem Scheitern dieser Liebe wäre ich seinerzeit
fast zerbrochen. Und damals hatte ich mich noch viel intensiver
als jemals zuvor mit Wagners Werk beschäftigt. Seither wusste
ich, was sich zwischen Tristan und Isolde ereignet haben musste.
Wusste, was es auf sich hatte mit dem innigen Blick zwischen
zwei Menschen, jenem Blick, der der Liebe Bahn bricht. Wusste
von dem verzweifelten Kampf der beiden Liebenden gegen die
Konventionen und von dem Widerstreben, sich selbst und ein-

ander eine schicksalhafte Liebe einzugestehen – bei Tristan und Isolde erst möglich in der vermeintlichen Stunde ihres Todes.

Ich hatte gelernt, was es auf sich hatte mit der alle Grenzen sprengenden Hingabe an die Liebe zu einem Anderen, einer Liebe, die bis an den Tod heranreichen und darüber hinausgehen konnte – Liebe eben und nicht der leichte Flirt oder das frivole Abenteuer. Ich, der ich bereits glückliche Jahre verheiratet gewesen war, hatte die Liebe damals als Verhängnis erlebt. Und gleichzeitig war mir die Absurdität einer jeden Liebe aufgegangen, die Besitzansprüche geltend macht. Und in der Tat: Wer Besitz ergreifend von großer, von ewiger Liebe spricht, hat nichts begriffen. Bei lebendigem Leib droht er Schaden zu nehmen an der eigenen Seele. ‚Ich bin eben ein verfluchter Romantiker' – dieser Satz geht mir seit jener Zeit öfter durch den Sinn. Aber ich stehe auch dazu.

Manchen Menschen, und zwar einer nicht geringen Anzahl von ihnen, ist eine unerschöpfliche Sehnsucht nach Liebe eingepflanzt, die sie ein ganzes Leben nach eben dieser Liebe suchen lässt – selbst dann, wenn man sie gefunden zu haben glaubt, dann aber doch feststellt, dass man sie nicht so, wie erwartet, leben kann. Und das sogar auch, wenn man sich lange vormacht, den ‚ersten Durst' gestillt zu haben. Mein Durst jedoch blieb zu groß, er erwies sich immer nur als vorläufig gestillt.

Mein Problem bestand eigentlich darin, dass ich das Gefühl von Liebeserwachen immer wieder neu erleben wollte, nein, musste – gegen alle Vernunft, gegen jedes Maß. Ich jagte dem Traum vom Leben in immer während Liebe hinterher. Es war wie eine Sucht. Und dabei lief das Drama der Vergänglichkeit und Vergeblichkeit ab – gleich einem Uhrwerk.

Ich erlebte, wie die Liebe sich veränderte, in der Ehe immer tiefer wurde in Hinblick auf Verständnis und Vertrautheit, dabei jedoch im Intimbereich an Intensität verlor. Und parallel dazu ging eine neue Liebe auf, die zeitlich verschoben denselben Gesetzen unterliegen würde, aber unwiderstehlich für mich mit einer faszinierenden Wachstumsphase begann. Naturrecht stand hier gegen Normgeltung.

Solche Konflikte zehren an dem Ehepartner, aber auch an einem selbst, auch wenn man damit nach außen ruhig und sachlich umzugehen weiß. – Sollte ich mit Claire ein neues Spiel, nein, eine neue Liebe beginnen, die schnell kein Spiel mehr war, wenn zwei sich erst einmal als Liebespaar gefunden hatten? Ich zögerte und zweifelte. Es gab immer eine Dritte oder einen Dritten, der sich verletzt fühlen konnte. Von dem Prinzip der Toleranz auf dem Gebiet der Erotik war die Gesellschaft und waren die jeweiligen Ehepartner in aller Regel weit entfernt. Nur wenige Menschen hielten eine Dreier- oder Viererkonstellation aus, aber sie gab es. Das ließ sich an konkreten, keineswegs nur literarischen Beispielen ablesen (etwa an Jean Paul Sartre und Simone de Beauvoir). Überall jedoch traten früher oder später Widersprüchlichkeiten und Verletzungen zu Tage.

Eines jedoch schien sicher: Ein Mensch, gleich ob Mann oder Frau, kann zwei und mehr Menschen lieben. Da gab und gibt es für mich keinerlei Zweifel. – Und das sollte nicht gelten zwischen einem Mann und einer Frau, die in einer festen ehelichen Beziehung leben, sich aber einem Dritten zuwenden, ohne dabei Ausschließlichkeitsansprüche zu erheben?

Claire sah mich von der Seite schief an. „Sie möchten doch liebend gern mitkommen, das spüre ich. Wo also liegt das Problem?", fragte sie.

Eine längere Pause entstand zwischen uns.

Ich sagte lange Zeit nichts, zornig merkte ich, dass mir auch noch die Augen nass wurden. Sollte ich es gleich zu Anfang an Wagemut fehlen lassen? War ich schon so festgelegt und eingerostet, dass ich bereits eine Versuchung im frühesten Stadium zurückweisen sollte? Noch war ja gar nichts geschehen. Ich konnte ja auch nicht wissen, ob sich aus dem aufreizend schönen Beginn, der sich vielleicht noch als Flirt bezeichnen ließ, etwas ganz anderes entwickeln würde: vielleicht nur eine tiefe Freundschaft und nicht gleich eine gegenseitige Liebe. – Heute im Nachhinein weiß ich, wie töricht diese Gedanken waren. Aber damals... Ich wollte vor mir noch nicht wahrhaben, was im Begriffe war, sich zwischen uns anzubahnen.

Natürlich bemerkte Claire die Woge von Emotionen, die durch mich hindurch ging. Sie legte ihre rechte Hand auf meinen Arm, sagte aber nichts, sondern beschleunigte das Tempo, jeden Verkehrsvorteil nutzend. Erst nach einer Zeit fragte sie: „Sitzt es so tief?" –„Ja", antwortete ich einfach. – „Verstehe", sagte sie fast flüsternd, „wir reden später noch einmal darüber." Sie stellte die Ouvertüre leiser. Dann schwieg auch sie.

Bald schon passierten wir die Stadtgrenze und erreichten das freie Land. Noch immer strahlte die Sonne hell vom Himmel, aber von Westen her zogen schwere Wolken auf. Das aber trübte unsere Stimmung nicht. Wiesen, kleine Waldstücke flogen an uns vorbei. Claire nutzte ihre Ortskenntnis und nahm teilweise enge Schleichwege, die sie mit kaum verminderter Geschwindigkeit befuhr. Ich nahm kleine Tümpel und Teiche wahr, dann größere Seen, die von Sümpfen und Waldungen umgeben waren. Die Landschaft schien nahezu unbelebt. Nur selten kamen wir durch winzige Siedlungen, aus wenigen Häusern bestehend, oder fuhren an einem Einzelgehöft vorbei.

Ich merkte: Wir waren auf dem Weg in eine richtige Seenlandschaft hinein. Ab und an gab der dichter werdende Wald den Blick frei auf weitläufige Wasserflächen, über die vereinzelt Segelboote glitten. Manchmal tauchten bewaldete Inseln aus den Gewässern auf, die der Seenplatte ein urtümliches Aussehen verliehen. Dann wieder durchfuhren wir sehr dichte Fichtenwälder.

„Kaum eine Menschenseele", sagte ich, „fast schon unheimlich."

„Ja, unheimlich schön, es ist wirklich paradiesisch hier. – Im Übrigen sind wir gleich da."

Wenig später verminderte sie die Geschwindigkeit und bog, nun sehr behutsam fahrend, in einen schmalen, nur notdürftig mit Schotter befestigten Waldweg ab. Wir hatten unser Ziel erreicht.

Am See

Das Holzhaus stand am Rande eines Fichtenwaldes auf einer Lichtung, die sich zu dem See hin öffnete. Ein breiter Schilfgürtel trennte das Wasser vom festen Land, wurde aber von einem Steg überbrückt, der bis zum freien Wasser reichte. Es war still. Leise nur ging ein Rauschen durch die Kronen der Fichten, manchmal hörte man ein Plätschern vom See her. Mir kam es vor, als würden wir einen ganz anderen Erdteil betreten.

Claire schloss den Wagen nicht ab. „Kommen Sie", rief sie, fasste mich spontan bei der Hand und wir liefen auf den See zu, betraten über ein paar Holzplanken den Steg und gingen – noch immer Hand in Hand – auf eine kleine Sitzbank zu, die am Ende des Steges stand. Dort angekommen, atmeten wir erst einmal durch. Unsere Augen trafen sich. Wir ließen es zu.

Wenig später schaute ich mich genauer um. Meinem Blick öffnete sich das weiträumige Panorama eines Sees, dessen gegenüber liegendes Ufer wie fernes, schemenhaftes Land erschien. Rechts und links von uns zog sich der Wald, der nach Ende eines Schilfgürtels bis zur Uferlinie reichte, ganz leicht zurück.

„Ist das schön hier", sagte ich und umfasste Claire und zog sie an mich.

„Ja", antwortete sie leise, „für diesen Blick und diese Atmosphäre gebe ich derzeit die ganze Provence her." Wir setzten uns auf die Bank. Ich legte den Arm um sie, und sie lehnte sich an mich. Wir schwiegen beide. Dies alles hier war Natur pur. Eben noch der hektische Puls der Hauptstadt und jetzt diese aktive Stille um uns herum. Ich spürte die Wärme, die von Claire ausging, nicht nur körperlich. Mein Inneres schien sich in dieser Wärme zu öffnen. Wieder war das Gefühl von Nähe da: unmittelbar, rückhaltlos, und ja, auch verlangend.

Nach einer ganzen Zeit fragte Claire: „Hast du", sie verbesserte sich sofort, „haben Sie ernsthaft Probleme, mit mir in den Tristan zu gehen? Barenboim dirigiert ihn übrigens. Wo liegt das Hindernis?"

„Was heißt Probleme", sagte ich, „ich fürchte nur eines: dass wir ganz schnell ein wirkliches Liebespaar werden. Weißt du, was das ist: eine Große Liebe jenseits der Affären, wie sie überall auf der Welt immer wieder vorkommen und die nicht allzu viel bedeuten?"

Ich war, ohne darüber nachzudenken, einfach bei ihrem ersten Du geblieben – auch für mich jetzt die natürlichste Sache der Welt.

Claire rückte ein wenig von mir ab und wurde ernst. Sie sah mich ohne jedes Lächeln direkt an. „Erklär' mir doch bitte einmal ganz genau: Bist du wirklich auf der Suche nach Liebe – echter Liebe, verstehst du?"

Sie machte eine kleine Pause und fuhr dann fort: „Oder bist du nur einer dieser ganz normalen Männer, die nichts anderes im Sinn haben, als mit einer Frau eine Sexbeziehungen ohne Tiefgang zu beginnen, sie einfach nur flach zu legen? Du siehst so anders aus: zurückgenommener, sensibel und empathisch."

Ich zog sie wieder an mich. „Ich bin nicht nur auf der Suche, ich bin auf der Jagd nach Liebe", flüsterte ich, „aber ich fürchte zugleich, ihr zu begegnen. Und bin dabei, ehrlich gestanden, auch noch banal genug, die eine oder andere Affäre mitzunehmen, wenn sie sich anbietet und die Beziehung Niveau und Perspektive verspricht – insoweit bin ich also obendrein ein ganz

‚normaler Mann', verführbar eben. Aber je älter ich werde..." Ich vollendete den Satz nicht.

„Und wovon willst du dich nun heilen lassen?", fragte sie mit lebhafter Stimme. „von deinen Affären oder von der Großen Liebe?" Jetzt lächelte sie mich an.

„Von meinem gesprungenen Herzen", entgegnete ich. „Von dem Gefühl, das mich immer wieder zerreißt, treu und untreu zugleich zu sein, Weißer Ritter und Schwarzgraf in einer Person. Und dabei den Frauen, die ich liebe, nicht gerecht werden zu können."

Sie legte ihre rechte Hand auf meine Brust, dorthin, wo mein Herz pochte oder, ich glaube, in diesem Moment eher aussetzte. „Ich werde dich heilen, mon Chevalier", erklärte sie und lächelte fein, „gib mir ein bisschen Zeit."

„Und wie?", fragte ich.

„Lass mich machen. Aber wenn du es jetzt schon wissen willst", sie zögerte ein wenig und sagte dann, mich dabei direkt anblickend, in einem fragenden Tonfall: „Vielleicht durch Liebe?" Es war wirklich eher eine Frage als eine Antwort. Und dennoch; wir lagen uns plötzlich in den Armen und wiegten uns hin und her.

Ein Wind fuhr über das Wasser. Die Wolkenfront war jetzt nahe herangekommen. Große, dunkle aufgeplusterte Haufenwolken rückten mit großer Geschwindigkeit auf uns zu – Vorboten einer schwarzen drohenden Wolkenbank, die sie zu verfolgen schien.

In aller Gelassenheit brachen wir auf. Als wir ins Holzhaus traten, fielen schon erste Regentropfen.

Wega-Wagemann gab sich einen weiteren Schuss Wodka in sein Glas, hob es gegen das Licht und sagte mehr zu sich als zu mir: „Trinken wir auf ihr Wohl – auf Claire.“ Er nahm einen großen Schluck zu sich.

„Ich glaube, Sie können sich vorstellen“, fuhr er fort und blickte mich mit seinen dunklen Augen sehr direkt an, „dass es gleich in dieser ersten Nacht passiert ist. Es konnte gar nicht anders sein, nachdem wir uns in unseren Gesprächen immer näher gekommen waren.“ Er sah mich an und lachte dann laut auf: „Nein, nicht was Sie jetzt denken. Es war nur wie ein freier Fall aufeinander zu: Wirklich: Mehr als genug schon das.“

„Kaum zu glauben“, warf ich ein, „ich dachte immer, so etwas gäbe es nur in kitschigen Mittsommer-Liebesfilmen aus Schweden. Aber Sie und Claire“, meine Stimme hatte ganz unwillkürlich einen weichen Klang angenommen, als ich ihren Namen nannte, „Sie sind doch gestandene Leute gewesen, kein junges frisch verliebtes Paar.“

Wega warf mir einen überraschten, sehr wachen Blick zu, war aber in keiner Weise provoziert. „Haben Sie noch niemals etwas von einer Großen Liebe gehört?“, fragte er. „Glauben Sie wirklich, das passiere nur in jungen Jahren?“

Ich blickte ihn offen an und zuckte leicht mit den Schultern. „Ich weiß nur, dass es einen wie einen Blitzschlag treffen kann“, sagte ich, „aber so hat sich Ihre Geschichte bisher bei mir nicht angefühlt. Man spürt eine außerordentliche Nähe zwischen Ihnen beiden. Aber mir hat sich bisher noch nicht die ganz große Dramatik gezeigt. Es scheint mir, als habe es doch eher eine mutige, aber doch vorsichtige Annäherung zwischen Ihnen gegeben. So kommt es mir jedenfalls vor. Aber Große Liebe? Sagt man seiner ‚Großen Liebe‘ eine Teilwahrheit, was etwa den eigenen Beruf angeht? Sie sprachen von ‚Jurist im öffentlichen Dienst‘ und waren doch als Staatssekretär schon politischer Beamter hoch oben in der Hierarchie angekommen, wenn ich richtig orientiert bin. Oder irre ich mich da?“

*„Sie sind ja auch noch jung mit Mitte 30 ..." – „Anfang 40",
warf ich ein, „ich bin 40 Jahre alt." – Er ging darauf nicht
ein. „Es hat vielleicht auf die eine oder andere Weise doch mit
dem Alter zu tun", fuhr er nachdenklich fort, „wenn man älter
und erfahrener wird, werden die Blitze zwar kälter, sie sind
aber nicht mit weniger Energie aufgeladen. Daher könnte
man, denke ich, durchaus von einer amour fou sprechen
und..." – „Von einer Liebe also", warf ich ein, „die keine
konventionellen Grenzen kennt: z.B. alter Mann liebt Kindfrau
oder so etwas Ähnliches?"*

*„Sie müssen noch lernen, mich nicht dauernd zu unterbre-
chen", sagte er. Ich spürte einen gewissen Unwillen in seiner
Stimme. „Ich meine hier nicht eine Liebesbeziehung, die wegen anormaler Intensität oder wegen einer als zu groß emp-
fundenen Unterschiedlichkeit des Alters oder der gesellschaftlichen Stellung der Liebenden aus dem Rahmen fällt. Ich gebe
zu, das ist der übliche Sprachgebrauch. Ich jedoch beziehe
mich auf André Breton und sein Buch „L'Amour fou". – Kennen Sie es zufällig?"*

*„Ich kenne Breton nur als Verfasser der Manifeste zum Surre-
alismus", antwortete ich. – „Ja, das war er auch", sagte er,
„aber ich meine hier den großen Liebhaber der Frauen und
auch den Vorkämpfer für die Liebe als einer eigenständigen
Haltung. So hat André Breton entschieden bestritten, dass sich
die Große Liebe im alltäglichen Leben fast mechanistisch ab-
nutzen müsse, ohne dass die Liebenden eine Wahl haben." –
Er machte hier eine lange Pause. Es schien, als versinke er in
seinen Gedanken. Wie abwesend wirkte er auf mich. Dann
stieg er wieder in die Geschichte ein, die er erzählen wollte.
Vorher räusperte er sich ausgiebig.*

Das Holzhaus

Claire hatte andeutungsweise gesagt, sie wolle mich durch Liebe heilen. Für mich hatte sich das zunächst sehr lieb, aber zugleich doch auch ein wenig naiv angehört. Aber ich wurde eines Besseren belehrt. Als wir uns nach einem einfachen Abendbrot bei Kerzenschein und bei einer guten Flasche Wein, ich glaube, es war ein Vin du Soleil, in flachen Sesseln gegenüber saßen, kam sie zielsicher auf meinen wunden Punkt zu sprechen. Und damit begann mit Claire das erste Jahr einer vermeintlich neuen, aber hinsichtlich ihrer Dauer ganz unsicheren Zeitrechnung.

„Du hast gesagt, du seiest lange und sehr glücklich verheiratet", begann sie, „und gleichzeitig machst du den Eindruck, ständig auf der Suche nach Liebe zu sein. Ich verstehe sogar, dass du sagst, du seiest auf der ‚Jagd', wenn ich reflektiere, wie du auf mich zugegangen bist. Was ist also mit dir? Warum bist du unglücklich?" Sie sah mich mit ihrem sehr geraden Blick an und merkte, dass ich mich einer zu strikten Fragestellung ausgesetzt fühlte.

„Ich will dich nicht in die Enge treiben", sagte sie prompt, „aber wir haben vielleicht nur eine kurze Zeit miteinander. Du hast um Hilfe gebeten. Dann, bitte, sag mir nun auch, was mit dir los ist."

„Ja", antwortete ich, aber die Worte fielen mir schwer: „Fange ich also von vorn an. Als ich gesagt habe, ich sei lange und glücklich…"

„Sehr glücklich, hast du gesagt."

„Als ich sagte, ich sei lange und sehr glücklich verheiratet, habe ich zunächst einmal die Aussage aufgegriffen, die du selbst in Bezug auf deinen Mann getroffen hattest. Aber ich bin tatsächlich lange und sehr glücklich verheiratet. Dann jedenfalls, wenn man Glück an dem misst, was bei vernünftiger Betrachtung in einer langen Ehe möglich ist, in der es ja immer auch Probleme, gemeinsame Sorgen und Spannungen gibt. Ich habe eine überaus liebevolle Frau, die ich zudem wegen ihres Berufes und ihrer Einstellung dazu bewundere. Sie überrascht mich mit ihren Einfällen immer wieder. Sie ist eine engagierte, kompromisslose Künstlerin, die ihre Bildideen ohne Rücksicht auf den vorherrschenden ‚Geschmack' und die daraus resultierende Nachfrage umsetzt.

Und trotzdem kann ich – auch wenn sich das in deinen Ohren seltsam anhören mag – an keiner schönen Frau vorbeigehen, ohne sie hoffentlich in den Grenzen von Takt und Stil anzuschauen. Und nicht nur das, ich fasse sie darüber hinaus, wenn es eine Gelegenheit dazu gibt, auch richtig ins Auge. Ich habe deswegen kein schlechtes Gewissen, denn Schönheit hat ein Recht auf Aufmerksamkeit, finde ich. Es tut mir Leid, wenn ich darin nicht verstanden oder gar missverstanden werde. Aber ich fühle mich als Mensch frei, mich nicht immer nur an die engen, wie ich finde, kleinbürgerlichen Konventionen zu halten. Dass ich das nicht tue, gebe ich von vornherein zu. Allerdings bemühe ich mich darum, taktvoll zu bleiben. Aufdringlichkeiten kommen für mich nicht in Frage. Aber im Fall des Falles, wenn mich ein Gegenblick trifft..." Ich unterbrach mich, suchte nach Worten, fiel aber in ein längeres Schweigen: ‚Wie mich selbst weiter erklären?'

Claire sagte auch nichts. Sie sah mich ernst und prüfend an. Es entstand eine Stille, die nicht zerstörerisch, sondern nachdenklich war. Wohl wegen der Art ihres Blickes und der offenkundigen Bereitschaft, genau zuhören zu wollen, schaffte sie es, für mich einen freien Raum für Reflexion und Dialog zu eröffnen.

Ich versuchte einen neuen Anlauf: „Früher, in jungen Jahren, habe ich das Abenteuer gesucht, das gebe ich unumwunden zu. Wie ungestüm mein Herz war, habe ich so richtig erst nach dem Wehrdienst während meines Studiums an der Freien Universität in Berlin gemerkt, wo ich ein ziemlich ausschweifendes Leben geführt habe: immer in Geldmangel – ich war Werkstudent –, aber frei und glücklich. Und dann lernte ich in Hamburg kurz vor dem Examen meine Frau kennen und lieben. Und wir haben uns lange Zeit vollauf genügt. Unser Leben entwickelte sich normal: Examina, Kinder, Haus. Aber Jahre später, erlebte ich nach der ersten großen Liebe zu meiner Frau mitten in meiner Berufskarriere durch einen Zufall eine zweite große Liebe, die sich jedoch als nicht lebbar erwies. Das hat mir so zugesetzt, dass ich mich davon niemals mehr richtig erholt habe. Ich hatte kleinere Amouren, aber sie blieben ohne Tiefgang, obwohl ich mir stets eingebildet habe, es handele sich wieder um eine wirkliche Herzdame. Aber das erwies sich als falsch – wenngleich ich keine dieser wirklich liebenswerten Frauen nur benutzt habe. Ein Stück Herz ist bei jeder von ihnen hängen geblieben. Das ist auch kein Schaden, denn das Herzland, so empfinde ich es bis heute, ist unendlich groß. Ich jedenfalls kann davon durchaus abgeben. Dabei habe ich aber von vornherein immer glasklar gemacht, dass ich mich von Susan, meiner Ehefrau niemals würde trennen können. Das hat sich natürlich meist als hemmend erwiesen. Dennoch: Es gab Amouren. Und auch dabei bin ich stets auf der Suche geblieben. Auf der Jagd nach jener Magie der Liebe, an die ich glaube, weil ich sie selbst erlebt habe.

Ich weiß, das ist Romantik pur: blaue Blume, Licht im Herzen der Dunkelheit, Sehnsucht nach dem hellsten aller Sterne unter all den Sternen und manchen Unsternen, die gleichermaßen unter Männern und Frauen zu finden sind. Aber so ist es nun einmal im Leben. Und es scheint kein Mittel gegen die Lust auf diese Suche zu geben. Zumindest bei mir ist es so. Selbst das Älterwerden setzt da keine Grenzen. Ich frage mich manchmal, ob ich unter dem ‚Defizit‘ leide, ein ‚Erotomane‘ zu sein, einer, der fast zwanghaft seelische und körperliche Nähe sucht. Das ist die eine Seite. – Und zeitgleich gibt es die andere Seite in mir: eine reale und ehrliche und sich vertiefende Liebe zu meiner Frau, eine Liebe, die mit der Zeit eine andere, eine besondere Farbe gewonnen hat. Um es bildlich auszudrücken. Unsere Liebe hat sich entwickelt wie ein zunächst wilder Fluss, der im Mündungsdelta

– inzwischen ein breiter Strom – notwendigerweise ruhiger fließt und sich auf diese Weise dem Horizont der weiten See nähert. Dabei spielt der berufliche und familiäre Pflichtenkreis eine bestimmende Rolle. Dem und insbesondere aber meiner Frau gerecht zu werden, habe ich mich zu jeder Zeit intensiv bemüht, auch wenn ich wegen meiner Außenkontakte niemals der ideale Ehemann war.

Im Zwiespalt zu sein, bringt einerseits eine große Spannweite in das eigene Leben, große Freude und hohe Verantwortlichkeit, die einem eine substantielle Treuepflicht abverlangt. Aber: Es ist eine ambivalente Existenz, ein Leben wie in einer Zerreißprobe. Man hat eine derartige Lebenssituation ohne Bedauern zu schultern. Das weiß ich. Und doch bleibt die Sehnsucht: dieses Sehnen und das Suchen über alle Grenzen hinweg. Insofern kann ich den Widerstreit in Tristan zwischen Ehre und Passion so sehr gut nachvollziehen."

„Und wie bist du mit diesem Problem umgegangen?", fragte Claire in ruhigem Tonfall, „Oder bittest du jede Frau, die du näher kennen lernst, um Heilung deiner Wunden?" Sie lächelte in sich hinein.

„Ach, Claire", sagte ich, ging aber nur auf ihre erste Frage ein. „Natürlich habe ich versucht, Wege zu finden. Nicht nur, um mich selbst zu orientieren und zu prüfen, sondern auch, weil ich merkte, wie sehr sich meine Frau mit der Zeit durch meine Aktivitäten verletzt sah und sich zurückgesetzt fühlte. Ihr gegenüber, die mich mit Liebe und Toleranz begleitet, hatte und habe ich immer wieder Schuldgefühle im Sinne einer Lebensführungsschuld – und andererseits fühle ich mich auch wieder unschuldig; das muss ich ehrlicherweise in einem Atemzug hinzufügen. Denn immer, wenn ich mit mir zur Sache ging und dabei auf mich selbst und meine Natur sah, sozusagen auf den festen, aber wohl polygamen Kern meines ureigenen Seins, fand ich das eigene Verhalten im Ergebnis doch auch wieder berechtigt und tolerabel. Immerhin blieb ich meiner Frau ja auf meine liebende Weise treu, und ich hing und hänge tatsächlich zärtlich an ihr. Aber ich war und ich blieb im Zwiespalt. Das ist meine ehrliche, vielleicht irrige, jedenfalls aber aufrichtige Auffassung: So denke und so fühle ich.

Natürlich habe ich versucht, mich aus dieser Zwiespältigkeit zu befreien. Vielleicht wäre es richtiger oder zumindest angemessener gewesen, sich selbst zu ändern und zurückzunehmen. Jedoch zweifelte ich, konfrontiert mit mir selbst und dem, was ich für mein Wesen halte, an dieser rigorosen Position. Um möglichst weitgehende Klarheit zu gewinnen, bin ich durch die Welt der Philosophie und der Esoterik gewandert. Auch beschäftige ich mich bis heute mit der ‚Großen Liebe' in Literatur, Lyrik und Musiktheater, befrage die zum Teil großartigen Filme zu diesem Thema, habe mich in die Psychologie und Psychoanalytik verstiegen, habe sexualwissenschaftliche Bücher und Schriften studiert, und bin zuletzt auch in die Soziologie eingetaucht. Zurzeit versuche ich gerade, mein Problem vor dem Hintergrund kommunikationswissenschaftlicher Erkenntnisse zumindest klarer zu erkennen, z.B. habe ich Niklas Luhmanns ‚Liebe als Passion' studiert.

Warum? Um mich und andere zu verstehen oder zumindest besser zu begreifen. Geholfen hat mir dabei Friedrich Schiller. Der hat einen Aphorismus geprägt, den ich als Schlüsselsatz empfinde. Er lautet kurz und treffend: „Willst du dich selber erkennen, so sieh wie die andern es treiben. Willst du die andern verstehn, blick in dein eigenes Herz". – Ich habe wirklich eine Menge gelesen, natürlich ohne im eigentlichen Sinne an einer Uni zu studieren. Die Zeit dazu hatte ich nicht.

Eines allerdings habe ich nicht gemacht, obwohl mir dies von einem wohlmeinenden Freund angeraten worden war: Ich habe in eigener Sache nie einen Psychoanalytiker aufgesucht. Dazu bin ich, glaube ich, selbst wenn sich das antiquiert anhört und wahrscheinlich auch ist, zu sehr Mann einer Generation, die meint, unbedingt selbst mit eigenen Problemen fertig werden zu müssen." Ich atmete durch und fuhr dann, noch immer ein wenig atemlos, fort: „Trotz all dieser Studien und Selbstbefragungen ist es mir jedoch nicht geglückt, eine überzeugende Antwort zu finden, die mich zu einem normgemäßen Verhalten hätte anhalten können. Die Sucht nach Nähe und Offenheit hat mich auf einen anderen Weg geführt, vielleicht auch verführt.

Im tatsächlichen Leben traf ich dann auf Unwiderstehlichkeiten. Dies insbesondere dann, wenn… – bitte lass mich das abstrakt formulieren – wenn in einer liebevollen Annäherung zwischen einem Mann und einer Frau das Gefühl entstanden war, nicht nur nehmen, sondern auch geben zu können, sich nicht nur lieben zu lassen, sondern umgekehrt selbst auch lieben, helfen und heilen zu können. In einer solchen wechselseitigen Liebesbeziehung können beide, Mann und Frau, Erfüllung finden, zusammen und jeder und jede für sich selbst. Und wenn sich dann beispielsweise in dem Prozess einer Lösung schwieriger Probleme ein echter intellektueller wie emotionaler Gleichklang bildet, dann können Situationen entstehen, in denen sich der eine in dem anderen verliert, aber sich zugleich auch wieder selbst neu gewinnt, weil sich die je eigene Liebesfähigkeit entwickeln und fortentwickeln kann. Man schenkt und gibt, man wird beschenkt und erhält zurück. Und das alles uno actu. Und nicht etwa als geschuldete Gegenleistung. Man kommt zugleich bei sich und dem anderen an. Vielleicht sogar wird man in gewisser Weise zu einem tieferen Menschen – für andere und sich: einfühlsamer, verständnisvoller, empathischer. Es ist schwierig, das exakt zu erklären."

Claire sah mich mit nach innen gekehrten Augen an. Sie wirkte nachdenklich. Sie bedankte sich mit einer fast automatisch klingenden Stimme für mein Vertrauen und fragte dann: „Du kennst dich also aus mit den Wegen der Selbsterfahrung und kommst doch nicht bei dir an?"

Ich hatte mich leider nicht, so gut, wie von mir angestrebt, verständlich machen können. Erneut atmete ich tief ein. „Ob man das so sagen kann," widersprach ich ihr, „weiß ich nicht. Eigentlich denke ich, dass ich halbwegs bei mir angekommen bin. Letztlich akzeptiere ich mich ja so, wie ich bin. Aber ich suche mich, glaube ich, immer wieder über mich hinaus im Anderen oder auch den Anderen in mir. Ich könnte auch sagen: in der Liebe, die ja auch das eigene Wesen widerspiegelt und zur Reflexion zwingt. Aber Liebe findet man nicht beliebig oft und schnell. Und Liebe ist keine Liebe, wenn sie nur einseitig ist. Manchmal kommt es mir so vor, als ähnele ich Wagners ,Fliegendem Holländer'. Der konnte letztlich nur auf eine Weise Erlösung finden – durch die unbedingte Liebe einer Frau. Doch auch dieser Vergleich hinkt. Denn ich glaube zu wissen (so fühlt es sich jedenfalls für mich an), dass meine Frau mich liebt – trotz all meiner Eskapaden."

„Wenn ich die berechtigte Existenz und Position deiner Frau einen Moment beiseite lassen und auf den ,Fliegenden Holländer' zurückkommen darf – meinst du, du könntest nur erlöst werden durch die Liebe einer Frau bis in den Tod?", fragte Claire. „Denkst du Liebe als Selbstaufopferung?"

Ihre Frage hing einen Augenblick unbeantwortet in der Luft. – Solch' ein Gedanke war mir fremd. Ohne aber auch nur den Ansatz einer Antwort meinerseits abzuwarten, fuhr sie mit betont sachlicher Stimme fort: „Oder spielst du hier nur die Opern von Wagner nach? Ich muss dich in aller Offenheit fragen: Machst du dir selbst und anderen – jetzt gerade zum Beispiel mir – vielleicht nur ein Theater vor? In einem, um es knallhart zu formulieren, nach innen verlegten Showbusiness?" Sie sah mich ernst, zweifelnd, fast ablehnend an. Diese Frage und ihr Blick trafen mich.

„Das muss ich mir nicht sagen lassen", entgegnete ich mit einem schroffen Unterton von Aggressivität in der Stimme, den ich zu spät bemerkte, um gegensteuern zu können, „dazu habe ich auf

meiner Suche oft genug selbst zu tief in heillosen Situationen gesteckt, in denen ich nicht weiter wusste. Wie oft glaubte ich mich
am Ende. – ‚Theater‘? Nein, dieser Gedanke beschreibt in keiner
Weise meine Intention. Ich empfinde ihn als absurd."

„Ich will dir nicht zu nahe treten und mich schon gar nicht über
dich erheben", sagte sie, „aber wenn ich dir helfen soll, muss ich
auch kritische Fragen stellen dürfen." Sie war aufgestanden,
schenkte mir Tee nach und sagte dann: „Komm, wir setzen uns
nebeneinander auf das Sofa, auf unserer konfrontativ wirkenden
Sitzordnung scheint kein Segen zu liegen."

Wenig später saßen wir nebeneinander auf einem bequemen Sofa, von dem aus man trotz der hereinbrechenden Dunkelheit einen Ausblick auf die Wiese hatte und – über den Schilfgürtel
hinweg – auf das Ufergewässer. Der See selbst in seiner Weite
mit dem Himmel darüber verblieb im Undeutlichen. Auf mich
wirkte das ganze Panorama wie eine Anmutung von zweifelhaf-
ter Freiheit. Ich legte meinen Arm um Claire. Und erneut lehnte
sie sich an mich. Eine lange Zeit sagten wir nichts.

‚Hätten wir in einem Kinostück gespielt, wäre das eine überlange
Einstellung gewesen, wie man sie manchmal bei Literaturverfil-
mungen zu sehen bekommt‘, überlegte ich. Der Gedanke beun-
ruhigte mich. ‚Spielte ich vielleicht doch Theater – vor mir selbst
und anderen?‘ Aber nein, dazu waren die Ereignisse, die ich
durchgestanden hatte, zu schwerwiegend und zum Teil auch gefährlich gewesen. Eigenartigerweise fiel mir der Autounfall am
Rande der Autobahn ein, bei dem ich auf dem Rückweg von
Berlin nach Hamburg nachts bei Sturm und Starkregen von der
Fahrbahn abgekommen war und mich mit dem Wagen über-
schlagen hatte. Die Polizei hatte mir zu meinem zweiten Ge-
burtstag gratuliert. Einer der Brandenburger Polizisten mit einem
geradezu gütigen Gesicht hatte, als ich versuchte den Unfallher-
gang zu beschreiben, die philosophische Aussage getroffen: ‚Sie
können nicht Zeit und Raum für den Unfall verantwortlich ma-

chen'. Er hatte Recht. Denn das alles war nur deswegen passiert, weil ich einer viel versprechenden, letztlich aber ganz nichtigen Hoffnung nachgejagt war.

„Und was ist mit der ganz gemeinen Rationalität?", fragte Claire, „wie wäre es, wenn du dich einfach an die Regeln der Vernunft hieltest? An Sitte und Anstand?"

„Um dabei ‚la raison du coeur', die wahrhaftigste Stimme in mir, zu verleugnen?", entgegnete ich wiederum heftiger als geboten. „Jeder liebt den Satz von Antoine de Saint-Exupéry ‚Man sieht nur mit dem Herzen gut'. Aber wenn es darauf ankommt, gerade in der Liebe, dann wird wieder die altväterliche Vernunftkarte gezogen. Dann gilt Rationalität, Realität, Sachzwang, institutionelle Verantwortung. – Nein, Claire, die Liebe muss frei sein, frei, aber verantwortlich."

„Und was verstehst du hier unter Verantwortung?", fragte Claire.

„Niemanden im Stich zu lassen", sagte ich, „schon gar nicht seine Frau und auch nicht die Geliebte, der man insbesondere keine falschen Versprechungen machen darf. Die Situation, in der ich lebe, muss den unmittelbar Beteiligten klar vor Augen stehen, fern jeder Täuschung oder Selbsttäuschung. Diese Klarheit herzustellen, das ist meine Hauptverantwortung – auch mir selbst gegenüber."

Ich machte eine Pause und fuhr dann ein wenig zögerlich fort: „Darüber hinaus darf man aber auch das eigene Selbst nicht verleugnen. Denn das hieße, sich selbst im Stich zu lassen. Ich weiß, manche denken, das bedeute die Quadratur des Kreises. Aber so etwas ist lebbar. Davon bin ich überzeugt. Dazu gibt es, wie gesagt, in der Realität und in der Literatur auch zu viele Beispiele gelungener Beziehungen zu Dritt oder Viert.

Und die tatsächlichen Verhältnisse des Alltagslebens sind weit überwiegend nur in dem Punkte anders, als dass bei Partnern, die über ihre Außenbeziehungen täuschen, der Mut zur Wahrhaftigkeit fehlt. Vor diesem Hintergrund müsste die Gesellschaft auf Dauer offener werden und auch polyamore Beziehungen als menschlich sauber anerkennen. Zumindest in den aufgeklärten Regionen der Welt ist das nicht ausgeschlossen, wenn ich mir die Entwicklung im 20. Jahrhundert ansehe: Irgendwann gelangen wir im Laufe des 21. Jahrhunderts sicherlich zu der Erkenntnis, dass Zweier-Beziehungen, gerade auch Ehen, nicht zwangsläufig zu einer Exklusion Dritter führen müssen. Über kurz oder lang werden wir wahrscheinlich wahrnehmen, dass die Gefühlslagen der Partner in einer Sphäre gegenseitig eingeräumter Freiheit zu respektieren, zumindest zu tolerieren sind, weil sie menschlich bereichern. Daran glaube ich persönlich fest."

„Das finde ich auch", sagte Claire.

Ich glaubte meinen Ohren nicht zu trauen: „Was sagst du da?", fragte ich wie elektrisiert. Hatte sie mir tatsächlich zugestimmt?

Sie lächelte: „Ja. Das finde ich auch. Im Prinzip hast du Recht." Sie nahm meinen Kopf in ihre Hände, küsste meine Augen und dann ganz zart meine Lippen. „Du hast richtig gehört, ich stimme dir zu!", bekräftigte sie ihre Aussage, diesmal sozusagen mit einem inneren Ausrufungszeichen.

Einen Augenblick dachte ich, ich hätte sie gefunden – meine verloren gegangene, meine andere Hälfte, die nach alter Sage in voller Kongruenz zu meiner Seele irgendwo auf der Welt existieren musste, die mir und der ich entsprach. Ein heißes Glücksgefühl durchströmte mich, um dann aber sofort kaltem Zweifel zu weichen. „Wie meinst du das?", fragte ich ungläubig.

„Ich will dir eigentlich nur sagen: Ich verstehe dich. Ich begreife dich sogar sehr gut. Denn mir geht es ähnlich wie dir. Ich gehöre inzwischen aufgrund meiner persönlichen Erfahrungen auch zu den Liebenden, die zugleich treu und untreu, frei und gebunden sind." Sie lächelte, mir entging aber nicht der schmerzliche Zug in ihrem Mienenspiel.

„Und wie bist du zu dieser Haltung gekommen?" Ich wollte noch weiter fragen, aber sie legte mir ihre Hand auf den Mund. „Still", sagte sie, „lass uns diesen Augenblick nicht zerreden." Und dann begann sie, mich zu liebkosen.

Ich war noch immer fassungslos. Aber dann nahm ich das Spiel – oder soll ich lieber sagen – den Ernst im Spiel an und erwiderte ihre Zärtlichkeiten, überließ ihr aber ganz bewusst die Initiative. Ja, in dieser Nacht begann unsere Liebe. Und wir blieben ein Liebespaar – auch wenn wir durch den Zwang der äußeren Umstände eine viel zu lange Zeit räumlich getrennt wurden und zeitweise nicht einmal Kontakt halten konnten. Das aber ist ein späteres Kapitel.

Wega-Wagemann unterbrach sich. „Es reicht mir für heute", sagte er, „in einer Woche können Sie wiederkommen. Dann aber bitte ohne Aufnahmegerät." – ‚Der alte Fuchs', dachte ich, war aber kein bisschen verlegen. Denn nie wäre ich auf den Gedanken gekommen, heimliche Tonbandmitschnitte unseres Gespräches zu machen.

Ich musste einen ziemlich konsternierten Eindruck gemacht haben. Denn Wega lächelte: „Ich weiß, Sie haben keine Aufnahme gemacht. Aber Sie als Profi wissen ja: ‚Gute Gelegenheit macht Geheimnisbruch!' "

2.

*Nach einer Woche saßen wir uns im Bücherzimmer von We-
ga-Wagemann in gleicher Konstellation gegenüber. Wega hatte mir wortlos die Haustür aufgemacht, mich hereingewinkt
und auf meinen alten Platz gezeigt. „Nehmen Sie sich, wenn
Sie mögen", sagte er und wies auf die Mineralwasserflaschen.
Er selbst hatte sein Glas schon gefüllt. Aus der Tönung des
Wassers schloss ich, dass er sich bereits vorher aus seiner
Wodkaflasche bedient haben musste. Ohne jede weitere Höflichkeitsfloskel und ohne Vorrede setzte er seine Geschichte
fort.*

Die erste Nacht

Ich habe mich beim letzten Mal vielleicht ein wenig missverständlich ausgedrückt, als ich sagte, in der ersten gemeinsamen
Nacht „sei es passiert". Ich meinte damit: Von dieser Nacht an
haben wir uns inniglich geliebt. Das stimmt. Aber das heißt
nicht, dass wir gleich miteinander geschlafen hätten. Wir tauschten Zärtlichkeiten und waren wohl auch immer wieder kurz davor, es zu tun. Irgendwann hatte Claire aber gefragt, ob wir „zur
Feier des Tages", sie hat wirklich gesagt „zur Feier des Tages",
nicht noch eine Glas Wein trinken wollten. Sie hatte sich von mir
gelöst und eine weitere Flasche Vin du Soleil aus einem in den
Fußboden eingebauten kleinen Speicher aus Beton geholt, den
sie ihren „Kellerkühlschrank" nannte. Und so saßen wir kurze
Zeit später wieder eng umschlungen auf dem Sofa und prosteten
uns zu. Und wie von allein nahm unser Gespräch seinen Fort-
gang. Natürlich ging es weiter um Liebe, Leidenschaft, Treue
und Untreue.

Irgendwann stand Claire behutsam auf, griff nach einer Schall-
platte. „Diesmal unter der Leitung von Arturo Toscanini", sagte
sie. Wieder erklang das Tristanvorspiel. Claire regulierte die Lautstärke so weit nach unten, dass die Ouvertüre nur als leise Hin-

tergrundmusik zu hören war. Sie wollte unser Gespräch nicht beeinträchtigen. Dennoch sagte keiner von uns auch nur ein Wort. Wir hielten uns fest und hörten erneut fasziniert zu. Ich hatte einen Fernsehfilm über Toscanini und die Art gesehen, wie er den Tristan dirigierte. Zuerst störten mich seine etwas eckigen Bewegungen, aber dann sah ich seine Augen, mit denen er das Orchester in den Griff nahm und erkannte plötzlich, wie es ihm gelang, die feinsten Abstufungen in seiner musikalischen Übersetzung der Partitur zur Geltung zu bringen – durch seine Blicke, durch seine Körpersprache, durch seine ganze Persönlichkeit. Hier wurde das Orchester von einem einzigen starken und zugleich äußerst sensiblen Wille gelenkt.

In dieser Aufnahme folgte der Schlussgesang von Isolde, ihr Liebestod, unmittelbar auf die Ouvertüre. Die ganze Spannweite der Liebesgeschichte klang auf und verwehte mit Isoldes Stimme und dem Ausklang der letzten Takte dieses genialen Musikdramas. Wir lauschten ihnen nach und danach schwiegen wir weiter.

In der Stille hörten wir das Prasseln der Regentropfen auf dem Dach des Holzhauses. Wir fühlten uns geborgen vor der Welt und geborgen in uns.

„Diese geniale Musik", sagte Claire „steht nicht einfach für Liebe, sie ist selbst Passion."

„Passion, wie jede große Liebe Passion ist, sonst ist sie keine", entgegnete ich. „ ‚Lieb' kann nicht ohne Leiden sein' – das wusste schon Gottfried von Straßburg im 13. Jahrhundert. Und so ist es bis auf den heutigen Tag geblieben. Man muss sich nur die großen Liebesgeschichten vergegenwärtigen, die in die Kulturgeschichte eingegangen sind."

„Mag sein", antwortete Claire nachdenklich und nach einer längeren Pause fragte sie: „Ist es diese Tragik, die Tristan und Isolde so wichtig macht für dich?" – Ich suchte Claires Blick und sagte: „Ja und nein. Es ist in erster Linie die hier aufgezeigte Möglichkeit der Liebe jenseits aller Konventionen, einer Liebe zwischen einem Mann und einer Frau, die sich unerwartet in ihren Blicken begegnen und erkennen. Diese alle normalen Grenzen sprengende gegenseitige Erkenntnis bricht sich Bahn erst in der Schlussszene des ersten Aktes, als die beiden nach dem vermeintlichen Todestrank glauben, sterben zu müssen. Erst da entscheiden sie sich für den anderen und – für sich. Es ist diese dramatische Tragik der gegenseitigen Durchdringung in einer Grenzsituation, die mich so tief beeindruckt: dieses seelische In-Eins-Sein, das sich zu einem Ineinanderaufgehen entwickelt. Das Drama vollendet sich in dem Tod der Liebenden, die beide – so jedenfalls moderne Inszenierungen – trotz ihrer Seeleneinheit ihren je eigenen Tod ganz individuell sterben. Den Tod darf man hier wohl als Eingang in das Ur-Sein verstehen, auf das alles individuelle Sein zurückfällt. Wagner lässt Isolde jedenfalls vom „All des Weltatems" sprechen und setzt den Gedanken des „Eins-Seins" in seiner Musik genial um. Eine solche, ich weiß, ideale Liebe zu leben, das wäre mein Traum."

„Und du glaubst, dass es eine solche Möglichkeit nicht nur auf der Bühne des Musiktheaters gibt, sondern auch für ein normales Liebespaar." Claire fragte nicht, sondern traf eine Feststellung.

„Ja", sagte ich, „im Prinzip ja."

„Und seither bist du auf der Suche nach der Großen Liebe und setzt die reale Liebe deiner Frau immer wieder aufs Spiel?"

Ich schwieg.

„Ist es nicht so?", fragte Claire.

„Meine Frau versteht mich und versteht mich doch wieder nicht", antwortete ich, „ich glaube, sie liebt mich, obwohl sie darunter leidet, dass ich so bin, wie ich bin. Bestimmt hält sie mein Suchen für einen illusionären Aktionismus und schlimmstenfalls für eine Art Selbstbetrug. Und dennoch toleriert sie mein Verhalten; das heißt, sie erträgt es unter Schmerzen. Aber sie sieht mich zunehmend kritisch. Und auch ich selbst stehe immer wieder zwischen dem Gefühl, einerseits als großer Egoist im Unrecht zu sein und andererseits doch das unverzichtbare Recht zu haben, mein Leben in Freiheit zu führen, begrenzt nur durch meine grundsätzliche Treue und Solidarität. Denn ich stehe ja zu Susan, liebe sie und bleibe ihr auf meine Weise treu, auch wenn andere in meiner Haltung Untreue oder allenfalls Treue in der Untreue sehen."

„Wenn sie das aushält, muss sie dich sehr lieben", sagte Claire, das ist Seelengröße."

Wieder entstand eine lange Pause.

„Ich bewundere sie ebenfalls", sagte ich, „sie, ihre ganze Persönlichkeit und damit besonders ihre Liebesfähigkeit, ihre Toleranz, ihre Loyalität. Und auch deswegen erwidere ich ihre Liebe, an die ich glaube. Manchmal komme ich mir allerdings selbst schlecht und egozentrisch vor. Aber dann wird mir mit gleicher Stärke die Legitimität meiner Suche bewusst – selbst auf die Gefahr hin, dass ich mit meinem Liebesverlangen und meiner Sehnsucht auf einem Irrweg bin. So lebe ich schlecht und recht in einem ständigen Selbstwiderspruch. Das ist wohl tatsächlich meine Krankheit, wenn du so willst."

Es war das erste Mal, dass ich mein Problem so klar auf den Begriff gebracht hatte. Ich war erregt und begann zu schwitzen. Mit einem Taschentuch wischte ich mir den Schweiß von der Stirn. Überdies war die Luft schwül geworden. Auch der Regen brachte keine Abkühlung. In der Ferne hörte man das Grollen eines Gewitters.

Mir fiel ein, dass ich im Krieg meine Mutter gefragt hatte, ob der Donner deutsch sei und sehr beruhigt war, als sie mich unter Tränen zärtlich in den Arm nahm, und mir ein ganz leises „Aber ja doch" ins Ohr flüsterte. Ich hatte mich eng an sie geschmiegt und mich unendlich geborgen gefühlt. Aber jetzt stand ich für mich allein und war naturgemäß der kindlichen Geborgenheit entwachsen. Zugleich fühlte ich mich irgendwie erleichtert. Denn noch nie hatte ich so offen mit einem anderen Menschen über mich und meine innere Zerrissenheit geredet, noch nie hatte ich mich in dieser Weise öffnen können.

Dabei war mir bewusst, dass ich mit dem, was ich gesagt hatte, alles zwischen uns kaputt machen könnte. Gleichermaßen bestand jedoch auch die Möglichkeit, dass meine Haltung uns einander ganz nahe bringen würde. Es war offenbar mein selbst gewähltes Schicksal, immer wieder in solche emotionalen Grenzbereiche zu geraten, die zwei gegensätzliche Beurteilungen und Schlussfolgerungen zuließen.

„Deine grundsätzliche Haltung verstehe ich", sagte Claire, „aber erklär' mir bitte auch noch deine konkrete Situation." Sie blickte mich mit Augen an, die mir Klarheit abverlangten.

„Ich merke schon, du erwartest von mir ritterlichen Minnedienst einer Frau gegenüber", sagte ich, „ohne jede Falschheit – so schwer das auch fällt."

„Auch wenn es schwer fällt, ja", antwortete sie und warf mir einen unerbittlichen Blick zu, leicht nur abgemildert durch ein ermutigendes Lächeln.

Ihre Position war konsequent, so empfand ich es, zugleich fühlte ich intuitiv, dass es ihr einzig und allein um Klarheit ging: Sie wollte wissen, woran sie mit mir war. Ich begann stockend.

„Ich liebe meine Frau, hänge an ihr und werde sie nie verlassen", sagte ich, „das kann ich nicht, weil ich sie dann tatsächlich verraten würde. Und das bringe ich nicht übers Herz. Andererseits sind wir so lange verheiratet, dass sich die Liebe zwischen uns verändert hat. Wir kennen uns. Im Vordergrund steht nicht mehr die Neugier auf den jeweils Anderen. Unsere Ehe hat sich vielmehr mit der Zeit und unmerklich in Richtung auf ein großes, liebevolles, zärtliches und warmherziges Verständnis für einander entwickelt, in ein echtes Vertrauensverhältnis: Wir verstehen einander ohne große Worte, aber eben auch ohne glühende Liebesschwüre. Die erotisch-sexuelle Seite unseres Liebesverhältnisses ist dementsprechend auch in ruhiges Fahrwasser gelangt. Wir kennen uns einfach zu gut. Und daher wissen wir, dass wir uns unbedingt auf einander verlassen können.

Das war nicht immer so, es gab Trennungsängste bei Susan und bei mir. Aber jetzt haben wir schon seit Jahren diesen Status von Verlässlichkeit erreicht. Wir sind uns unserer, sie ist jedenfalls meiner Liebe gewiss, wenn ich das so sagen darf. Wenigstens für mich gilt das uneingeschränkt. Und dennoch ist in mir die Sehnsucht wach geblieben, die Sehnsucht nach einem anderen Du, an und in dem ich mich und meine eigene Identität finde und fortentwickeln kann. Jedenfalls dann, wenn (bzw. weil) ein beiderseitiges neugieriges Interesse daran besteht. Es geht dabei immer auch um ,den Anderen' im Sinne von Jean Paul Sartre. Ewig keimt die Hoffnung auf zu finden, was einem fehlt und was man daher sucht. Das gilt auch, wenn diese Hoffnung vielleicht nur temporär lebt, um dann scheinbar unterzugehen – nur um immer wieder neu zu erwachen mit dem ständigen Risiko des Scheiterns.

Ganz abstrakt gedacht, ist das vielleicht nichts anderes als das Verlangen nach ernsthafter, intensiver Kommunikation ohne vorgefertigte Meinungen und die Sehnsucht nach Nähe auf allen Ebenen – das Ganze ein Drahtseilakt in einem Zustand von Ausgesetzt-Sein, ein Zustand, der die Sinne und die Wahrnehmung schärft, gerade weil immer ja auch die Gefahr einer trübseligen Niederlage besteht.

Liebe hat ja übrigens nichts zu tun mit statischem ,Haben', aber alles mit dynamischem ,Sein', wie wir spätestens seit Erich Fromm, aber eigentlich auch schon seit Martin Heidegger wissen können. Liebe in diesem Sinne ist ein ewig drängender lebendiger Prozess, und den suche ich und versuche ihn immer wieder zu aktivieren. Mir geht es um diesen Magnetismus durch Revitalisierung von Herz und Seele, und ferner um die Hoffnung auf eine Art innerer Innovation, die mich dieses Ziel erreichen lässt. Das ist der Kern des Magnetberges in mir, der nach einem Gegenpol sucht. Er tut es von allein, mit einer naturhaften Unwillkürlichkeit. Die Moral des kategorischen Imperativs verschafft einem zwar manchmal ein schlechtes Gewissen im Sinne einer Daueranfrage. Aber sie bietet kein Gegenmittel, das die Urgewalt der Sehnsucht nach dem Anderen und dessen Selbst aufheben könnte. Und genau so wenig lässt sich das mit dieser Sehnsucht untrennbar verbundene Verlangen nach Erkenntnis des eigenen Selbst aufhalten. Liebe ist immer ein, wenn nicht der Weg nach innen.

So entsteht ein innerer Sog. Seelisch und körperlich, erotisch und sexuell. Man betritt risikobehaftete Wege auch außerhalb der konventionellen Ehe und kann bei großer Empathie gerade auch in einer Außenbeziehung eine Basis finden, die ein Gespräch wie das unserige jetzt zulässt. Liebe bildet eine starke Antriebskraft aus seelischer Energie. So ist es jedenfalls bei mir. Wenn demgegenüber ‚die gängige Moral‘ hier ein absolutes Ende setzen würde, dann nur um den Preis seelischer oder körperlicher Verformung oder gar Verstümmelung. Darf man so etwas in einer ehelichen Liebesbeziehung dem anderen oder sich selbst zumuten? Ist hier nicht eine Ethik anderer Art gefordert, die über eine Besitz ergreifende Zweierkonstellation hinausgeht?"

„Und diese magnetischen Kräfte wirken nun auf mich ein?", fragte Claire.

„Wie die deinen auf mich", erwiderte ich. „Aber das ist nur ein Bild, ich meine das nicht naturwissenschaftlich. Es muss aber, denke ich, auch im seelisch-somatischen Bereich so etwas geben wie eine magnetische Strahlung auf Gegenseitigkeit. Ich kann mir jedenfalls die manchmal magische Wirkung etwa eines intensiven Blickwechsels nicht anders und nicht besser erklären."

„Wenn ich dich recht verstehe, ist also in jedem Menschen ein magnetisches Potential verborgen", sagte Claire, „manche stoßen sich ab, andere ziehen sich mit geradezu magischen Kräften an. Und die jeweilige Wirkung hängt davon ab, ob die Kräfte gegeneinander oder aufeinander zu gerichtet sind?"

„So ungefähr stelle ich mir das jedenfalls vor", erwiderte ich, „doch bin ich kein Psychologe, sondern nur ein Feld-, Wald-, und Wiesen-Jurist. Wir Juristen sprechen manchmal von einer Parallelwertung in der Laiensphäre. Wenn du es genauer wissen willst, müssten wir wahrscheinlich in die Welt der Psychoanalyse einsteigen."

„Ich will nur deine persönliche Sichtweise nachvollziehen können", antwortete Claire. „Auf den neuesten Stand der Wissenschaft kommt es mir hier nicht an. – Du glaubst also nicht an Willensfreiheit und Sittengesetz?"

„Bei aller Toleranz gegenüber Andersdenkenden: Ähnlich wie das Strafrecht ein ,ethisches Minimum' ist, bildet die allgemeine Moralvorstellung für mich, so habe ich es für mich mehr und mehr erkannt, die engste Verhaltensregel des jeweiligen Kulturkreises. Bei uns ist diese Moral immer noch und immer wieder maßgeblich durch bürgerliches Besitzstandsdenken geprägt. Das ,Haben-Wollen', das Besitzstreben, ist für die meisten Leute das alles Entscheidende: der Besitz an Sachen und – pervers genug – auch an Menschen. Hauptsache es ist ein eigener Besitz, am besten in der Form persönlichen Eigentums: ,Er, sie, es soll mein, mein, mein sein!' Man will darüber nach Belieben verfügen, wie ein Eigentümer über Sachen – gleich, ob es sich um tote Gegenstände oder lebendige Wesen und hier um deren Herz und Seele handelt. Und all das selbst in Zeiten einer ausufernden elektronischen Kommunikation, die ganz andere und früher nicht einmal zu denkende Möglichkeiten höchster Intensität und Intimität in parallelen Welten schafft. Ja, das Digitale Zeitalter meldet sich auch hier an.

Ob es hingegen die berühmte Willens- und Entscheidungsfreiheit gibt, das weiß ich nicht, glaube aber eher nicht daran. Jedenfalls habe ich erhebliche Zweifel, insbesondere, wenn man an die neuesten Ergebnisse der Gehirnforschung denkt. Hier halte ich es letztlich wiederum mit Jean Paul Sartre, der für uns alle das Verdikt ‚zur Freiheit verurteilt' bereithält.

Gerade bei dieser libertären Sichtweise bleiben wir nach meiner Auffassung jedoch für die Art und Weise verantwortlich, in der wir Gebrauch machen von der Freiheit, die jedem Menschen von Geburt an zusteht. Dabei muss aufgrund des Toleranzgebotes klar sein: Zu Arroganz gegenüber Menschen mit einer anderen eher traditionell geprägten Sichtweise besteht weder ein Grund noch ein Recht. – Warum willst du das alles so genau wissen?"

„Weil ich den Mann kennen will, in den ich mich, glaube ich, heute verliebt habe und den ich lieben könnte."

Ich wollte sie an mich ziehen, aber sie stand auf und setzte sich wieder in den Sessel gegenüber, so als brauche es wegen der großen Nähe, die ihre Worte auslösten, mehr Abstand zwischen uns. Ich verstand und akzeptierte das und blickte sie nur an.

„Und wie wird deine Frau damit fertig?" fragte Claire.

„Ich sagte schon: Sie ist liebevoll und tolerant, fühlt sich aber gleichwohl stark berührt und oft auch wirklich verletzt. In einer solchen Situation ist es auch für mich schwer. Aber noch viel schwerer ist es für sie. Und dabei ist sie ungeheuer großzügig. Zur Feier meines fünfzigsten Geburtstages hat sie z.B. Kristin, meine zweite Große Liebe, heimlich eingeladen – eine Frau, die sie ungeheuer respektierte, weil Kristin sie aus reiner Frauensolidarität angerufen hatte, um sie darüber zu informieren, dass zwischen uns etwas im Gange war: Kristin, das war die Frau, die mir angedroht hat, sie werde sofort Schluss machen mit mir, würde ich mich von Susan trennen. Dieselbe Kristin, mit der mich zusätzlich zu unserer persönlichen Beziehung zugleich ein tiefes Interesse an esoterischen Fragen verband. Als sie mich verließ, habe ich gelitten wie niemals zuvor. Sie hat einen großen Teil meines Herzens mit sich genommen. Aber auch heute noch stehe ich zu ihr und zu meiner damaligen Liebe zu ihr.

Bei anderen Beziehungen als der zu Kristin gab es zwischen mir und Susan alle nur denkbaren emotionale Prozesse: Zorn, Enttäuschung, Traurigkeit. Aber irgendwann, irgendwie haben wir uns immer wieder gefunden. Dafür gibt es meines Erachtens nur eine stichhaltige Erklärung: Wir lieben uns. Ja, ich liebe meine Frau wirklich, wie ich es schon erklärt habe. Ich kann sie weder verleugnen noch verraten. Das ist meine Art der Treue."

Eine lange Stille entstand. Claire saß auf ihrem Sessel in sehr gerader Haltung wie eine Buddhafigur, so als meditiere sie. Nun war ich es, der aufstand, zum Plattenspieler ging und noch einmal die Tristanouvertüre diesmal in normaler Lautstärke aufklingen ließ.

Zurückgekehrt auf meinen Platz, sah ich, dass Claire die Augen schloss und sich ganz offensichtlich auf die Musik konzentrierte. Auch ich hörte auf die Musik und geriet in eine meditative Müdigkeit. Mir fiel ein Gedicht ein, das ich einmal unter dem Eindruck dieser Musik für Kristin geschrieben hatte, ein Gedicht, das aber für mich und meine Liebe eine allgemeine Bedeutung hat. Sein Titel lautet: ‚Heiliger Eros'. Dazu stehe ich bis heute.

Nach dieser Schilderung sah mich Wega-Wagemann mit einem hellwachen Blick prüfend an. „Den Wortlaut habe ich, glaube ich, noch immer im Kopf", sagte er. Ich beobachtete, wie er in sich hinein horchte. Offenbar suchte er, sich zu erinnern. Es dauerte eine Zeit. Dann nickte er und trug mit belegter Stimme – emotional sichtlich angefasst, seine Gefühle aber doch in den Griff nehmend –, das folgende Gedicht vor:

Heiliger Eros

Und immer wieder ist es nur dies Eine,
das sich in deinen Augen spiegelt:
das unstofflich reine ungemeine Feine,
die Liebe, die sich in deinem Blick entsiegelt.

Geben wir uns diesen Augen-Blicken hin.
Sie reißen uns aus uns und über uns hinaus.
Frag nicht nach Schicksal oder Sinn,
wir sind im achten Sternenhaus.

Du hängst am Weltenbaum
kopfüber himmelab, um dich zu erden.
Ich bäume mich aus ird'schem Traum
himmelan hoch in dein Werden.

Wir werden uns erfahren müssen
in Scherz und Schmerz, in Leid und Heiterkeit,
in tausend Tränen, tausend Küssen
– ein Traum, ein Leben, Liebe jetzt für alle Zeit.

Und schwanken alle Gleichgewichte,
wo ist der Weg, wo wer ihn weiß.
Lass, Eros, leuchten uns in deinem Lichte,
die Herzen heile und vollende unsern Kreis.

Immer wieder ist es dieses Eine,
das sich in unsern Augen spiegelt:
das unstofflich reine ungemeine Feine,
die Liebe, die sich in uns entsiegelt.

*

Dieses Gedicht in seiner altertümlichen Reimform rührte mich, aber es berührte mich auch irgendwie peinlich. Das war überholtes romantisierendes Empfinden in Reinkultur: 19., allenfalls Anfang 20. Jahrhundert', so schätzte ich es ein. – Trotzdem verstand ich diesen Wega-Wagemann dort auf dem Sofa. Ich sah ihn vor meinem inneren Auge mit Claire einer Frau gegenübergestellt, die eine echte neue Liebe zu werden versprach. Unverkennbar war auch der Druck, den die Erinnerung an die offenbar immer noch lebendige Liebe zu Kristin in ihm auslöste.

Diese frühere, hier offen ausgesprochene Erfahrung musste das ungeheure Potential einer Hochspannung für ihn damals und auch für die sich anbahnende Beziehung jetzt zu Claire enthalten haben. Er stand ja erneut zwischen zwei Frauen, ohne sich zwischen Liebe und Liebe entscheiden zu können; sich nicht entscheiden zu können zwischen der alten Liebe zu seiner Frau und jener damals neuen Liebe zu Kristin oder – Szenenwechsel zur aktuellen Situation – zu dieser frischen Liebe zu Claire.

Ähnliches galt für Claire. Aber musste die Duplizität der Ereignisse aus ihrer Sicht seine aktuelle Liebe zu ihr nicht entwerten? Wega hatte ihr, offenbar einem inneren Zwang folgend, sehr konkret den Hof gemacht – wie würde sie auf seine Erklärungen reagieren?

Und wiederum er: War er nicht jetzt den alten Problemen neu ausgesetzt? Wie sollte er diese ganze Situation in sich vereinen können? Oder gab es unauflösbare Widersprüchlichkeiten, mit denen einer wie er, offenbar ein homme aux femmes und romantischer Liebhaber der Frauen, zu leben und die Balance zu halten hatte?

Ich war hin- und her gerissen. Einerseits wirkte sein Gefühlsüberschwang abstoßend; denn hier zeigte sich möglicherweise eine Entscheidungsschwäche an. Andererseits konnte es auch innere Stärke sein, sich selbst in einem solchen Zustand der inneren Zerrissenheit zu behaupten. Wie würde ich selbst mich in solcher Lage verhalten? Eine sofortige Antwort hatte ich nicht parat. Denn wenn es in beiden Fälle Liebe war...

Ich atmete durch, als Wega seine Erzählung wieder aufnahm:

Gedankenverloren saßen Claire und ich uns noch eine ganze Zeit gegenüber, auch nachdem Isolde den Liebestod ein weiteres Mal erlitten hatte und die Musik verklungen war. Wir waren beide tief versunken in unsere Gefühlswelten.

Irgendwann öffnete Claire die Augen und sah mich nachdenklich an. Ich nahm einen Blick voll von zwiespältigen Gefühlen wahr. Oder legte ich das nur in sie hinein? Ich weiß es nicht mehr. Sie war ja mit ihrem André offenbar in einer ähnlichen Lage wie ich mit Susan. – „Und du", fragte ich sie mit behutsamer Stimme, „wie bist du zu deinem Verhaltenskodex gekommen? Der weicht ja ebenfalls erheblich ab vom bürgerlichen Normalmaß."

„Ich bin müde", antwortete sie, „und mag heute nicht mehr darüber sprechen. Aber das wäre unfair dir gegenüber. Im Zeitraffer daher nur wenige Sätze. Mein erster Mann, er war nur zwei Jahre älter als ich, hat mich doppelt hintergangen. Er hatte mit meiner besten Freundin über Jahre ein Verhältnis und er hatte, während er mir ewige Liebe schwor, mit ihr ein Kind, dessen Vaterschaft beide vor mir lange Zeit verheimlicht haben. Irgendwann ist das durch Zufall herausgekommen. Ich hatte jedes Vertrauen verloren, habe mich von ihm getrennt und mich nach Überwindung meines Schocks sehr intensiv mit emanzipatorisch-feministischer Literatur auseinander gesetzt. – Damals habe ich unter anderem die zwei Bände des Buches von Simone de Beauvoir, „Das andere Geschlecht" regelrecht durchgearbeitet. Durch Zufall bin ich dann auf das, ich glaube, schon 1972 erschienene Buch „Die offene Ehe" der Anthropologen Nena und George O'Neill gestoßen, die ein neues Konzept für die moderne Ehe entwickelt haben: die Idee der Offenheit der Ehepartner für Beziehungen jeweils auch zu Dritten auf der Basis höchsten gegenseitigen Vertrauens. Zuerst konnte ich das gar nicht nachvollziehen. Mit der Zeit aber und angesichts der Realitäten der „bürgerlichen Ehe" ist mir klar geworden, dass die O'Neills einem echten Liebes- und Vertrauensverhältnis der Ehepartner zueinander das Wort reden. Und das war mir zunächst nur theoretisch allemal lieber als das lügenhafte Gespinst vieler konventioneller Ehen, in denen meist der Mann, überraschend oft aber auch die Frau fremdgehen, und das dem Partner gegenüber verheimlichen.

Ich habe dann als Single Erfahrungen gemacht, bin zu mir selbst gekommen und damit autonom geworden. Und in dieser Zeit bin ich André begegnet, der als Künstler nach eigenen Erfahrungen unbedingt ‚frei' bleiben wollte, und das auch in einer möglichen Ehe. Dabei war ihm klar, dass er diese Freiheit nicht als männliches Privileg nur für sich allein beanspruchen konnte, sondern mir gleiches Recht einräumen musste. Und so bin ich ohne Illusionen in eine erstaunlich gut funktionierende Beziehung gegangen, die seit zehn Jahren hält, beruflich bedingt seit etwa drei Jahren als Fernbeziehung."

Sie machte eine Pause. Ich sah, wie müde sie war. Es war weit nach Mitternacht. – „Du bist todmüde", sagte ich, „komm, wir gehen schlafen. Ich mache es mir auf dem Sofa bequem und ..." – „Unsinn", unterbrach sie mich. „Im Schlafzimmer nebenan steht ein breites Doppelbett. Wir sind schließlich erwachsene Menschen."

Traumgestalten

In dieser Nacht träumte ich absurde Dinge. In Erinnerung ist mir noch der Traum von einem kleinen Stern, der weich auf der Erde gelandet oder gestrandet war. Camus stand neben ihm und erzählte etwas von einem Ewigkeitsgefühl, das er angesichts des unendlichen Meeres „ozeanisch" genannt habe. In Ansehung des Sternenhimmels aber müsse er sich korrigieren: das „ozeanische"

Gefühl müsse im 21. Jahrhundert mit Blick auf den Kosmos als „spirales" verstanden werden.

„Hab' ich es nicht gleich gesagt?" Ein Mann mit Samtbarett trat hinzu: Richard Wagner selbst. „Das Bild von den ausgetrockneten Ozeanen war niemals irreal, wie manche Menschen ohne Vorstellungskraft gemeint haben", sagte er mit einem stolzen Unterton in der Stimme.

Er hub zu weiteren Erklärungen an, wurde aber unterbrochen. Aus einem Raum irgendwo hinter dem Stern rief Cosima: „Richie, der Kaffee steht auf dem Tisch!" Wagner blickte sich zornig um. „Immer wieder, auch wenn ich noch gar nicht zu Ende bin", sagte er, „stören diese Weibsleute meine Gedankengänge. Aber ich muss tatsächlich los, wir erwarten nämlich Friedrich Nietzsche zum Frühstück." Er tippte nach Art der Fremdenlegionäre kurz an sein Barett und schon war er im Dunst des noch rauchenden Sterns verschwunden.

„Statt von einem als Kosmonaut verkleideten ‚Fliegenden Holländer' der spiralen Art hätte ich doch eigentlich von Tristan träumen sollen, meinen Sie nicht?", fragte Wega schmunzelnd, „das hätte doch zumindest eine gewisse Logik gehabt. So aber war ich nur Gast in einem Schaumland."

„Unabhängig davon, dass Träume nicht schlüssig sein müssen", antwortete ich, „vielleicht war Ihr Traum gar nicht so unlogisch. Immerhin wird der Holländer ja durch Sentas Liebe erlöst und geht mit ihr in die Ewigkeit ein."

„Da haben Sie eigentlich Recht", sagte Wega-Wagemann und lächelte nun wirklich. Er hatte eine freundliche, fast warme Stimme, als er sagte: „Könnte jedenfalls so sein. Ich stelle mit Freude fest, dass Sie Opern von Wagner kennen. Das ist eine gute und vertrauensbildende Grundlage für uns beide hier.

Für heute aber habe ich genug erzählt", fuhr er fort. „Ich denke, wir treffen uns in einer Woche wieder."

Ich stand auf und wir verabschiedeten uns freundlich voneinander. Auf dem Heimweg fragte ich mich, warum Wega mir einen solchen Traum überhaupt erzählt hatte. Aber vielleicht brauchte er das, um sein Erinnerungsvermögen zu stimulieren oder um zwischen uns ein Misstrauen abzubauen bzw. eine solide Vertrauensbasis zu schaffen.

3.

In den nächsten Tagen saß ich in der Staatsbibliothek und ging meiner üblichen Recherchearbeit nach, merkte aber dabei, dass mich die sehr subjektiv erzählte Geschichte von Wega-Wagemann doch mehr beschäftigte, als ich zunächst gedacht hatte. Daran interessiert, wie es konkret weitergehen würde, begann ich, mich auf das dritte Treffen zu freuen. Wieder gab es dieselbe Zeremonie einer knappen Begrüßung. Und dann kam Wega sofort zur Sache.

Der erste gemeinsame Tag

Als ich aufwachte, war der Platz auf dem Doppelbett neben mir leer. Es hatte zu regnen aufgehört, die Sonne schien sich den Tag erobern zu wollen. Aus dem Wohnraum (mit eingebauter Küchenzeile) hörte ich Stimmen. Claire sang, ich glaube, sie sang ein Chanson von Yves Montand mit.

Ich stand auf, duschte kalt (warmes Wasser war nicht verfügbar) und trat kurze Zeit später unrasiert – was mir an sich ein Gräuel ist – ins Wohnzimmer. Claire, wieder in Jeans, aber diesmal in hellblauer Bluse, hatte schon den Frühstückstisch gedeckt und goss gerade Kaffee auf. Als sie den Wasserkessel zurück auf den Herd gestellt hatte, trat ich zu ihr, nahm sie in die Arme und küsste sie auf die Wangen. Sie lächelte mich an.

„Schön, deine Chansons", sagte ich. – „Eine kleine Abwechslung nach der Erdenschwere von gestern Abend", antwortete sie, „auch diese Schwere jedoch hat mir sehr gefallen. Für heute Morgen aber sollte ein bisschen französische Heiterkeit für uns angesagt sein, findest du nicht?"

Wir setzten uns an den Tisch. Claire schenkte Kaffe ein, wir frühstückten und plauderten dabei. So begann, wie ich dachte, ein völlig entspannter Tag unverhofften Sommerurlaubs. Bei sonnigem Wetter machten wir einen kleinen Spaziergang am See

61

entlang, spielten Federball, badeten und bezogen die Bank auf dem Steg, um uns von der Sonne trocknen zu lassen. Und währenddessen redeten wir zwischendurch wie uralte Freunde. Kaum zu glauben, dass wir uns gestern erst kennen gelernt und die erste Nacht gemeinsam verbracht hatten. Jetzt schon kam es mir vor, als seien wir dabei, so etwas wie ein eingespieltes Paar auf Zeit und Frist zu bilden: Beide mit anderen Partnern verheiratet, die subkutan in uns anwesend waren, während wir die Freiheit für uns in Anspruch nahmen, unbefangen aufeinander zu- und miteinander umzugehen. Das alles geschah in einer Atmosphäre liebevollen Verständnisses. Ich fühlte mich verliebt und glücklich, aber zu Claire gleich wieder von Liebe zu sprechen, ging mir zu weit. Wir fühlten uns frei, uns ernsthaft aufeinander einzulassen. Immer wieder geschah es, dass sich unsere Blicke kreuzten oder wir uns ganz einfach bei den Händen hielten. Auch Claire schien von einem Glücksgefühl durchglüht zu sein, so als könnten wir uns und unser Leben neu erfinden.

„Ich weiß, du bist Jurist im öffentlichen Dienst. Das ist aber eine sehr weitläufige Beschreibung deiner Berufstätigkeit. Was genau machst du eigentlich?", fragte Claire, als wir am späten Nachmittag wohlig müde wieder auf der Bank am Ende des Steges in der Sonne nebeneinander saßen.

Ich hielt mich gewöhnlich sehr bedeckt, wenn es um meinen Beruf ging. Meine Erfahrung war, dass manche Frauen auf Macht und Herrschaft fliegen, weil sie darin offenbar Attribute der Männlichkeit sehen. Aber Claire gegenüber war es für mich unmöglich geworden, Spielchen zu betreiben. „Ich bin ein ‚öffentlicher Lebemann', wie es im Jargon heißt", antwortete ich, „d.h. konkret einer von zwei Staatssekretären im Innenministerium, und ich bin dort unter anderem zuständig für Ausländer- und Asylpolitik." – Claire zuckte zurück. „Also auch zuständig für Abschiebungen?" fragte sie mit belegter Stimme. Offensichtlich hatte sie meine Auskunft höchst unangenehm berührt. Sie rückte fast unmerklich von mir ab.

„Was die generelle Politik angeht: ja", sagte ich, „und was den sehr konkreten Vollzug betrifft ebenfalls, soweit die Bundespolizei – wie z.b. an Flughäfen – zuständig ist. Zwar bin ich mittelbar zumindest auch beteiligt, was normale Abschiebungen angeht. Die Zuständigkeit dafür liegt jedoch, wie du sicher weißt, bei den Bundesländern. Aber natürlich kooperieren Bund und Länder hier."

„Du warst doch wenigstens niemals ein Bulle – oder?" Und dann fügte sie mit einer resignierten Stimme, mehr zu sich als zu mir sprechend, hinzu: „Da gefällt einem endlich mal ein Mann, der sich auch noch für Kultur und Kunst, Literatur und Musik interessiert – und dann das." Die Wörter „dann das" sprach sie mit kaum verhohlener Ablehnung aus.

Ich verstand sie nicht recht. Was hatte mein Beruf mit mir als Menschen zu tun? Ungläubig sah ich sie daher an.

„Nein, das nicht", antwortete ich, „aber, damit du auch das gleich weißt: Immerhin war ich Offizier der Bundeswehr."

„Wie ich sie hasse", sagte Claire mit kaum unterdrücktem Zorn, „diese ganze staatliche Exekutivmacht, die strukturell auf Gewalt hin angelegt ist. Damit du mich verstehst, Wolf, ich bin bei amnesty international aktiv und in der Humanistischen Union, der ältesten Menschenrechtsorganisation Deutschlands, und außerdem bin ich in einer französischen NGO engagiert. Darüber hinaus schreibe ich aus Deutschland unter anderem für die Wochenzeitung LA LIBERTÉ, die in Paris erscheint. Die rigorose Abschiebepolitik, die ihr hier als Bundesrepublik treibt und die ihr oft mit dem beschönigenden Ausdruck „Rückführung" belegt, stinkt für mich zum Himmel. Mich empört, was ihr den geschundenen Menschen zumutet, die oft unter Lebensgefahr aus einem Bürgerkriegsland oder aus unerträglichen Notzuständen nach Europa geflohen sind: Ihr schickt sie, wann immer es geht, zurück in Länder, in denen die Verhältnisse unmöglich, nein, schlimmer noch, unmenschlich sind. Ich stände dort hoffentlich auch auf der Seite der Revolutionäre." Der blanke Zorn stand ihr im Gesicht. Sie fühlte sich absolut im Recht. – Eine solche Haltung war mir fremd. Ich merkte, wie ich mich innerlich über sie und ihren wohlmeinenden, aber doch weltfremden Idealismus aufzuregen begann, und ich wusste zugleich, dass ich mich emotional nicht gehen lassen durfte. „Wir sind uns aber doch sicher einig darüber, dass sich die Exekutive an die vom Parlament beschlossenen Gesetze halten muss?", fragte ich und redete dabei betont langsam, um nicht aggressiv und unbeherrscht zu wirken.

Ich hatte genug Gespräche mit engagierten Abschiebegegnern geführt; unter anderem auf einem Kirchentag, auf dem die aufgewühlten Teilnehmer versucht hatten, auf mich als einen Vertreter des Innenressorts massiv Druck auszuüben. Diese Erinnerung provozierte mich immer noch. Aber ich musste solche Aggressionen in meiner amtlichen Tätigkeit nach der Devise „ruhig Blut" wegstecken, wieso also nicht auch im privaten Bereich? Dass ich mich gleichwohl unvermutet auch jetzt wieder diesen ungerechten Vorwürfen ausgesetzt sah, brachte mich auf. Ich weiß noch, wie ich dachte: ‚Schon wieder so ein Gutmensch'!

„Zumindest Abschiebungen in Härtefällen sind menschenverachtend, sie sind unvertretbar", erwiderte Claire. Und dann begann sie auch noch Artikel 1 des Grundgesetzes herunter zu beten: „Du weißt doch genau: ‚Die Würde des Menschen...'"

„Danke", unterbrach ich sie, „unsere Verfassung kenne ich selbst. Du musst jetzt nur noch sagen: ‚Kein Mensch ist illegal' – und schon haben wir deine heile Welt auf den Punkt gebracht." Meine Stimme musste sich trotz meines Bemühens um Ruhe hart, entschieden und auch ziemlich kalt angehört haben.

Claire blickte mich überrascht an. „Aber so ist es doch auch, genau so formulieren es manche Menschenrechtsorganisationen", entgegnete sie. Sie argumentierte mit einer kämpferischen Stimme. „Das ist auch meine Meinung. Kein Mensch ist illegal!"

„Du steigst ganz schön ein", entgegnete ich, „du weißt aber doch schon, dass die Betroffenen die politische Möglichkeit haben, parlamentarische Härtefallkommissionen und Petitionsausschüsse in Bund und Ländern anzurufen? Diese wirken durchaus als Korrektiv zu exekutiven Fehlentscheidungen. Darüber hinaus können alle Entscheidungen von den Gerichten überprüft werden. Davon machen die Asylbewerber ja auch sehr weitgehend Gebrauch. Doch will ich gerne einräumen: Manchmal entstehen Zwangslagen, die ich durchaus vermieden sehen möchte, und daraus folgend dann Abschiebeentscheidungen, die ich ebenso wenig gut finden kann wie du. Das sind jedoch tragische Einzelfälle. Unser System ist nicht perfekt, aber eines, das sich auch im Vergleich mit anderen Staaten als durchaus rechtsstaatlich qualifizieren lässt."

Danach schwieg ich eine Zeit.

Auch Claire ging ihren Gedanken nach. „Weißt du, was mich am allermeisten empört?", fragte sie dann mit distanzierter Stimme, „ihr schiebt mit ihren Familien sogar junge in Deutschland geborene afrikanische Mädchen ab, obwohl ihnen in ihrer Heimat entsprechend den dortigen Gebräuchen eine aufgezwungene Beschneidung droht. Wisst ihr eigentlich, was ihr da anrichtet?"

Ich wusste, dass dies vorgekommen war. Selbst hatte ich einen solchen Fall durch persönliche Intervention allerdings in letzter Minute verhindern können. „Das ist ein wirkliches Problem", räumte ich ein, „dafür aber gibt es nun mal Härtefallkommissionen und Gerichte, die für Abhilfe sorgen können."

„'Härtefallkommissionen', 'Gerichte', 'für Abhilfe sorgen'", reagierte Claire noch immer empört, „das ist gar nichts; da hängen Menschenschicksale von Zufällen ab. Und damit nehmt ihr solches Unrecht doch weiterhin in Kauf! Nein, das geht gar nicht!" Eine lange Pause entstand. Claire sagte nichts. Und auch ich schwieg verbissen.

Schließlich erklärte Claire mit einer bedrückten Stimme: „Klammern wir dieses Thema am besten aus. Wir werden uns nicht einigen können." Und dann nach einer weiteren Pause fragte sie: „Und was mache ich nun mit dir?"

„Du nimmst mich so, wie ich bin."

„Und wie bist du?"

„Jedenfalls bin ich nicht der Unmensch, den du offenbar einen Augenblick lang in mir gesehen hast", antwortete ich. „Wir müssen uns ja sowieso noch erst richtig kennen lernen – wenn du es denn willst."

„Ja", sagte Claire, „das müssen wir. Aber lass mich gleich ganz zu Anfang festhalten: In der Frage der Abschiebung sind wir ganz und gar uneins." Und mit großem Nachdruck fügte sie hinzu: „Ich erkläre dir jedenfalls meine Feindschaft – ach nein, Feindschaft nicht, aber immerhin meine absolute Gegnerschaft. Du musst selbst wissen, ob du mich insoweit als gefährlich oder zumindest als kompromittierend einschätzt oder nicht."

Eine Zeit lang schwiegen wir. Dann lachte Claire plötzlich auf: „Hältst du denn eine ‚publizistische Gegnerin' im Bett neben dir überhaupt aus?"

Mich amüsierte Claires Diktion. Und das erzeugte in mir eine Stimmung, die man gern mit ‚heiterer Gelassenheit' beschreibt. Mir fiel der allfällige Bibelspruch von der Zeit ein. „Alles hat seine Zeit", stellte ich fest, „und heute ist nicht die Zeit der Rechthaberei, sondern die Zeit zum Träumen. Und die sollten wir ausschöpfen und genießen."

Ich legte den Arm um Claires Schultern und zog sie ganz leicht an mich. Sie wehrte sich nicht, sondern lehnte sich vielmehr auch von sich aus an mich. Und bald merkte ich an ihren gleichmäßigen Atemzügen, dass sie eingeschlummert war. Ich versuchte, ganz still zu sitzen, um sie nicht zu wecken.

Unter dem Steg plätscherte der See, ein leichter Wind ging durch das Schilf, es bewegte sich sanft und schien dabei zu flüstern und zu wispern. Die Bäume am Ufer rauschten leise. Sonst war nichts zu hören.

Zusammen mit Claire, die ruhig und tief atmete, fühlte ich mich Augenblicke lang allein in einer Welt, die ohne Unheil schien. Mich rührte Claires Vertrauen, das sie mit ihrem Verhalten in ihren ‚Feind' setzte. Und mein Ärger über das, was sie in meinen Augen zum ‚Gutmenschen' gemacht hatte, verflog so schnell, wie er gekommen war. Ich begann sie innerlich in Schutz zu nehmen. Mir war bewusst, dass sie ein hohes Maß an Zivilcourage haben musste, um mir ihre Position in dieser Form vorzuhalten.

Und nichts liebte und liebe ich mehr als mutige Menschen, die sich die Freiheit zum Widerspruch nehmen, wo sie diesen Widerspruch ehrlichen Herzens aus der Sache heraus für erforderlich halten. Wegen ihres so offensichtlichen Vertrauens verflogen die Vorbehalte, die mir eben noch wichtig gewesen waren. Wie könnte mir diese Frau gefährlich werden? Wie irrelevant waren meine dienstlichen Ansichten bei solchem Zutrauen. ‚Vertrauen gegen Vertrauen', dachte ich, ‚das schulde ich ihr'.

Manchmal sprach Claire im Schlaf, sie äußerte Wortbrocken, die für mich unverständlich waren. Und einmal schien sie im Traum nach innen zu schluchzen. Ich überlegte, ob ich sie wecken sollte, unterließ das aber; denn bekanntlich können Träume wesentlich zur Bewältigung innerer Probleme beitragen. Ich nahm mir vor zu warten, bis sie von allein aufwachen würde. Bald atmete Claire auch wieder ruhiger.

Ich selbst wurde ebenfalls müde von den ganz ungewohnten Urlaubsanstrengungen dieses Sommertages. Die Zeit verstrich. Mir fiel ein, dass ich seit langer Zeit kein Autogenes Training mehr betrieben hatte. Also begann ich mit gleichmäßigen Atemübungen. Gerade als sich das Schweregefühl in meinen Armen einstellte, schrak Claire mit einem tiefen Seufzer auf. „Ich habe tief geschlafen", flüsterte sie schlaftrunken, „und dabei furchtbar geträumt."

Ich sah sie besorgt an. „Geschluchzt hast du im Traum", antwortete ich, „wirklich, ich war kurz davor, dich zu wecken."

Claire fuhr sich mit Daumen und Zeigefinger über die Augen. Dann fragte sie unvermittelt: „Du begleitest mich doch in den Tristan – oder? Es gibt nicht etwa Probleme wegen deines Amtes?"

„Aber nein", antwortete ich begütigend, „erst wenn wir eine richtige Affäre beginnen, könnten wir ins Gerede kommen. Auch das würde mir nichts ausmachen. Wir leben schließlich in einem freien Land."

„Ja", antwortete Claire, „freizügig geht es zumindest in Berlin zu. Nicht da liegt unser Problem."

„Wo aber dann?", fragte ich.

„Ich meine jetzt eine ganz andere Ebene als die der Ausländerpolitik, wo wir – beide Überzeugungstäter – allerdings sehr unterschiedliche Positionen vertreten. ‚Problem' ist vielleicht auch gar nicht der richtige Ausdruck; Probleme lassen sich ja normalerweise lösen. Aber es gibt eine Basisfrage, an der wir grandios scheitern könnten", antwortete Claire. Ihre Stimme klang ein wenig resigniert und traurig. Sie suchte meine Nähe und kuschelte sich an mich.

„Wir und scheitern? Bei deiner Theorie der ‚offenen Ehe'?", erwiderte ich. „Das verstehe ich nicht." Ich war überrascht. Außer dass wir eine allerdings massive Meinungsverschiedenheit in einer politisch wichtigen Sache gehabt hatten, war zwischen uns nichts geschehen. Und Claire sprach gleich von einem Scheitern? „Es geht mir weder um die Flüchtlingspolitik noch um bürgerliche Konventionen", sagte sie, „meine Basisfrage liegt tiefer. Wir verstehen uns von Anfang an so gut, wie ich es noch nie mit einem anderen Mann erlebt habe. Wenn wir wirklich erst einmal begonnen haben, uns zu lieben, wirklich zu lieben – siehst du nicht die Gefahr, dass wir uns dann im anderen so verlieren, dass unsere persönliche Autonomie und Authentizität in Gefahr gerät? Und dass wir dann, wenn es denn je soweit kommt, als einzelne Menschen und als Paar scheitern und nur noch dem verlorenen Glück hinterherweinen können?" Sie sah mich mit ihren wachen Augen an. Sie machte eine kleine Pause. Aber dann lächelte sie und sagte in heiterem Tonfall: „Dabei haben wir noch nicht einmal miteinander geschlafen."

Ich musste über ihren letzten Satz lachen, ging darauf aber nicht weiter ein, sondern antwortete, gleich wieder ernst werdend: „Autonomieverlust? Das also meinst du? Da kann allerdings wirklich ein Gefahrenpunkt entstehen. Denn unsere Beziehung wird auf Dauer nur funktionieren können, wenn wir beide eigenständig sind und beide in uns selbst ruhen. Das ist so, weil auch unsere Partner involviert sind. Ein Authentizitätsverlust wäre Freiheitsverlust. Das könnten wir beide bestimmt nicht ertragen: uns selbst gegenüber nicht, gegenüber einer gemeinsam von uns begründeten Partnerschaft nicht und auch deswegen nicht, weil wir unseren Ehepartnern nicht mehr gerecht würden. Also müssen wir uns von vornherein als autonom respektieren und akzeptieren. Letztlich auch in politischen Fragen, denke ich. Anderenfalls würde auch ich – jedenfalls auf Dauer – um uns fürchten müssen. Warum indes, Claire, sollten wir beide es nicht schaffen können – aus Liebe zueinander?"

„Dir traust du das also wirklich zu?", fragte sie und fuhr fort, „so verstehe ich dich jedenfalls. Und du hast keine Zweifel? Wie denkst du – ganz andere, viel oberflächlichere Frage –, soll ich das mit meinem Beruf vereinbaren und in meinen NGO aushalten, wenn herauskommt, dass wir uns lieben und darüber hinaus auch noch liiert sind? Klar, mit Problemen dieser Art könnten wir beide sicherlich noch umgehen. Aber..." Claire sah mich besorgt an. Sie wirkte jetzt ziemlich beunruhigt, was mir, naiv, wie ich in Bezug auf sie damals noch war, so gar nicht zu ihrem bisherigen Auftreten als einer starken und selbstbewussten Frau zu passen schien.

Ich wurde nachdenklich. „Weißt du, Claire", begann ich, „eigentlich müsstest du mir erstmal noch dein grundsätzliches ‚Aber', also deine Basisfrage, erklären. Vielleicht hilft es dir, wenn ich sage: Die Fragen, die wir hier erörtern sind für uns wirklich höchst existentieller Natur. Und selbstverständlich komme auch ich gelegentlich ins Zweifeln, ob offene Partnerschaften überhaupt lebbar sind. Aber für mich kehre ich immer wieder zu einem allerdings behutsamen ‚Ja' zurück. – Und was dich angeht: Ich könnte es mir einfach machen und sagen: Natürlich kannst du dasselbe, was auch ich kann. Jedoch darf ich es mir so leicht nicht machen. Man muss schon genau hinsehen und sich die besonderen Umstände jeder einzelnen Beziehung vor Augen stellen. – Wenn ich nun aber unter diesem Aspekt dein berufliches Umfeld betrachte, das ich bei euch Kreativen eher als tolerant einschätze, und wenn ich zusätzlich die persönlichen Bedingungen ansehe, über die du dich mit André verständigt hast, dann komme ich zu einem klaren Ergebnis: deine Sterne, unsere Sterne stehen gut. Gerade was André angeht, bist du sogar in einer ausgesprochen liebevoll-toleranten Situation – natürlich nur, wenn er es wirklich ernst meint mit dem, was er sagt. Es dürfte dir von dorther kaum Gefahr drohen.

Und ich selbst glaube im Grunde: Es ist die Urkraft Liebe, die dies alles nicht nur ermöglicht, sondern dazu verurteilt. Ich denke: Es geht einfach gar nicht anders, jedenfalls nicht für die Betroffenen. Vielleicht ist das auch eine Frage der Gene. Im Mittelalter wurde, wie es Wagner gerade im Tristan zeigt, die Figur der Frau Minne sozusagen als dea ex machina bemüht, um eine verständliche Erklärung für verbotenes Verhalten liefern zu können. Es war der Frau Minne Zauberkraft, die Menschen aus ihrer Erklärungsnot heraushalf. Wir aber, die wir heute aufgrund der Forschung so viel mehr wissen, müssen auf die eigentlichen Ursachen und Energien abstellen, auch wenn diese uns immer noch als magisch erscheinen. Aller Wahrscheinlichkeit nach handelt es sich um bestimmte Botenstoffe, die zwischen den Liebenden so zirkulieren, dass es sie über alle Widerstände hinweg zusammenreißt. Warum? Weil sie sich so sehr entsprechen – vielleicht sogar in ihrer Gegensätzlichkeit. Und dabei erleben die Liebenden die Liebe trotzdem noch immer als ein rationales und dennoch kaum erklärbares Wunder. Ja, so in etwa dürfte es sein."

Eine kühle Brise hatte eingesetzt. Claire fröstelte. „Komm", sagte sie, „lass uns drinnen weiterreden." Hand in Hand gingen wir zum Holzhaus, das die gespeicherte Sonnenwärme für uns bewahrt hatte und nun langsam abgab. – Wir waren zu sehr mit uns und unserer Situation beschäftigt, um auch nur den geringsten Appetit zu entwickeln. Und wenig später lagen wir in dem breiten Doppelbett, redeten miteinander und hielten uns dabei eng umfangen. Die Zeit schien stehen geblieben zu sein, so als wollte sie sich kristallisieren. Aber in Wirklichkeit raste sie davon, zerlief uns unter unseren Händen. Abend wurde es, es wurde Nacht. Es war diese Nacht, in der wir uns einander hingaben – unwiderstehlich und nicht mehr aufhebbar. Und das alles, ohne dass eines dieser großen Worte zwischen uns gefallen wäre.

In ihrer kurzen und bündigen Art stellte Claire am nächsten Morgen lediglich fest: „Wir sind eben wir. Und wir sind frei geboren." – Besser hätte ich selbst es auch nicht sagen können.

Wega-Wagemann schwieg. Eine dieser längeren Gesprächspausen trat ein, die ich als ungeduldiger Rechercheur schon kennen gelernt hatte. Ich hatte mich darauf eingestellt. Ich nahm sie als Eigenart dieses Mannes hin, der noch immer mit sich und seiner Vergangenheit rang. Ganz offensichtlich erzählte er aus einer Innenschau heraus, die ihn sehr bewegte. Dass er sich Zeit nahm, empfand ich inzwischen sogar eher als einen besonderen Vertrauenserweis. Ich wusste: Gegenseitiges

Vertrauen war ein wichtiger Keimboden solcher Gespräche. Hier musste es vorrangig um Wahrhaftigkeit gehen. Das schloss Oberflächenakrobatik aus.

„Nun habe ich Ihnen doch Intimitäten offenbart, was ich eigentlich vermeiden wollte", sagte Wega, „Sie werden davon aber bitte keinen unzulässigen Gebrauch machen. Betrachten Sie diese Informationen als ‚unter dem Strich' gegeben." – Ich nickte. Er hatte ja von Anfang an nicht über Intimitäten reden wollen.

Wega betrachtete mich eine lange Zeit sehr aufmerksam. Dann hüstelte er. „Sie fragen sich vielleicht, warum ich Ihnen das alles so detailliert schildere", erklärte er und blickte mir direkt in die Augen, als wollte er nun endlich wissen, wes Wesen sein Gesprächspartner sei. „Ich mache das", fuhr er nach kurzer Pause fort, „damit Sie erkennen, wie unsere Liebe entstanden ist und damit Sie wahrnehmen, warum unsere Liebe so tief wurde. Zwar war diese Liebe gleich zu Anfang mit Claires ‚Basisfrage' und einer durchaus ernsten Auseinandersetzung über eine politische Frage von Gewicht belastet, aber damit meinten wir umgehen zu können. Es ist uns zunächst jedenfalls auch tatsächlich geglückt, von vornherein Person und Sache strikt von einander zu trennen. Das ist für engagierte Menschen, obwohl sie natürlich in besonderem Maße dem Toleranzgebot verpflichtet sind, nicht immer selbstverständlich. Dieser Idealzustand ist uns in unserer Anfangsphase daher auch nicht immer sogleich perfekt gelungen, später dann jedoch immer besser, bis…" Er murmelte etwas, das ich nicht genau begriff. Ich glaubte, irrig vielleicht, verstanden zu haben, was er mir hatte sagen wollen: Es ging ihm wohl wieder um den Schutz vor aus seiner Sicht unlauteren Indiskretionen.

4.

Eine Woche später saßen wir uns wieder gegenüber. Wega machte heute keinen angespannten Eindruck, sondern wirkte freundlich und gelassen, als lebe er in der Situation, die er schildern wolle.

In der Staatsoper

„Zu der Premiere von Tristan in der Staatsoper Unter den Linden holte mich Claire ab, weil meine Wohnung auf ihrem Weg lag. Und wie zu erwarten, wurde dieses Stück Musiktheater zu einem wirklichen künstlerischen und gesellschaftlichen Ereignis. Fast alles, was Rang und Namen hatte, tummelte sich im Foyer. Für mich ist das immer wie eine amüsante Gockelparade im Hühnerhof. Scharren hier, Gackern da und dann doch tatsächlich auch einmal ein Kratzfuß. Vom formvollendeten Handkuss über hingehauchte Wangenküsse bis zu lockeren Umarmungen – alles war zu sehen. Selbst hohle Galanterien hörte man ab und an: „Wie schön Sie hier zu treffen!" – „Wann können wir uns einmal wieder für längere Zeit sehen?" – „Heute habe ich gerade an Sie gedacht!" – Die übliche Gesellschaftskomödie entspann sich. Deren Inszenierung macht mir im Normalfall nur wenig aus, in der Regel pflege ich mich daran sogar spielerisch zu beteiligen, weil durchaus ein heiteres Lächeln zu gewinnen ist.

Heute aber mit Claire an meiner Seite war alles anders. Wir waren aufeinander eingestellt und jede Begegnung mit anderen empfanden wir ungerechterweise als Störung. Zu einer echten behelligenden Aufdringlichkeit aber entwickelte sich das unerfreuliche Treffen mit dem Chefredakteur des Boulevardblattes FAKT. Dieser sprach mich mit einer Art von schleimiger Arroganz an und schien dabei innerlich gleich eine Meldung für die Rubrik ‚Klatsch und Tratsch' zu notieren. „Guten Abend, Herr Staatssekretär", sagte er, „diesmal ohne ihre Gattin und stattdessen mit einer bezaubernden Alternative unterwegs?" – „Herr

Chefredakteur", den Titel betonte ich ob seiner Taktlosigkeit mit abfälliger Ironie, „ich bin erstaunt, Sie hier zu treffen. Niemals hätte ich gedacht, dass sich der Boulevard neuerdings mit Opern wie ,Tristan und Isolde' beschäftigt". Und dann wandte ich mich brüsk ab, ohne auch nur die geringsten Anstalten zu machen, diesem Widerling mit der pomadigen Haartolle Claire vorzustellen. Ich wusste, eines Tages würde ich dafür büßen müssen, aber an jenem Abend war mir das völlig gleich.

Jedenfalls war ich froh, als wir unsere Plätze in einer der vorderen Reihen eingenommen hatten und das Stimmengewirr zum Erliegen kam. Der erste vorsichtige Beifall für den Dirigenten kam auf. Und dann nach einer kurzen konzentrierten Pause erklangen ,lente und languente', wie Wagner es in der Partitur vermerkt hat, die ersten Takte des Vorspiels zu ,Tristan und Isolde', dieser ,Handlung', in der das Orchester nicht nur begleitet, sondern auf der Grundlage der ausgeprägten Leitmotivik der Komposition eine eigenständige und manchmal führende Rolle übernimmt. Das Sehnsuchtsmotiv einer unvergänglichen Liebe entwickelte sich in meiner Wahrnehmung vom zartesten Beginn zu rauschhafter Vollendung. Diese Musik in ihrem ständigen kreis-, nein spiralförmigen Aufwärtsdrängen wurde zur leidenschaftlichen Seelensprache – so empfand ich es diesmal tiefer noch als bei früherer Gelegenheit. Deren Eindringlichkeit steigerte sich durch die untergründige Anwesenheit des Todesgedankens. Der ewige Kreislauf von Werden und Vergehen, die Korrespondenz zwischen der Liebe als Inbegriff allen Lebens und der Gegenmacht des einsamen Todes – hier vermag er mittels des Mediums Musik die Menschen zu durchdringen.

Ich fasste nach Claires Hand und wir kommunizierten durch Fingerdrucks miteinander. Uns packte diese Musik in ihrer Unmittelbarkeit tief innen. Wie von selbst glitten unsere Hände ineinander und ganz von allein verschränkten sich unsere Finger. Wir blickten einander manchmal kurz an und vergewisserten uns der Gefühlslage des Anderen. Die Unmittelbarkeit von Musik und Bühnengeschehen wirkte naturgemäß viel intensiver auf uns als eine noch so meisterhaft eingespielte CD es je würde vermocht haben.

Noch während des Vorspiels hob sich sehr langsam der Vorhang und gab über einen zunächst in undurchdringlichem Schatten verbleibenden Vordergrund hinweg den Blick frei auf ein erst dunkles, dann hell strahlendes Blau, das in chromatischen, unendlich fein abgestuften Farbtönen eine Perspektive zeigte, die auf einen silbrig- hellen Streifen Lichts am Horizont zulief. Aus dem Vordergrund schob sich wiederum sehr langsam ein gewaltiges, schwarzes, nach oben gebogenes und gleichwohl schnittiges Dreieck in das Blau, bald schon als abstrahierte Darstellung eines Schiffsbugs erkennbar. Dieser Bug stemmte sich gegen blau-grünliche Lichtwogen, die auf das Schiff zuzulaufen schienen. Immer deutlicher schälte sich das Vorderdeck aus der Dunkelheit heraus. In der Morgendämmerung gewahrte man Isoldes Lager. Und da lag sie, diese stolze Königstochter, mit ihrer rotblonden Haarpracht, verraten in ihrer uneingestandenen Liebe, aus machtpolitischen Gründen verkauft an einen ungeliebten Kornenfürsten, widerständig in ihrer Verzweiflung, aus der herauszufinden es für sie nur einen Weg gibt: den Tod. Hilflos an ihrer Seite die treue Dienerin Brangäne, ratlos auf die wogende See blickend. Und schon erhebt sich die Stimme des Seemannes mit seinem Spottlied auf die „irische Maid".

Die Bühnenhandlung nahm ihren Lauf.

Und gemeinsam erlebten wir in diesem Musikdrama, wie die Wahrheit zweier Menschen, die sich unumkehrbar lieben, beiden erst endgültig bewusst wird, als sie glauben, sterben zu müssen. Erst die vermeintliche Überschreitung der Grenze des Lebens in dem Akt einer Todessuche macht sie frei für das Eingeständnis ihrer gegenseitigen Liebe. Diese führt sie, weil diese Grenzüberschreitung für die Gesellschaft, in der sie leben, unerträglich erscheinen muss, in das Erlebnis eines übergeordneten Seinsgrundes. Erlöst von gesellschaftlichen Zwängen erkennen sie je für sich und gemeinsam eine andere als die bestehende, für sie aber bis dahin allein maßgebliche Ordnung. Diese Grenzüberschreitung halten sie kraft ihrer Persönlichkeiten in ihrem Inneren zunächst aus. Als isolierte, auf sich allein zurückgeworfene Einzelwesen sind sie jedoch nicht geschaffen, dem aus heutiger Sicht fragwürdigen Druck der damaligen Feudalgesellschaft erfolgreich zu widerstehen. Die Tragödie nimmt ihren Lauf.

Die Liebe von Tristan und Isolde hat unter den gegebenen Bedingungen nur Bestand als ein Ineinanderaufgehen in einer metaphysischen Seelenlandschaft aus reiner Energie, die in dieser Oper über das Medium der Musik die irdische Liebe überschreitet und sie existenziell weit übersteigt. Dies vollzieht sich in einer Negation des Daseins, die in ihrem „Nicht-Mehr-Sein" etwas anderes zu sein scheint als die logische Knochenmühle des bloßen Nichts, dem ein alles zerstörender Vernichtungsprozess vorausgeht.

Bei Tristan und Isolde mündet ihr gemeinsames überindividuelles Sein, in dem sie sich in unbeschränkter Liebe umfangen, in einem ‚überpersönlichen Nicht-Mehr-Sein', bildlich gesprochen in jener Energie, in der die Liebenden als Teile eines Ganzen zusammenwirken – über ihr jeweiliges subjektives Ende hinaus.

Wega-Wagemann unterbrach hier seine, wie mir schien, schwärmerisch abgehobene Ideenkette, die er äußerst engagiert, dabei mit leicht heiserer Stimme entwickelt hatte. Mir zugewandt sage er:„Entschuldigen Sie diesen Exkurs. Mir war und ist klar, wie spekulativ der hier von mir entwickelte metaphysische Denkweg ist – im Grunde erschließt und rechtfertigt er sich nur als Versuch, eine romantische Liebe, die sich nicht aufgeben kann und will, weiterzudenken.

Die eigene Wahrnehmung wird, durch Erfahrung, Charakter,

Vorurteile und durch viele andere Faktoren bestimmt, maß-
geblich auch durch die äußere und innere Situation, in die wir
jeweils gestellt werden bzw. in der wir uns selbst sehen.

Es würde mich daher nicht überraschen, wenn Sie mir nicht
ganz zu folgen vermögen. Auf der Grundlage gegenseitiger
Toleranz gilt hier nun einmal das Prinzip ‚Suum Cuique' –
‚Jedem das Seine'." – Das sagte er auf eine Weise abschlie-
ßend, als wolle er mich nicht zu Wort kommen lassen. Er hob
sogar abwehrend eine Hand und gab mir damit deutlich zu
verstehen, dass er keine Diskussion wollte. Ganz offenbar hat-
te er sein persönliches ‚Gralsgebiet' erreicht. – Wega machte
hier eine kleine Pause, bevor er in seinem normalen Erzählton
fortfuhr.

Wie Claire und ich in späteren Gesprächen feststellten, be-
herrschte uns eine übereinstimmende Vorstellung in Hinblick auf
den tieferen Sinn dieser Oper. Und dies bestätigte sich in den Erfahrungen, die wir noch miteinander machen sollten.

Aber auch ohne das: Der ‚Tristan' schnitt uns, glaube ich, gerade
auch deswegen so tief ins Herz, weil das Bühnengeschehen einen
Konflikt darstellte, der unsere eigene Situation entfernt zu spiegeln schien – auch wenn unsere Lage weit weniger dramatisch
war. Es offenbarten sich jedenfalls Hindernisse und Schwierigkeiten, auf die auch unsere sich entwickelnde Liebe treffen konnte – trotz der heute prinzipiell geltenden Duldsamkeit. Wagners
Musikdrama jedenfalls hatte uns vollkommen eingefangen. Wir
fanden uns darin verstanden und angenommen.

Allerdings wären wir zu diesem Zeitpunkt nie darauf gekommen,
nach irgendwelche Konsequenzen auch nur zu fragen. Wir hatten uns ja noch gar nicht vertieft kennen lernen dürfen. Zu einer
Folgerung, wie Isolde sie in ihrem Schlussgesang mit den Worten: „unbewusst – höchste Lust" zieht, waren wir selbst zu dieser

Zeit nicht vorbereitet. Der Liebestod – das war das Ende der Geschichte von Tristan und Isolde. Wir, Claire und ich, aber standen erst in dem Prozess einer beginnenden, wenn auch von Anfang an hoffnungslos-hoffnungsvollen Liebesgeschichte. Wir wollten uns zumindest kennenlernen, bevor wir am Schluss vielleicht – auch eine Alternative – aufeinander würden verzichten müssen.

In der folgenden Pause waren Claire und ich und beide gemeinsam sehr in uns gekehrt und daher zu keinem der üblichen small talks aufgelegt. Wir hielten uns schweigend bei den Händen und suchten abseits gelegene Räume auf wie die Stehplatzzone im Olymp der Oper. So auch nach dem zweiten Akt. Nur einmal gerieten wir in das Blitzlicht eines der Pressefotografen, die die Premierengäste beobachteten. – Später, nach Beendigung der beifallsumrauschten Vorstellung, fuhren wir, die Premierenfeier meidend, mit einem der ersten Taxis direkt zu mir in meine private Wohnung, die ich in Berlin aus dienstlichen Gründen unterhielt.

Zweitwohnung

Claire kannte meine sog. „Dienstwohnung" nur von ihrem flüchtigen Betreten vor Beginn der Opernvorstellung. Jetzt sah sie sich näher um. Es handelte sich um ein einfaches Flat für Singles im 7. Stock eines Hochhauses: Wohnküche, Privatbüro mit großem Schreibtisch und kleiner Sitzecke; dazu ein Doppelbett-Schlafzimmer, das auf einen kleinen Balkon hinausging. Eigentlich eine zweckgerechte, vielleicht sogar schöne Wohnung. Aber dennoch fühlte sich Claire nicht recht wohl. Sie hatte das Gefühl in den Herrschaftsbereich einer anderen, meiner Frau Susan, einzudringen. Erst viel später, als ich auch ihr die Wohnungsschlüssel gegeben hatte, minderte sich ihr Fremdheitsgefühl sichlich, verließ sie aber nie ganz. Ich verstand sie.

In dieser Nacht aber nach Tristan war sowieso alles anders. Wir saßen uns bei Kerzenschein gegenüber, tranken Wein, blickten uns an und redeten über die Oper. Claire, noch immer im kleinen Schwarzen, das ihre Figur unterstrich, wirkte in diesem Augenblick emotional sehr berührt auf mich. Wir sprachen über die Liebe, die Tristan und Isolde verbindet. In einer besonderen und sehr angespannten Situation hatten sie ihre gegenseitige Liebe aufgedeckt, die sich in ihren Blicken entwickelt hatte. Darüber waren wir uns einig. Aber diese Liebe war zu Beginn eine uneingestandene, eine Liebe, die aus beider Sicht zunächst unmöglich erschienen war. Während Isolde in ihrer Tristanerzählung im ersten Aufzug von Mitleid mit dem Fremden redet, klingt aus dem Orchester das Liebesmotiv herauf. Die Musik lügt nie bei Wagner.

Eine andere Frage, die wir erörterten, bestand darin, ob Tristan und Isolde ihre Liebe wirklich auch physisch vollzogen hatten. „Ich habe irgendwo gelesen, dass ihre Begegnung im zweiten Akt der erste Ehebruch gewesen sein soll, der auf offener Bühne gezeigt worden ist", sagte ich. Claire war sich ganz sicher, dass Tristan und Isolde ihre Sehnsucht auch in einem Sinnesrausch ausgelebt und miteinander geschlafen hatten. „Ich glaube", sagte sie, „die beiden stürzen über ihre Sehnsucht in eine leidenschaftliche Passion und über diese in ihre Große Liebe, die sonst nur eine blutleere, abstrakte Liebe wäre. Anderes passt nicht zu Wagner und seiner Musik. An die in der Literatur so oft beschriebene ‚reine' Seelenliebe glaube ich in diesem Falle nicht."

Ich war knapp zwanzig Jahre älter als sie. „Recht hast du", sagte ich, „aber es gibt sie eben auch, diese seelische Liebe. Ich weiß es von älteren Menschen und merke es auch an mir selbst: Ohne Erotik wird Sexualität, so sehr sie zu Recht ein Eigengewicht hat, mit der Zeit weniger entscheidend. Auf jeden Fall entwickelt sie sich und kommt zu voller Blüte erst, wenn sie in Erotik eingebettet ist. Erotik ist für mich die seelische Liebe von zwei Menschen, die sich einander psychisch hinzugeben bereit sind – über die körperliche Vereinigung weit hinaus. Sex genügt einem vielleicht in der ersten Phase der eigenen Entwicklung. Der reine

Geschlechtsverkehr als solcher ist für mich schon lange nicht mehr die große Attraktion in einer Liebesbeziehung. Eigentlich kommt es doch vor allem auf die seelische Energie an, die die Liebenden miteinander teilen und in der sie sich finden und vereinigen."

Es entstand eine Pause. Beide hingen wir unseren Gedanken nach, wie es bei uns öfter vorkam. – Plötzlich aber schluchzte Claire auf und brach in Tränen aus. Sie versuchte, ihre Fassung mit Gewalt zurückzugewinnen. Aber es gelang ihr nicht. Als ich den Arm um sie legte, um sie zu trösten, wurde ihr ganzer Körper von einem Weinkrampf geschüttelt.

„Was ist denn", fragte ich, „habe ich dich ungewollt irgendwie verletzt?"

Sie rang sichtlich um ihre Haltung. „Nein, nein", erwiderte sie noch immer unter Tränen, „ich habe nur Angst, richtig große Angst."

„Aber wovor denn? Hier tut dir doch niemand etwas." Ich fühlte mich hilflos.

„Verzeih mir, so etwas ist mir noch nie passiert", sagte sie ruhiger werdend, „es hat mit dir zu tun, aber natürlich in aller erster Linie mit mir. Ich glaube, ich habe Angst, mich zu verlieren in dir, Angst, meine Eigenständigkeit zu gefährden, indem ich mich um mich selbst und meine Authentizität bringe – mit der absehbaren Konsequenz, dass ich nicht mit dir sein kann. Das ist jenes ,Aber', das ich neulich erwähnte."

Da war sie wieder ihre ,Basisfrage'. Große Tränen rannen an ihren Wangen hinunter. Ich versuchte zu verstehen, was sie meinte. Und es berührte mich tief. Sie hatte mir auf ihre Weise offen erklärt, dass und wie sehr sie mich liebe.

„Eine solche Liebeserklärung hat mir noch niemand gemacht", antwortete ich, „ich danke dir, aber..." Ich schwieg und zog Claire einfach behutsam an mich heran. Ich hatte sagen wollen, dass man in dem Wir einer Liebesbeziehung nicht untergeht, sondern sich im Gegenteil entwickeln und Festigkeit gewinnen kann: Liebende wachsen aneinander. Das jedoch fasste ich jetzt bewusst nicht in Worte. Es hätte nur verharmlosend gewirkt.

Und was dann?

Nach einiger Zeit – Claire hatte sich inzwischen beruhigt –, sagte ich: „Wir werden schon dafür sorgen, dass es keine Selbstgefährdung gibt, die uns auseinander bringt, nur weil wir meinen, uns selbst schützen zu müssen. Ich verspreche dir, dies von Anfang an nicht zuzulassen. Ich passe auf dich und mich auf."

„Ich bin frei geboren und brauche keinen Aufpasser", antwortete sie. „Es geht mir hier auch gar nicht um eine Liebeserklärung. Wir wissen doch auch ohne große Worte, wie es um uns steht. Es kommt mir darauf an, dass ich nicht aus einer amour fou heraus (oder wie immer man das heute nennt) in eine innere Abhängigkeit gerate, die mir und dir nicht gut tut."

„Ist unsere Liebe denn so verrückt?", fragte ich.

Eine kleine Unendlichkeit lang sagte niemand ein Wort.

„Ich glaube, ich schaffe es nicht, ich schaffe es nicht, ich schaffe es nicht", brach es unvermittelt wieder aus Claire heraus. „Und was dann?" Ihre Stimme barg einen aggressiven Unterton, konnte aber ihre Unsicherheit nicht überspielen.

„Was schaffst du nicht?", frage ich mit behutsamer Stimme.

„Red' nicht wie zu einer Kranken mit mir", fuhr Claire auf, „ich habe schon lange keine Schwierigkeiten mehr mit der Konstellation ‚Offene Ehe' gehabt. Aber", sie suchte nach den richtigen Worten, „ausgerechnet bei dir ist es anders. Ich glaube, ich kann das nicht. Wenn du einer von beiden bist, kann ich keine zwei Männer lieben. Bedingte Liebe nach dem Relativitätsprinzip – bei dir bringe ich das nicht. Ich glaube, es bricht mir das Herz."

„So sehr liebst du?", fragte ich, bewusst ohne jede Selbstbezüglichkeit.

„Ich habe mich nicht bloß in dich verliebt", sagte sie, „von der ersten Begegnung an ging es tief in mich hinein. Es war bei mir wohl diese ‚Liebe auf den ersten Blick', auch ohne eine besondere Situation, wie Isolde sie zu bestehen hatte. Ich dachte immer…", sie stockte, zögerte und fragte dann: „Ist nicht eine solche ‚amour fou' eigentlich Männern vorbehalten? Aber da bin ich wohl zu naiv gewesen. Nie hätte ich geglaubt, dass mir das als erwachsener Frau jemals zustößt. Verfluchter Schuft!" Sie ballte ihre Fäuste und sah mich drohend an.

„Ach, meine…"

„Sag jetzt nicht ‚Kleine' zu mir oder so etwas", unterbrach sie mich, „ich bin nicht deine Kleine und erst recht bin ich nicht deine Frau!" Ihre Stimme klang zunehmend energisch.

Ich versuchte, sie mit meinen Händen zu besänftigen.

„Fass mich ja nicht an!", fuhr sie mit einem harten Tonfall fort, „lass mich bloß in Ruhe. – Bitte!"

Das nun hörte sich nicht wie eine Bitte an. Ich stand auf und setzte mich in einen Sessel ihr gegenüber und versuchte, mich zu sammeln, während sie mich mit einem fast feindseligen und zugleich tieftraurigen Blick anstarrte. Ich ahnte, was sich in ihr abspielte. Sie konnte sich nicht vorstellen, ihre Liebe zu teilen. Jedenfalls derzeit nicht. Sie war momentan zu stark auf mich fixiert. Das war ansteckend.

Während ich ihren Blick erwiderte, schlug ihr mein ganzes Herz entgegen. Und trotzdem galt es, jetzt einen kühlen Kopf zu bewahren. „Claire", begann ich, „machst du es dir und auch mir nicht zu schwer? Wir kennen uns doch noch gar nicht wirklich. Findest du es da richtig, jetzt schon über so weit reichende Konsequenzen nachzudenken? Vielleicht erfahren wir uns ja in der nächsten Zeit anders, als wir es jetzt erwarten. Möglicherweise löst sich alles ganz von allein." Das Wort „auf" verschluckte ich. Ich wusste ja auch selbst nicht genau, was geschehen würde.

„Männer", stellte Claire mit Bitterkeit fest, „wirklich, so kann nur ein Mann reagieren. Ich mache dir, wie du es jedenfalls verstanden hast, eine Art Liebeserklärung. Und dann weichst du auf eine rein rationale Ebene aus und schaffst Ordnung in deiner Welt, ohne mich mitzunehmen. Solltest du ein Herz haben – und du hast Herz, doch das hast du –, dann besteht es mir gegenüber momentan aus Stein."

„Das kann ich nicht akzeptieren", erwiderte ich. Jetzt war ich zornig, behielt aber meine ruhige Stimmlage bei. „Ich bin von Anfang an ehrlich zu dir gewesen, als ich dir begründet habe, warum ich meine Frau liebe und ihr die Treue halte, zugegebenermaßen auf meine Art. Und die Liebe, die ich zu dir empfinde, ist genau so echt. Auch die Vernunft, die ich mich gerade bemühe aufzubringen, dient deinem Schutz vor unüberlegten Handlungen. Denn, wie sich eben erwiesen hat, kennen wir uns ja wirklich noch nicht richtig. Eine solche Reaktion, ich weiß, im Grunde voll von Liebe, hätte ich mir von dir z.B. nicht vorstellen können, zumindest jetzt noch nicht. Du selbst hast doch das Prinzip der „Offenen Ehe" durchaus mit Überzeugungskraft vertreten!" Die letzten Sätze hatte ich nicht laut, aber energisch gesprochen.

Claire nahm sich zurück. „Diesmal bist du im Recht, „mir sind die Nerven durchgegangen. Der Tristan hat mich ganz schön durcheinander gebracht. Entschuldige bitte meinen Ausbruch. Aber inhaltlich kann ich nichts zurück nehmen. Es war ehrlich, was ich dir gesagt habe. Ich bezweifele, ob ich das hier bringe."

„Claire, Liebste", entgegnete ich – ich war selbst überrascht, welch einen dunklen Ton voller Wärme meine Stimme annehmen konnte – „ich verstehe dich doch auch. Weißt du, wie man eine solche Situation wenigstens vorläufig in den Griff bekommen kann? Vielleicht, wenn dir das nicht wiederum zu rational ist, durch intelligente und emotionale Flexibilität? Auf Unsicherheit soll man flexibel reagieren. Dieser Grundsatz gilt generell. Für uns beide könnte dieses Prinzip z.b. bedeuten: Wir bleiben auf Sicht zusammen, bis wir Bescheid wissen über den jeweils anderen und über uns als Paar, solange jedenfalls, bis wir wirklich um uns wissen. Solches ,Umeinanderwissen', das sich von selbst entwickelt, hat, für sich gesehen, durchaus einen großen Eigenwert. Und wenn wir Wissende sind, treffen wir eine verantwortliche Entscheidung, die dann so oder so ausfallen kann. Durchaus für eine offene Ehe oder aber auch dagegen. – Sollten wir uns also nicht die erforderliche Zeit nehmen und zunächst ,auf Sicht' fahren?"

Wega-Wagemann blickte auf seine Uhr. „Ich glaube, ich habe für heute genug Erinnerungsarbeit geleistet", sagte er. Eines muss ich zugeben. Dieses Nacherleben ist manchmal durchaus beglückend, manchmal hingegen sehr schmerzlich für mich, in jedem Fall aber interessant. Ich lerne dabei, dass solches Erinnern durchaus sinnvoll ist, wenn man selbst oder wenn ein anderer daraus lernen kann – für sich selbst, aber auch allgemein. Selbst wenn das nur ein Nebenpunkt ist: Mir wird dabei zum Beispiel klar, dass Wagners Ideen- und Gefühlswelt sich auch unter veränderten Bedingungen in der modernen Gesellschaft behauptet. Viel weiter, als er seine Kunst vorangetrieben hat, sind wir als ,moderne Menschen' allerdings leider bisher nicht gekommen. Doch das Entwicklungspotential ist da. Ich bedaure Menschen, die nicht gelernt haben, sich jemals solchen Erlebnissen wie ,Tristan und Isolde' auszusetzen." – Wie andere Ex-Politiker auch hegte Wega offenbar das Lehrmeister-Gen in sich. Nun verteidigte er hier sein Wagner-Bild, und dies in einer ganz und gar persönlichen Angelegenheit. Mit einem leichten inneren Kopfschütteln verließ ich ihn.

5.

Bei unserem nächsten Treffen setzte Wega-Wagemann seine eigentliche Geschichte nahtlos fort. Er begann ganz nüchtern, als hätte er sich zwischendurch in die Welt der Politik zurückversetzt: „Politik und Ministerialbürokratie sind eine Sache für sich", sagte er einleitend, „darüber könnte ich ein eigenes Buch schreiben. Aber hier soll es, Ihrem Anliegen entsprechend, ja zunächst um meine persönlichen Erfahrungen gehen." – „Endlich", dachte ich erleichtert. Mir war die sehr subjektive Art des Staatsministers a.D., in der er beim letzten Gespräch erzählt hatte, irgendwie auf die Nerven gegangen.

Politisch- administrative Schachzüge

Meine dienstliche Situation entwickelte sich in der Woche nach unserem Opernbesuch ziemlich außergewöhnlich. Der Innenminister bat mich kurzfristig zu sich. Die Unterhaltung begann mit einem scheinbar höflichen Vorgeplänkel: „Ich habe Sie in der Tristan-Premiere gesehen, Herr Kollege, aber Sie waren so sehr mit Ihrer Partnerin beschäftigt, dass sie die Umgebung gar nicht mehr wahrgenommen haben. Es ist nicht ohne Risiko, sich mit einer Frau, die nicht die eigene ist, auf diese Weise in der Öffentlichkeit zu zeigen. Aber Sie sind ja erwachsen und wissen, was Sie tun."

Ich wollte erwidern, aber der Minister ließ mich nicht zu Wort kommen. „Ich habe jetzt keine Zeit für so etwas, lassen wir das", wehrte er mich ab, „es geht hier um eine Chefsache." Und ohne mir die Chance zur Gegenrede zu lassen, kam er gleich zu seinem Punkt. „Der Chef" – er meinte den Regierungschef – „hält eine konzertierte Rückführungsaktion von Flüchtlingen aus Afrika, speziell von Islamisten, für politisch unbedingt erforderlich und darüber hinaus für äußerst eilbedürftig. Er hat die ewigen Klagen aus der Bevölkerung, insbesondere auch aus seinem eigenen Wahlkreis, satt. Und er ist besorgt darüber, dass die Furcht vor Überfremdung in unserer Bevölkerung und überhaupt die wuchernde Angst vor Fremden, die schon immer im Boden unserer Gesellschaft nistet, das bösartige Kraut eines neuen Rechtsextremismus aufschießen lassen. Er braucht zum Gegensteuern reale und zugleich symbolische Aktionen mit Publizitätswirkung. Natürlich weiß er selbst, dass Ausländerangelegenheiten, soweit sie den konkreten Verwaltungsvollzug betreffen, in der Hauptsache in der Zuständigkeit der Bundesländer liegen. Dennoch will er sich dieser Problematik annehmen. Seine Devise ist: ‚Wer handelt, führt'. Er packt hier eine politische Führungsaufgabe an, die zugleich von großer Bedeutung und von hoher Sensibilität ist. Das sieht er meines Erachtens richtig. Er hat sich zur Bewältigung dieser Aufgabe bereits eine politische Mehrheit bei den führenden Köpfen der Koalition verschafft und auf dieser Basis eine Organisationsentscheidung getroffen. Das Bundeskanzleramt wird die rechtlichen Grundlagen dafür in dieser Woche fertig stellen und in der übernächsten Woche als Eilvorlage zunächst den Regierungsfraktionen zuleiten. Der Chef plant, das ressortübergreifende Amt eines ‚Staatsministers für Migrationsfragen' mit Kabinettsrang zu schaffen. Der Staatsminister soll eigenständig sein, d.h. nicht im Innenressort angesiedelt werden.

Der Chef hat mich um Besetzungsvorschläge gebeten, mir aber keine Zeit gelassen, diese mit einem der möglichen Kandidaten für dieses Amt vorher abzustimmen. Ich habe vorrangig Sie benannt. Sie sind als der zuständige Staatssekretär fachlich besonders qualifiziert. Der Chef, der sich als erstaunlich gut über Ihr Wirken informiert zeigte, war damit einverstanden. Er hat diese Personalie bereits ebenfalls in der Koalition abgestimmt. Ich muss Sie jetzt also bei Ihrer Beamtenehre packen und Sie bitten, dass Sie im Nachhinein einverstanden sind.‘‘

Ich war äußerst unangenehm berührt. Schon seine Einleitung mit den mich und Claire betreffenden Bemerkungen, die ihm in keiner Weise zustanden, hatte mich geärgert. Und nun diese Sache, die ein echtes politisches Himmelfahrtskommando war. Ich atmete hörbar durch. Für mich war das Ansinnen des Ministers zunächst einmal eine Zumutung. Er musste wissen, was er mir damit antat.

„Setzen Sie sich einen Moment hin und überlegen Sie", erklärte der Minister, der meine Zögerlichkeit bemerkt hatte, mit kaum versteckter Ungeduld in seiner Stimme und wandte sich einer Eilsache zu, die in einem roten Aktendeckel auf seinem Schreibtisch lag. Er hatte mir keine Zeit gelassen, seine Claire betreffende Bemerkung zu parieren. Auch jetzt ließ er mir kaum Überlegungszeit.

Ich bemühte mich um Ruhe und Gelassenheit und setzte mich auf den Besucherstuhl gegenüber dem Schreibtischsessel des Ministers und überlegte: Zum einen saßen die Grünen mit ihrem oft überzogenen Anspruch, die Menschenrechte verbindlich zu interpretieren, in der Regierung. Zum anderen war mir klar, sehr weitgehend auf den guten Willen der Bundesländer angewiesen zu sein, und zwar unabhängig von Gesetzesvorlagen und der Änderung von Zuständigkeiten und Kompetenzen auf Bundesebene. Ähnliches galt auch für die Unterstützung durch die europäischen Gremien.

Einen solchen ‚good will' konnte gerade auf dem sensiblen Gebiet der Ausländerpolitik aber nur unterstellen, wer naiv war. Ich würde mich vielmehr mitten in eines der Hauptkonfliktfelder der Politik begeben müssen. Dort standen sich nicht nur die linken und rechten Parteien ziemlich gnadenlos gegenüber. Es gab in allen, auch in den gemäßigten Parteien radikal denkende Mitglieder, die mit großem Engagement für und gegen die bisherige Asyl- und Ausländerpolitik stritten.

Aber nicht nur die Parteien mussten als Trieb- oder Hemmungskräfte einkalkuliert werden. Radikale Kräfte wirkten auf beiden Seiten des gesellschaftlichen Spektrums: von den linksorientierten Schutzheiligen der Flüchtlinge auf der Seite der Menschenrechtsorganisationen bis hin zu den rechten und rechtsextremistischen Gruppen und Zusammenhängen, die europaweit schon lange auf die nationale bzw. nationalistische Karte setzten und rücksichtslos populistisch agierten.

Die Rechten in Deutschland holten sich seit eh und je ihre Vorbilder aus Europa, damit sie möglichst nicht mit alten oder neuen nationalsozialistischen Umtrieben in Verbindung gebracht werden konnten – vergeblich zwar, aber sie versuchten es. So bauten sie zum Beispiel auf politische Gestalten wie Marine Le Pen, die Vorsitzende des Front National[1] in Frankreich, oder auf Geert Wilders, den Vorsitzenden der rechtspopulistischen „Partei für die Freiheit" in den Niederlanden. Und diese rechtspopulistischen Kräfte sympathisierten mit rechtsextremen Kräften, die vor Gewalt oder zumindest vor der Androhung von Gewalt nicht zurückschreckten.

Damit nicht genug. Auch von anderer Seite waren starke Widerstände zu erwarten: in Deutschland z.B. von Seiten der Kirchen, in denen beispielsweise lautstarke „Flüchtlingspastoren" eine gutwillige, jedoch oft auch destruktiv-unsachliche Rolle spielten.

Vor allem aber war es die Menschenrechtsbewegung mit ihren vielfältigen Nicht-Regierungs-Organisationen, die als ein gesellschaftspolitischer Machtfaktor ersten Ranges einkalkuliert werden musste. Deren Vertreter, obwohl teilweise durchaus militant argumentierend, sah ich keineswegs nur negativ als weltfremde und idealistische Gutmenschen, sondern nahm sie mit ihrem vorrangig humanistischen Engagement immer schon ernst. Sie würden jedoch, insbesondere wenn die politische Verantwortung für eine systematische Abschiebung so weit oben in der Regierungshierarchie etabliert war, ihrer Zielrichtung entsprechend ‚kein Pardon' kennen. Vielmehr würden sie versuchen, den Widerstand europaweit zu organisieren. Einen Augenblick lang

---

[1] heute Rassemblement National

schoss mir in diesem Kontext der Gedanke an Claire mit ihren Äußerungen zur Ausländer- und Asylpolitik durch den Kopf.

Die zu erwartenden öffentlichkeitswirksamen Konflikte in Politik und Gesellschaft, so überlegte ich weiter, würden höchst negativ in Erscheinung treten. Das galt insbesondere für die virulenten Widerstände in der Staatsorganisation selbst: Es könnte sich ein vor den Augen der Öffentlichkeit nicht zu verbergendes unbarmherziges Kompetenzgerangel entwickeln – schon im Innenressort selbst, aber erst recht im Bereich der Bund-Länder-Zuständigkeiten. Wie üblich würden bestimmte Bundesländer gleich die Föderalismuskarte ziehen und den Instanzen und Politikansätzen auf der Bundesebene Steine in den Weg legen.

Die Konflikte auf der europäischen Ebene, die sich zwangsläufig einstellen würden, waren bekannt. Jedenfalls fühlte ich mich unter Druck gesetzt und atmete erst einmal tief durch.

Andererseits: Wer war näher an der Sache dran als der zuständige ‚Spitzenbeamte' in der Regierungsorganisation? Wer konnte die gestellte Aufgabe in dieser spezifischen Situation besser als er bewältigen? Die logische Schlussfolgerung war. Die erste Wahl musste von den objektiven Voraussetzungen her fast zwangsläufig auf mich fallen, zumal allgemein bekannt war, dass ich auf der persönlichen Ebene über gute Beziehungen zu fast allen Ressortchefs in den Ländern gleich welcher Couleur verfügte. Auch in der Innenministerkonferenz hatte ich einen guten Stand. Und selbst die Verwaltungsschiene unterhalb der politischen Ebene akzeptierte mich durchweg. Schließlich kam ich ja aus dem Innenressort, hatte den notwendigen Stallgeruch und in kritischen Situationen war ich immer wieder um Sachlichkeit, Verlässlichkeit und faire Kompromisse bemüht gewesen. Dem entsprachen meine jederzeit aktivierbaren Verbindungen zu vielen Fachbeamten in den Ländern, die vereinzelt sogar bis in den Unterbau der Verwaltungen hineinreichten. – Auch die politischen Parteien und die Abgeordneten in den Fraktionen im Parlament sowie in den Ausschüssen hatten mir als Person ihre Achtung bisher nicht versagt.

Ausschlaggebend für die sich in mir bildende positive Motivation und die logisch daraus folgende Entscheidung aber – das stand mir in diesem Moment klar und selbstkritisch vor Augen – war meine Grundhaltung: Ich war nicht nur politisch durch Solidarität geprägt, sondern hatte ein heutzutage als völlig überholt geltendes Selbstverständnis als „roter Preuße" und Pflichtmensch, wie unzeitgemäß das in unserer politisch so anderen Welt auch erscheinen mochte. Ehrlich gestanden, in diesem Augenblick verfluchte ich mich dafür, auch wenn das vielleicht missverständlich klingen mag.

Ich blickte auf und räusperte mich vernehmlich. Der Minister sah mich erwartungsvoll an.

„Sie wissen schon, was Sie mir mit der Übertragung einer solchen Aufgabe antun", sagte ich ziemlich schroff. Es war mehr eine Feststellung als eine Frage.

„Ja, Herr Kollege", antwortete der Minister gerade heraus. Er war persönlich ein anständiger Mann, der mir aus taktischen Gründen, nur um mich zu gewinnen, nichts vorzumachen versuchte.

Ich weiß nicht, von wem diese Weisheit stammt. Aber es ist schon wahr: Der Charakter bestimmt die Entscheidungen und damit auch das eigene Schicksal. Ich konnte nicht aus meiner Haut. Für mich hieß das ganz schlicht: Ich musste meine Pflicht tun. Aber ich zögerte noch. „Nacht- und Nebelaktionen zwecks politischer Effekthascherei sind mit mir aber nicht zu machen. Ein vernünftiges Vorgehen braucht seine Zeit."

„Wir kennen Sie", knurrte der Minister, „wir haben ihr fundiertes, dabei aber auch zügiges Vorgehen schon immer akzeptiert."

Ich gab mir innerlich einen Stoß. „Gut denn, einverstanden, ich mache es", hörte ich mich schließlich sagen. „Ich gehe dabei aber von verschieden Voraussetzungen aus. Erstens muss ich mir Ihres persönlichen vollen Rückhalts gewiss sein. Zweitens erwarte ich, dass ich die erforderlichen Personal- und Finanzressourcen erhalte, von einer eigenen Pressestelle und einem angemessenen Unterbau bis hin zu ausreichenden Geldmitteln, die ich eventuell als Gleitmittel für etwaige Subventionen in den Empfängerländern in Afrika einsetzen muss. Drittens brauche ich qualifiziertes Personal, das ich mir selbst aussuchen kann. Und viertens benötige ich ein ausreichendes Budget für Dienstreisen. Mir ist klar, dass ich bei all dem gerade in der ersten Zeit auf die Unterstützung durch die Ministerialbürokratie des Innenressorts in besonderem Maße angewiesen bin." – Ich war ja im öffentlichen Dienst kein Anfänger und wusste daher, dass man Forderungen gleich zu Anfang einer künftigen Regierungsarbeit stellen und auch festklopfen musste.

„Einverstanden", sagte der Minister, „meine Hand drauf." Er wirkte mit einem Male sehr erleichtert, stand auf und reichte mir tatsächlich auch seine Hand. „Aber Sie wissen ja", fügte er mehr feststellend als fragend hinzu, „dass es einer entsprechenden Kabinettsvorlage bedarf, in der Sie Ihre Forderungen gegenüber den Nullendrehern im Finanzministerium substantiiert untermauern müssen. Andererseits kennen Sie den Chef und mich. Wir lassen Sie nicht hängen, auch nicht gegenüber den Haushältern. – Wenn ich Ihnen zuletzt noch einen Rat geben darf: Beginnen sie sofort mit der Arbeit unabhängig von formalrechtlichen Absicherungen. Der Chef will Ergebnisse sehen." Der Minister gab den Druck, unter dem er offenbar selbst stand, voll an mich weiter.

„Ich tue, was ich kann", sagte ich. Damit war die Sache perfekt. Ich wusste, ab jetzt würde die politische ‚Knautschzone an meinem Nasenbein beginnen', wie es ein erfahrener Kollege mir gegenüber einmal sehr treffend formuliert hatte.

Klärungen im privaten Umfeld

Mit gemischten Gefühlen ging ich in mein Büro, und rief als erstes meine Frau in Hamburg an, um sie von der neuen Entwicklung zu unterrichten. Ich wusste, dass Susan skeptisch sein, aber mir keine unüberwindbaren Hindernisse in den Weg legen würde. Leider rief ich sie zu einem für sie sehr unpassenden Zeitpunkt an. – „Muss das sein?" fragte Susan, „und wenn es sein muss, musst du es machen? Hast du nicht zu schnell ‚Ja' gesagt?"

Ich erklärte ihr die Situation und ließ keinen Zweifel daran, dass ich dieses Amt nicht angestrebt hätte, dass ich aber von den objektiven Voraussetzungen her die Aufgabe wohl am besten würde erfüllen können, und dass ich mich deshalb in der Pflicht gesehen hätte.

Ich spürte: Susan war nicht überzeugt. Sie kannte aber meine bis zur Dummheit reichende Pflichtauffassung. „Du bist eben ein verrückter alter Preuße", sagte sie, „viel Glück für dich und uns! Lass uns heute Abend weiter darüber reden. Jetzt habe ich leider keine Zeit, meine Kursteilnehmer warten auf mich. Noch einmal: Fortune für Dich!" Damit legte sie auf. – Ich wunderte mich nicht, es war die Zeit, in der sie ihre Malkurse gab. Susan hatte sich wieder gezeigt, als das was sie war: eine charakterstarke Frau, absolut loyal und auf das Wesentliche konzentriert. Dabei immer mit wenigen Worten auf dem Punkt, ohne irgendetwas zu beschönigen. So hatte sie mein ganzes Berufsleben über zu mir gestanden und war mit mir durch Dick und Dünn gegangen. Und ich stand zu ihr – auch deswegen.

Der nächste Schritt: Ich versuchte Claire zu erreichen. Aber die war gerade in einer Redaktionskonferenz. Als ich sie am Abend unterrichtete, reagierte sie äußerst skeptisch und freudlos, nahm meine Entscheidung aber hin.

Meine Sekretärin bat ich zu mir, verpflichtete sie zu totaler Diskretion und unterrichtete sie über die jüngste Entwicklung. Und dann fragte ich sie unvermittelt, ob sie bereit sei, mich auch in der neuen Funktion zu unterstützen. Sie nickte kurz und entschieden: „Ich weiß gar nicht so recht, ob ich Ihnen gratulieren soll", sagte sie, „das wird ein schwerer Gang. Aber selbstverständlich bleibe ich bei Ihnen." Sie war eine Frau mit Durchblick. Ich bat sie, alle Termine für die kommenden Wochen behutsam abzusagen und machte mich unmittelbar an die Arbeit.

Zuerst ein Grobkonzept

Zuerst einmal brauchte ich ein Grobkonzept, das ich dann mit Hilfe meiner neuen Mitarbeiter würde konkretisieren müssen. Klarheit im eigenen Kopf ist nun einmal die Voraussetzung für jedweden Erfolg. Ich hatte Verwaltung von der Pieke auf gelernt und insbesondere als Abteilungsleiter für mittelfristige Aufgabenplanung und Realisierungskonzepte im Planungssamt einer Landesregierung administratives Knowhow gesammelt. Außerdem würden mir Erfahrungen zugute kommen, die ich in der Stabsarbeit der Bundeswehr gemacht hatte. Planung bedeutet ja nichts anderes, als eine überzeugende Geschichte zu erzählen, nur dass sich diese erst in Zukunft ereignen wird. Also setzte ich mich an meinen PC und schrieb einen Grundsatzvermerk mit dem Titel: ‚Masterplan zur Rückführung afrikanischer Flüchtlinge ohne Recht auf Asyl oder Bleiberecht in Deutschland oder in anderen EU-Staaten (Grobkonzept)'. Genau darum ging es. Dieses Ziel und diese Aufgaben waren gestellt.

Eines war mir dabei von vornherein klar: Mit einer Hauruck-Aktion würde ich der Sache einen Bärendienst erweisen. Diese Aufgabe war ja kein Problem bloßer Sachregelung. Hier ging es um Menschen, die sich den Weg nach Europa oft unter großen Entbehrungen und zumeist auch unter Lebensgefahr erkämpft hatten. Ich fand überdies den Spruch der Abschiebungsgegner „Kein Mensch ist illegal" in Wirklichkeit nicht prinzipiell falsch, auch wenn er polemisch und fälschlicherweise gegen jedwede Abschiebung eingesetzt wurde. Dies war der Grund, aus dem heraus ich mich dagegen auch Claire gegenüber so entschieden verwahrt hatte.

Mit einem schlichten Programm zur Optimierung von Exekutivmaßnahmen würde ich jedenfalls das Problem nicht lösen können. Das stand mir klar vor Augen. Ich musste also ein differenziertes Mobilisierungsprogramm ins Spiel bringen, das die Flüchtlinge nach Möglichkeit zur Rückkehr motivieren würde. Sie mussten bei ihrer ureigenen Interessenlage gepackt werden und sich, das war der Angelpunkt meiner Überlegungen, in ihren Heimatländern – soweit überhaupt machbar – eine eigene aussichtsreiche wirtschaftliche Existenzgrundlage aufbauen können. Mir war klar, dass dazu nicht nur Qualifizierungsprogramme gehörten, sondern auch eine gezielte materielle Unterstützung vor Ort. Spezifische Entwicklungshilfe war hier gefragt.

Wir könnten, überlegte ich weiter, modellhaft ein afrikanisches Land auswählen und mit diesem ein Rückführungsabkommen vereinbaren. Bei einer sozialverträglichen Vereinbarung würde dieses Land (mir fiel auf Anhieb Nigeria ein) bestimmt sein eigenes Interesse entdecken, insbesondere, wenn wir mit der Rückführung zugleich ein Aufbauprogramm, aus Finanzmitteln der Entwicklungshilfe finanziert, anbieten und praktisch realisieren konnten. Also hielt ich das Stichwort: „Modellhafter Rückführungsvertrag mit Herkunftsländern" als Gliederungspunkt fest. Es folgte die Benennung weiterer Teilschritte wie: Erhebung der erforderlichen Daten für eine angemessene Lagebeurteilung, Konkretisierung inhaltlicher und zeitlicher Ziele, Zusammenstellung denkbarer Maßnahmen, Absicherung des Vorgehens bei den Parlamentsfraktionen (eventuell bei den Fraktionen nur der Regierungsparteien).

Ferner galt es, die erforderlichen Voraussetzungen und Rahmenbedingungen auf der internationalen und der europäischen Ebene zu schaffen. Das galt für die befreundeten europäischen Länder genauso wie für die EU-Kommission. Alle diese Partner mussten überzeugt werden. Darüber weit hinaus waren Kontakte zu dem jeweiligen schwarzafrikanischen Staat zu knüpfen, der als Aufnahmeland in Betracht kommen würde.

Endlich waren als Teil der Netzwerkarbeit weitere internationale Verbindungen zu aktivieren, so zu dem Hohen Flüchtlingskommissar der Vereinten Nationen – UNHCR – mit Sitz in Genf und dadurch mittelbar zu den Vereinten Nationen in New York.

Andere Punkte führte ich routinemäßig auf, z.B.: Definition und Beobachtung politischer und publizistischer Widerstände, Suche nach Konsensmöglichkeiten, Bereitstellung der erforderlichen Finanzmittel, Aktivierung privater Spendenbereitschaft und damit zugleich Förderung der sozialen Akzeptanz der Maßnahmen. Und letztlich bedurfte es eines überwölbenden Konzeptes für eine breit angelegte Öffentlichkeits- und Pressearbeit.

Mir war die ganze Zeit klar, dass ein verlässlicher, loyaler und absolut diskreter Mitarbeiterstab entscheidend sein würde für die weitere Konkretisierung und Umsetzung einer solchen Handlungsgrundlage. Ich musste mich darum bemühen, dass wenigstens einige Landesregierungen Beamte auf Zeit abstellten, die ihre Erfahrungen aus dem Vollzug von Abschiebungen einbringen konnten. Ferner benötigte ich exzellente EDV-Fachleute für die Netzwerkarbeit.

Alle Hände voll zu tun

Um es kurz zu machen: Ich hatte alle Hände voll zu tun, wenn ich ohne Hektik, aber dennoch in relativ kurzer Zeit, einen effektiven Rückführungsplan entwickeln wollte. Dabei stand mir die besondere politische Dimension dieser Aufgabe klar vor Augen: Gerade Deutschland durfte es sich bei Abschiebungen nicht leisten, auf dem Feld der Menschenrechte angreifbar zu werden. Allen Hardlinern in den rechten politischen Parteien zum Trotz – das war schlicht der Vergangenheit Deutschlands geschuldet: dem Unrechtssystem des Dritten Reiches. Die brutale Rassenverfolgung, die insbesondere zu Deportationen von unschuldigen Menschen in Vernichtungslager und zu der barbarischen Ermordung von Frauen, Kindern und Männern geführt hatte, durfte nicht vergessen werden. Dieser sehr kritische Punkt machte mir schwer zu schaffen. Denn ich wusste, wie leicht jede legitime und legale Rückführungspolitik zu diskreditieren ist, dass es immer Härten geben würde und dass die Medien fast nach Belieben handfeste Beispiele für menschlich problematische Einzelfälle präsentieren könnten, ja, sie ‚im Bedarfsfall' auch herbeimanipulieren würden, legten sie es auf eine Stimmungskampagne an.

Ich bewegte mich von vornherein in einem hochproblematischen Minenfeld. Überdies kannte ich das politische Geschäft. Daher wusste ich, dass ich allein stehen würde, wenn etwas schief ginge. Kein Regierungschef würde mich schützen und auch dem menschlich fairen Innenminister würde im Zweifel nichts anderes übrig bleiben, als mich mit dem Ausdruck des Bedauerns hängen zu lassen. Auch das ist Politik. Ohne Fortune ließ sich die Sache nicht bewältigen, und darauf gab und gibt es keinen einklagbaren Rechtsanspruch.

Einer gestellten Aufgabe aber auszuweichen, mochte sie noch so schwierig sein, das kam für mich schlicht nicht in Betracht. Ich hatte mir schon immer einen Spruch von Bert Brecht zu Eigen gemacht: ‚Kämpfer sind arme Leute, sie können nicht weggehen, wenn der Angriff einsetzt'. Daran hatte ich mich oft zu meinem eigenen Schaden gehalten. – Aber ich will nichts verklären, so war es nun einmal. Man arbeitet eben nach den Prinzipien, mit denen man aufgewachsen und angetreten ist.

Innerhalb von drei bis vier Wochen stand mein Kernteam. Das war nur möglich aufgrund meiner guten Kontakte – und auch, weil mich mein ehemaliger Ressortchef massiv unterstützte.

In der Mannschaft selbst hatten, wie nicht anders zu erwarten, zunächst überwiegend die Bedenkenträger das Wort. Aber nach weiteren vier Wochen stand das interne Grundkonzept für meine

Kabinettsvorlage. Mit dem Chef des Bundeskanzleramtes hatte ich ausgehandelt, dass auf eine breite Abstimmung mit den Fachministerien verzichtet werden sollte, nur die Staatskanzlei, das Innenressort und das verlässliche Finanzministerium waren zu beteiligen. Die Staatskanzlei würde auf Minister- oder auch auf Staatssekretärsebene die Abstimmung mit dem Außenamt und dem Entwicklungshilfeministerium sicherstellen. – In dieser Phase sah ich noch keine unüberwindlichen Schwierigkeiten. Mir war aber bewusst: Ernsthafte Probleme würden spätestens bei den konkreten Umsetzungsmaßnahmen auftreten.

Wega-Wagemann schien sich in seinem Element zu bewegen. Er wirkte auf mich, als sei er wieder voll in seinen alten Amtsbereich eingetaucht, wie er sich wohl um das Jahre 2001 herum dargestellt hatte. Es schien, als müsse er selbst jetzt noch um eine humane und rechtlich saubere, aber eben auch effektive Rückführung von afrikanischen Flüchtlingen kämpfen. Und zum wiederholten Male hatte ich das Gefühl, dass er Gedanken lesen konnte.

Denn er sagte: „Sie merken mir sicher mein damaliges Engagement auch heute noch an. Es ging um Grundsatzfragen, die sich damals wie heute mit dem leider üblichen opportunistischen Taktieren zwecks Machterhalts nicht lösen lassen. Ich weiß, manches von dem, was ich gesagt habe, hört sich nach blindem Idealismus an. Sie wissen aber auch: Die hier aufgeworfenen Grundprobleme bestehen bis heute fort. Sie sind mit den üblichen taktischen Politspielchen nicht zu bewältigen. Ohne Mut zu vorausschauender Planung lässt sich nichts bzw. nicht genug bewegen.

Es ist ja so: Die Welt wächst immer enger zusammen. Einerseits entstehen weltweit Wanderungsbewegungen aus unerträglichen Lebensbedingungen in den betroffen Weltregionen. Diese lassen die Menschen nach der Devise handeln: ‚Nur weg aus der größter Not! Nur weg aus rechtlosen Zonen von

Staatsversagen! Weg von Krieg und Gewalt! Nur weg aus erd-geschichtlich massiv bedrohten Regionen!'

Andererseits gab und gibt es einen Sogeffekt insbesondere durch das Internet: die Informationen über das Wohlleben z.B. in Europa und in den USA dringen bis in den letzten Erden-winkel vor und lösen dort verständlicherweise Prozesse aus, die auf uns zurück schlagen: Die Menschen in Not wollen teil-haben an der Sicherheit und dem Wohlstand der reichen Staa-ten. Das wissen heute alle oder könnten es wissen.

Der Ausweg, der sich aus Sicht der Betroffenen anbietet, heißt: ,Hin in das gelobte Land der westeuropäischer EU-Staaten, die zugleich sichere und freiheitliche Lebensverhält-nisse bieten!' Oder auch ,Auf in die USA! Auf nach Kanada!'

Wir Westeuropäer (von den Nordamerikanern will ich hier gar nicht sprechen) müssen dabei, wenn wir halbwegs ehrlich sein wollen, ja wirklich auch eines zugeben: Wir verdanken unse-ren Wohlstand nicht nur unserer eigenen Arbeit, sondern nicht zuletzt auch der weltweiten Ausbeutung von Menschen und Natur. Das gilt besonders für Afrika. Dieser Tatbestand wird nicht besser, sondern schlimmer dadurch, dass die westlichen Industriestaaten dabei oftmals unter der Flagge von Freiheit, Menschenrecht und Fortschritt aufgetreten sind. Die Probleme im 21 Jahrhundert waren also klar voraussehbar – schon sehr früh in der zweiten Hälfte des vorigen Jahrhunderts, zumindest seit den siebziger Jahre. Sie sind auch gesehen worden[2].

Doch meine Generation hat leider weder die notwendigen Konsequenzen gezogen noch die mögliche Vorsorge getroffen, sondern diese und andere existenzielle Aufgaben schleifen las-sen. Das macht sich jetzt bitter bemerkbar, nicht nur im Be-

---

[2] vgl. z.B. Willy Brandt, Der organisierte Wahnsinn – Wettrüsten und Welt-hunger (1983)

reich ungesteuerter Migration, sondern auch auf ganz anderen Gebieten, wie z.B. beim Klima- und Umweltschutz oder auch im internationale Finanz- und Bankenwesen und dessen ungelösten Problemen. Wir haben uns durch billige Kredite nur Zeit gekauft, nutzen sie aber nicht ausreichend. – Und dabei habe ich noch nicht einmal die Kriegs- und Krisenherde auf unserem Globus erwähnt, die weder die Supermächte noch die Vereinten Nationen haben eindämmen können."

Wega redete sich in feurigen Zorn hinein. Ganz offensichtlich verließ er den Boden seiner Geschichte und fing an zu politisieren. Aber das musste ich aushalten. Immerhin erhielt ich auf diese Weise einen tiefen Einblick in sein Denken.

„Wenn ich die politische Lage in der Welt in der zweiten und fast schon dritten Dekade des 21. Jahrhunderts betrachte", fuhr Wega fort, „kann ich nur bedauernd feststellen: Leider gibt es jetzt und auf längere Sicht keine zentrale Steuerungsmacht, die den Supermächten und ihren Satelliten Grenzen setzen könnte – etwa eine Uno mit eigener Eingriffskompetenz und entsprechenden Macht- und Finanzmitteln oder auch nur mit einem funktionierenden Sicherheitsrat. Von einem Weltstaat oder einer Weltregierung sind wir Lichtjahre entfernt. Entgegen aller politischen Vernunft kranken die nach dem Scheitern des Völkerbundes entscheidend wichtigen übernationalen Aktivitäten der Vereinten Nationen bis heute immer noch an der sogar noch zunehmenden Dominanz der Großmächte mit ihren machtpolitischen Interessen.

Leider beginnt auch Europa zu kränkeln. Nach der geschichtlich notwendigen Gründung der EU, die aufgrund größter Blutopfer auf europäischem Boden mit viel Idealismus auf allen Seiten gelungen ist, erleben wir eine angesichts der Weltprobleme fast infantile politische Konfliktlage auf der europä-

ischen Ebene und zwischen und in den europäischen National-
staaten.

Leider sind auch die mittelgroßen Mächte wie Frankreich oder
Deutschland oder beide gemeinsam nicht in der Lage, das not-
wendige Potenzial zur Gegensteuerung auf die Beine zu stel-
len. – Glauben Sie angesichts all dieser Umstände eigentlich
daran, dass die Menschheit den lebensnotwendigen Lernpro-
zess rechtzeitig voranbringt? Ich bezweifele das."

Wega unterbrach sich. „Oh, entschuldigen Sie", sagte er. „ich
will hier nicht die Untergangslieder der ,zornigen alten Män-
ner' singen, die zu allen Zeiten ihr absehbar eigenes Schicksal
mit dem der Menschheit gleichgesetzt haben. Dennoch: Sie als
Angehöriger der jungen Generation sollten gelegentlich ein-
mal über meine Thesen nachdenken. Wir brauchen mutige
Menschen. Manchmal ist es so, dass man auch aussichtslose
Kämpfe austragen muss, um das eigene Schicksal zu wenden."

Wega schien wieder einmal in sich hineinzublicken. Aber wie
er mich sogleich merken ließ, war er nicht zu einer politischen
Diskussion aufgelegt. „Nächste Woche, selbe Zeit?", frage er.
– Ich nickte und war ganz froh, diese Sitzung hinter mir zu ha-
ben.

Dennoch: Dieses Mal war unser Treffen für mich ergiebig ge-
wesen. Langsam schälte sich Wegas Motivationsstruktur her-
aus: Einerseits ein rational gesteuerter, dabei jedoch durchaus
humanitär geprägter Politikansatz, der aber mit sehr hoch ge-
spannten Hoffnungen und Erwartungen verbunden war. Ande-
rerseits im Privaten eine übersteigerte, wahrscheinlich gar
nicht lebbare Anbetung der Macht der Liebe, sogar auch noch
losgelöst von einer einzigen Person. – Lag vielleicht hier, in
dieser Mixtur von politischen und privaten Motiven, verbun-
den noch dazu mit einer illusionär wirkenden Erwartungshal-
tung, der tiefere Grund für Wega-Wagemanns Scheitern?

6.

*Anders als erwartet, war Wega, als er mir zum nächsten Ge-
spräch die Tür öffnete, nicht eigentlich unfreundlich, sondern
schweigsam, knapp und kurz. Er lud mich mit Gesten ein und
deutete dabei stumm auf den Sessel, der zu meinem Stammplatz geworden war. Bei seiner vorbereitenden Erinnerungsarbeit schien er sich noch einmal in die jeweilige Situation
eingefühlt zu haben. Und das musste ihn ganz zwangsläufig
veränderlichen Stimmungen aussetzen. Kaum dass wir Platz
genommen hatten, setzte er seine Geschichte auch schon fort –
ohne irgendeine Höflichkeitsfloskel und ohne jedwede Einleitung. Ich war nicht unbedingt überrascht, aber sein seltsames
Verhalten berührte mich doch eigenartig.*

Eine Auszeit mit Folgen

Sie können sich vorstellen, dass ich in jener Zeit schwer beschäftigt war. Ich halte viel von Teamarbeit. Kollegen, die mir übel
wollten, sagten über mich, ich sei aus der Sachbearbeiter-
Mentalität ‚nie wirklich' herausgekommen. Richtig daran ist, dass
ich zu jenen Politikern gehörte, die zwar klare Verantwortungs-
strukturen bevorzugen, das Denken in diesen Strukturen aber
nicht als Ausrede für eine Flucht aus der Sacharbeit benutzen.
Für mich kam es darauf an, nicht nur die Ziele im Rahmen globaler Vorgaben im Team zu entwickeln, sondern diese Zielvor-
gaben im Team auch umzusetzen. Dabei war ich bemüht, auf jeder Ebene selbst im Spiel zu bleiben. Die meisten meiner Mit-
streiter jedenfalls fühlten sich durch die Teamarbeit noch einmal
besonders motiviert. Auch auf diesen Motivationsschub kam es
mir an.

Die eigene Sacharbeit konnte ich aber wegen vieler Gesprächs-
termine auf politischer Ebene zunächst mit den Kollegen aus
den Bundesländern nicht stationär im Amt leisten. Ich war viel

unterwegs. Es gab aber kein Problem, mir die erforderlichen Datensätze auf meinen eigenen PC senden zu lassen. So konnte ich die vorgelegten Papiere durchsehen, sie überarbeiten oder Arbeitshinweise geben oder je nach Sachlage auch selbst Beiträge formulieren.

In dieser ersten Zeit telefonierte ich viel mit Susan. Zumeist einmal am Tag tauschten wir uns aus. Sie war mir mit ihrer politischen Sensibilität schon immer eine wichtige Ratgeberin gewesen.

Trotz meiner Arbeitsbelastung sahen Claire und ich uns so häufig wie möglich. Wann immer sie Zeit und Lust hatte, kam sie zu mir. Den Schlüssel zu meiner Wohnung hatte ich ihr längst gegeben. Anfangs hatte sie sich kurz vor ihrem Kommen per Handy angemeldet. Aber das unterblieb mit zunehmender Vertrautheit. Dafür wurde es bald Praxis und dann zu guter Gewohnheit, dass Claire, wenn sie selbst keine Gegentermine hatte, montags, mittwochs und freitags zu mir kam und das ganze Wochenende blieb – jedenfalls dann, wenn sie nicht für ein verlängertes Weekend in die Provence zu André fuhr und ich nicht nach Hamburg zu Susan.

Claire brachte meist ihren eigenen PC mit und arbeitete an ihren Artikeln, die sie – gelernte Journalistin – sehr gut zu timen verstand. Ich habe sie nur ganz selten unter Zeitdruck gesehen, obwohl dieser bestimmt bestand.

Wenn wir nicht zu erschöpft waren, nahmen wir uns ganz bewusst immer wieder einmal Zeit, miteinander zu sprechen: über die anstehenden Arbeiten oder über uns und unsere Beziehung „im Viereck“, wie sie es nannte, oder auch über ganz normale Alltagsfragen.

Besondere Freude hatten wir daran, über Bücher zu reden, die uns interessierten, und Pläne für den gemeinsamen Besuch von Ausstellungen oder Theateraufführungen zu schmieden.

Gerüchte über unsere Beziehung

Ausgerechnet an einem Dienstagabend – ich hatte mich diesmal mit Absicht aus dem Amt gelöst, um konzentriert und ungestört in meiner Wohnung an der abschließenden Formulierung der Kabinettsvorlage für die Gesamtkonzeption des Rückführungsplans arbeiten zu können – platzte Claire unvermutet herein. Ohne ihren Mantel abzulegen, lief sie auf mich zu, umarmte mich kurz, und setzte sich, der ich auf meinem Drehstuhl am Schreibtisch Platz genommen hatte, ganz leicht auf meine Knie. „Mir ist etwas Wichtiges zu Ohren gekommen", sagte sie noch ganz atemlos, „weißt du, was dein Freund, der gestylte Chefredakteur der FAKT, über dich und mich gerüchteweise verbreitet?" Sie machte eine kleine Pause, suchte meinen Blick und sagte dann sehr nachdrücklich: „Dass wir beide eine Beziehung haben!" Ihre Stimmlage verriet: Claire war aufgebracht. „Sag was", forderte sie mich auf, als ich nicht sofort antwortete.

„Was soll ich sagen", entgegnete ich, „es stimmt doch – oder?"

Claire klappte den Mund auf und wieder zu. „Ist das alles?! So leicht nimmst du das? Was ist, wenn er uns in den Klatschspalten seines Sex-und Crime-Blattes vermarktet?"

„Tut er nicht", erwiderte ich, „dazu ist die Story zu langweilig."

„Das sagst du", Claire war konsterniert, „irgendwann wird er versuchen, dir einen Strick daraus zu drehen."

„Und wenn schon", konterte ich, „weder dein André noch meine Susan lesen dieses Blatt, vergiss es."

„Und dein Ruf als Staatsminister?"

„Vergiss auch den. Weißt du nicht, wie stolz ich auf dich bin?"

„Du hast Nerven", sie atmete tief durch, „wahrscheinlich saugt dich das Regierungsgeschäft ganz und gar auf, und du nimmst die Welt um dich herum nur noch partiell oder gefiltert wahr." Sie schmollte, sah mich an, drehte sich, blickte wie gebannt auf den Bildschirm meines PC und stand sehr langsam auf. Vielleicht fühlte sie sich in ihren Befürchtungen nicht hinreichend ernsthaft gewürdigt. Ich erhob mich ebenfalls, zog sie an mich und küsste sie. Sie erwiderte meine Umarmung. Dann nahm sie meine Hände von ihrem Körper und sagte: „Warte, ich mache uns schnell ein kleines Abendbrot. Oder hast du schon etwas gegessen?" Sie wusste, dass das nur eine rhetorische Frage war.

Bald saßen wir uns gegenüber und aßen Mozzarella, die, in schmale Scheiben geschnitten, appetitlich mit Tomaten, Basilikumblättern und einem Gewürzcocktail zubereitet waren. Dazu gab es Toastbrot und ein französisches Tafelwasser – das ganze eine schmackhafte Erfrischung nach einem anstrengenden Tag.

„Ich finde, heute schmeckt es ganz besonders gut", sagte ich in die genießerische Stille hinein, „danke, so etwas Schönes hätte ich mir nie im Leben gemacht."

Claire lächelte mich an, aber irgendetwas beschäftigte sie.

Legale Abschiebung oder illegitime Deportation

„Wir hatten ja vereinbart", eröffnete Claire unser abendliches Gespräch, „dass ich mich nicht in deine dienstlichen Belange einmische. Aber ich habe vorhin einen zufälligen Blick auf deinen PC geworfen und mit meiner journalistischen Spürnase gleich eine fett gedruckte Überschrift gelesen. – Plant ihr etwa eine Großaktion zur Rückführung von Asylbewerbern nach Afrika?"

Sie hatte etwas gesehen, was sie nicht hätte sehen sollen. Ohnehin hatte ich mir vorgenommen, das Dienstgeheimnis auch Claire gegenüber zu wahren. Ich versuchte, ganz gelassen zu bleiben: „Es geht um abgelehnte Asylbewerber, die laut Gerichtsbeschluss kein Bleiberecht in Deutschland haben. So ist die Gesetzeslage. Wir wollen sie gemeinsam mit den ‚Sans-Papiers'[3] aus

---

[3] Menschen, die sich ohne Aufenthaltsberechtigung in einem Land aufhalten.

anderen EU-Staaten wie z.B. Frankreich auf Basis eines Rückführungsabkommens in einen der westafrikanischen Staaten zu-
rückführen. Das ist eigentlich nichts Besonderes. Es geht um
koordinierten Verwaltungsvollzug auf europäischer Ebene. Das
teilt die Verantwortung und spart Kosten." Ich sah Claire bewusst unbefangen an.

„Und in welches Land, bitte sehr?", ihre Stimme hatte wieder ein
Timbre, das mir hohe emotionale Betroffenheit signalisierte.

„Voraussichtlich nach Nigeria", antwortete ich, „wahrscheinlich
nach Lagos, vielleicht auch nach Abuja."

„Also in ein Bürgerkriegsland mit ethnischen und religiösen
Konflikten, zusätzlich belastet durch terroristische Bestrebungen
von Boko Haram, der Organisation, die mit Al-Qaida und anderen terroristischen Zusammenhängen in Verbindung steht."
Empört sah sie mich an.

Ich blickte ruhig zurück. Was hätte ich erwidern sollen?

Einen Augenblick gab es so etwas wie eine gefährliche Stille zwischen uns.

„Das könnt ihr doch nicht machen!", Claire sprach ganz leise
und wiederholte diesen Satz dann noch einmal mit erhobener
Stimme. „Kennt ihr die Lage in Nigeria nicht? Da ist niemand
seines Lebens sicher; und schon gar nicht mittellose Flüchtlinge,
die keine Bestechungsgelder bezahlen können. Ihr könnt doch
diese armen Menschen nicht einfach zurückschaffen. Die haben
ihr Leben riskiert, um nach Europa zu kommen. Und nun sollen
sie deportiert werden? So etwas willst du zulassen?" Sie sah mich
fast feindselig an. „Das geht nicht. Das geht wirklich nicht!"

„Hör mal", erwiderte ich, „das Wort ‚Deportation' mit der damit
verbundenen historischen Tiefendimension kannst du doch in
diesem Zusammenhang nicht ernsthaft in den Mund nehmen.

Und überhaupt: So wie du kann man nicht argumentieren, jedenfalls dann nicht, wenn man politische Verantwortung trägt."

„Das ,Hör mal' kannst du dir schenken", entgegnete sie heftig. „Und wie ich argumentiere, musst du schon allein mir überlassen." Sie stand auf und tigerte durch das Zimmer. Irgendwann setzte sie sich wieder und schlug die Hände vor ihr Gesicht. „Das geht nicht. Das geht wirklich nicht", hörte ich sie flüstern.

Ich merkte, ich hatte den Fehler gemacht, sie nicht ernst genug zu nehmen. „Beruhige dich doch bitte", sagte ich begütigend und ging wieder an meinen PC.

Als ich aufblickte starrte sie mich mit weit aufgerissenen Augen an. Ihr Blick signalisierte Verständnislosigkeit.

In das Schweigen, das entstanden war, sagte sie mit kleiner, aber sehr entschiedener Stimme: „Rede bitte nicht so altväterlich gütig zu mir. Ich bin nicht deine große Tochter. Und dann muss ich dir zur Sache selbst in aller Offenheit sagen, was du eigentlich doch schon wissen solltest: In diesem Punkte sind wir entschiedene Gegner. Das habe ich von Anfang an klargestellt. Und dies hier", sie deutete auf meinen PC, „kann ich nicht auf sich beruhen lassen. Das halte ich nicht aus."

„Das müssen wir aber aushalten; es ist nichts anderes als die Begegnung mit der Realität", antwortete ich leichthin. „diese Sache ist im Übrigen streng vertraulich." Ich wandte mich wieder meiner Arbeit zu.

Nochmals: Ich hätte sie ernster nehmen sollen. Aber ich hatte keinerlei Vorstellung davon, was zu tun sie in der Lage war. Halbwegs beruhigt arbeitete ich noch etwa eine Stunde.

Auch Claire hatte sich an ihren PC gesetzt und schrieb, hörte jedoch auf, als ich aufstand und mich auf meinen Fernsehsessel setzte. – „Wir müssen uns doch persönlich nicht über eine solche Sache zerstreiten", sagte ich.

„Gut, dass du das so siehst, ich werde dich beim Wort nehmen", erwiderte sie knapp, fast spitz.

„Tu das", antwortete ich, ebenfalls kurz angebunden und betont sachlich. Naiverweise ging ich davon aus, unser Streit würde sich zumindest vorerst beruhigen und sich später von ganz allein erledigen.

An diesem Abend blieb Claire ziemlich einsilbig. Sie gab mir nur einen förmlichen Kuss. „Versprich mir, dass wir darüber noch einmal reden", flüsterte sie.

„Das tue ich, ich muss dir aber ehrlicherweise gleich dazu sagen: Die getroffene Entscheidung kann ich nicht zurücknehmen."

„Bitte überstürze nichts, ich bitte dich inständig", entgegnete Claire, drehte sich zu der mir abgewandten Seite um und schlief ein. Es war eine ihrer Stärken, in jeder Situation sofort einschlafen zu können.

Am nächsten Morgen war Claire freundlich und liebevoll wie immer. Und meine Laune erreichte sehr schnell wieder den normalen Pegel.

Ich überspielte den durchgearbeiteten Entwurf der Kabinettsvorlage von gestern Abend schnell auf meinen Stick und half dann dabei, das Frühstück zu machen.

Information der Partner

„Hast du eigentlich André von uns erzählt?", fragte ich Claire.

„Ich bin ein lernfähiges System", antwortete sie leichthin, „genau so wenig wie vermutlich du in dieser Phase deiner Susan etwas von uns gesagt hast. – Aber das ist ein gutes Thema: Wann reden wir wieder über uns und mit unseren Partnern?"

„Jetzt bestimmt nicht", erwiderte ich, „ich muss eilig zu einem wichtigen Besprechungstermin in den Dienst, sicher wartet mein

Fahrer schon unten. Aber versprochen, wir setzen das Thema an die Spitze unserer Liste offener Punkte."

„Du bist ein schrecklicher Bürokrat", sagte Claire. „Bald sprichst du noch mit Bezug auf uns von einer ‚Tagesordnung' wie jetzt von einer ‚Liste der offenen Punkte'. Warst du eigentlich schon immer so?"

Sie lächelte nicht.

Ich zuckte mit den Achseln und verkniff mir eine Antwort.

Auf der Fahrt ins Amt durchzuckte mich der Gedanke, dass ich meinen PC nicht ausgeschaltet hatte, aber ich war zu sehr in Zeitdruck, um auch nur auf den Gedanken zu kommen umzukehren.

Wega-Wagemann wirkte bedrückt. „Ich denke, wir machen für heute Schluss, ich erwarte heute nämlich noch überraschenden Besuch.", verkündete er

Seine detaillierte Schilderung hatte mir entgegen meinem ersten Eindruck gezeigt, dass er zu dem, was er erzählte, keine, jedenfalls keine große Distanz gewonnen hatte. Ich war darüber nicht unglücklich. Denn das bedeutet für mich, dass er seine Sicht der Dinge wahrhaftig vortrug. Meiner publizistischen Arbeit konnte das eigentlich nur zugute kommen.

7.

Mein Empfang durch den Staatsminister a.D. in der darauf folgenden Woche war unerwartet heiter und freundlich. Hatte er wieder in seiner politisch-administrativen Erinnerungswelt geschwelgt? Dort fühlte er sich offenbar sicher und wohl. ‚Eigentlich komisch', dachte ich, dieses Wort ‚Erinnerung.' Für mich hatte es, wenn ich an Wega-Wagemann dachte, die Bedeutung einer selbstbezüglichen, oft schmerzlichen Tiefenbohrung in sich und sein eher wohl abgründiges Ich hinein. Heute aber wirkte er unbeschwert, als sei ihm etwas ganz leicht durch den Kopf oder von der Hand gegangen.

„Wie bereiten Sie sich eigentlich auf unsere Gespräche vor?", fragte ich sicherheitshalber, „oder schöpfen Sie erst in unserem Gespräch frei aus der Vergangenheit?"

„Ich überlege mir vorher nur den anzusprechenden Fragenkomplex und ordne ihn wie eine Tagesordnung", antwortete er, „im Übrigen arbeite ich intuitiv und assoziativ. Sonst könnte ich ja gleich meine Memoiren schreiben."

‚Schon wieder redet er von ‚Tagesordnung', dachte ich und empfand plötzlich großes Verständnis und eine wachsende Sympathie für Claire, die sich über Wega-Wagemanns bürokratische Sprache echauffiert hatte. In der Tat: Insofern konnte Wega ganz schön nervtötend sein. Doch da begann er schon mit seinem Bericht.

Exekutive Vorbereitungen

„Sie können sich bestimmt vorstellen, dass die exekutiven Vorbereitungen für mein Team und mich eine sehr harte Zeit bedeuteten. Wir setzten alles daran, ein gutes Ergebnis zu erzielen. Die wichtigsten politischen Gespräche musste ich selbst führen, das war schon protokollarisch nicht anders möglich. So war ich selbst gefordert unter anderem für die Unterredungen mit dem Vorsitzenden der Innenministerkonferenz (IMK) sowie den Sprechern der A- und B-Länder[4]. Auch durfte ich die persönliche Fühlungnahme mit den anderen Innenministern der deutschen Bundesländer nicht vernachlässigen. Mir oblag ferner die Kommunikation mit den wichtigen Kollegen aus den anderen interessierten EU-Staaten und mit den Vertretern der EU-Kommission. Das Gleiche galt für die Kontakte mit der Flüchtlingskommissarin der UNHCR in Genf. Sie alle sollten sich durch eine solide Information einbezogen fühlen und Anregungen geben können. Im Übrigen versuchte ich zu delegieren, was zu delegieren war. Um die Vorbereitung der Aktion möglichst glatt laufen zu lassen, war es erforderlich, unser gesamtes Netzwerk zu aktivieren. Dazu setzte ich natürlich auch die leitenden Mitarbeiter ein.

Ziel war es, dem Kabinett keine nur abstrakte, sondern eine unmittelbar umsetzbare Planung vorzulegen. Ich hatte mir einen Zeitrahmen von drei Monaten für eine sofort umsetzbare Kabinettsvorlage gesetzt. Erstaunlich war, wie glatt zunächst alles anlief. Ich führte das auch darauf zurück, dass die allgemeine internationale Lage mit ihren Spannungsherden, aber speziell auch die Situation in vielen EU-Staaten, die insbesondere durch den krisenhaft wachsenden Zustrom von Asylbewerbern und Flüchtlingen aus Afrika, dem Nahen Osten und Afghanistan geprägt war, immer prekärer wurde. Die sich stellende Problemlage war nichts anderes als eine Aufgabe, die nur kooperativ gelöst werden konnte, auch weil deren innenpolitischer Kern durch außenpolitische Bezüge überlagert wurde.

Die Asylbewerber und Flüchtlinge erwiesen sich auch in anderen europäischen Staaten als Treibsatz für rechtsradikale Parteien sowie für rechtsextremistische Strömungen und Organisationen außerhalb des demokratischen Parteienspektrums. Sie wissen:

---

[4] A- und B-Länder: SPD- bzw. CDU- geführte Bundesländer in der IMK

Das war und ist keineswegs nur in Deutschland der Fall. Auch andere europäischen Regierungen machten und machen sich Sorgen, insbesondere auch deswegen, weil die bisher gegebenen stabilen demokratischen Mehrheitsverhältnisse in den EU-Ländern ins Wanken gerieten Unser Planungsansatz traf den Nerv der Zeit. Wir mussten aufgrund eines Gesamtkonzeptes zügig handeln – nicht nur als Nationalstaaten, sondern maßgeblich auch als Gemeinschaft. Davon war ich überzeugt.

Als ersten suchte ich meinen französischen Kollegen auf, um von vornherein Empfindlichkeiten zu vermeiden. Ich dachte, ihn zu gewinnen, indem ich ihm anbot, die deutsche Initiative als deutsch-französische anzulegen. Er nahm diese Geste freundlich auf, überließ die Sache jedoch mir allein, bot mir aber seine volle Unterstützung an. Einmal mehr erlebte ich die elegante französische Diplomatie, die ich in EU-Innenministerkonferenzen schon so oft beobachtet und bewundert hatte. – Auch die meisten anderen vorgesehenen Partnerländer waren kooperativ. Die skandinavischen EU-Staaten, Schweden und Dänemark, hatten sich sehr schnell überzeugen lassen, die Niederlande und auch Österreich zeigten Kooperationsbereitschaft. Der niederländische Kollege half mir sogar dabei, Belgien und Luxemburg in unsere Planung einzubeziehen. Die so entstandene Staatengruppe bildete für mich eine ausreichende politische Grundlage, um die Sache auf europäischer Ebene soweit wie möglich und nötig gangbar zu machen.

Sehr gut kam an, dass wir ein Rückführungsabkommen anstrebten, das eine soziale Flankierung durch generelle und individuelle Rückeingliederungshilfen im Rahmen der Entwicklungshilfeprogramme vorsah. Der Vorschlag, zunächst Nigeria als erstes afrikanisches Partnerland zu wählen, wurde akzeptiert. Wir sahen zwar die großen Schwierigkeiten, denen dieser Staat in seinen nördlichen Bundesländern ausgesetzt war, aber der südliche Teil mit seiner Küstenregion schien uns – trotz einiger gravierender Probleme auch dort – sicher genug zu sein, um einen regionalen

Anlaufpunkt für Rückwanderer in der Form eines Aufnahme- und Übergangslagers zu bilden. Letztlich sollten diese Unterkünfte, so unsere Zielsetzung, in der Verantwortung der UNO stehen. Das aber war erst für eine weitere Stufe der Entwicklung vorgesehen. Alles auf einmal zu versuchen, hätte nichts als Stillstand bewirkt.

Nach mehreren telefonischen Kontakten mit meinem nigerianischen Amtskollegen schickte ich aus Gründen der Geheimhaltung meinen Vertreter im Amt mit Expertenteam nach Abuja, um die Voraussetzungen für eine solche Anlaufstation zu schaffen und die Eckpunkte eines Rückführungsabkommens unter Dach und Fach zu bringen. Dabei sollte auch ein menschenrechtlicher Mindeststandard der Verhältnisse im Aufnahmelager vertraglich abgesichert werden. Die zurückgekehrten Flüchtlinge würden unter dem Schutz der Allgemeinen Erklärung der Menschenrechte stehen. Dieser Schutz sollte sehr praktisch zunächst durch europäische Ordnungskräfte unter Einbeziehung nigerianischen Sicherheitspersonals gewährleistet werden. Auf längere Sicht würden sie – so der Plan – durch internationale Kräfte unter Kontrolle von Organen der UN ersetzt werden. Wie gesagt, sollten die Unterkünfte letztlich in der Verantwortung und damit auch unter der Leitung der Vereinten Nationen stehen. Die Verhandlungen liefen allerdings gerade erst an.

Mir war bewusst, dass unser Plan in Deutschland trotz unserer Bemühungen um Mindeststandards nur schwer Akzeptanz finden würde. Ich erwartete den vollen Widerstand von Menschenrechtsorganisationen wie amnesty international, pro asyl oder der Gesellschaft für bedrohte Völker. Diesen Widerstand würde die Regierung schlichtweg ertragen müssen. Persönliche Angriffe müsste ich an mir abprallen lassen. Mit diesen und anderen Nichtregierungsorganisationen, deren Repräsentanten ich persönlich als engagierte Interessenvertreter unterprivilegierter Menschen durchaus zu schätzen gelernt hatte, war nach all' unseren Erfahrungen ein irgendwie gearteter Konsens bei Rückführungsfragen nicht zu erzielen. Dazu war deren Linie zu einseitig auf das Bleiberecht aller Flüchtlinge ausgerichtet. Nie z.b. werde ich die ‚Mörder! Mörder!' -Rufe vergessen, mit denen demonstrierende Mitglieder solcher Organisationen die Ressortchefs von Bund und Ländern belegt hatten, die auf einer Innenministerkonferenz (IMK) mit Rückführungsfragen zur Bewältigung des bosnischen Flüchtlingsproblems befasst waren. Der Position der Menschenrechtsorganisationen stand das Gesamtinteresse des Staates an innere Stabilität entgegen. Daher waren die Innenminister parteiübergreifend nicht erschütterbar.

Meines Erachtens kam es nach der erforderlichen Kabinettsentscheidung auf konsequentes Verwaltungshandeln an, um zu verhindern, dass die nicht zu unterschätzende publizistische Macht der Nichtregierungsorganisationen (NGO) schwer zu überwindende Hindernisse aufbaute. Das allein war auch der Grund, aus dem heraus alle Beteiligten, insbesondere die auf europäischer Ebene, für die Vorbereitungsphase absolute Verschwiegenheit vereinbart hatten. Nach meinen Vorstellungen sollte das kooperative Vorgehen im Verein mit den anderen europäischen Ländern nicht einmal Gegenstand der schriftlichen Kabinettsvorlage sein. Das wollte ich mir für den mündlichen Vortrag vorbehalten.

Was ich hier in dürren Sätzen schilderte nahm etwa drei Wochen in Anspruch. Inzwischen war es bereits September geworden.

Gelegenheit zu reden

In dieser Zeit suchte ich nach einer Gelegenheit, mit Claire in aller Ruhe zu reden. Zum einen gab es ihr Hauptinteresse, die Rückführungsfrage, zum anderen aber stand – für mich persönlich ungleich wichtiger – auch unser beider privates Problem an, die Frage nämlich, wie wir unsere Liebesbeziehung künftig würden gestalten können. Beide kritischen Fragenkreise waren zu besprechen und mussten geklärt werden. Dazu ergab sich zwei Wochen nach unserem Streit über die Abschiebung an einem Freitag eine gute Gelegenheit. Wir hatten nach einer harten Arbeitswoche gemeinsam in unserem Lieblingslokal gegessen. Beschwingt durch den Wein, den wir genossen hatten, kamen wir in meiner Wohnung an und liebten uns dort mit leidenschaftlicher Hingabe. Auch auf dieser Ebene verstanden wir uns innig. Und unser großes Einverständnis schien mir eine günstige Ausgangslage für ein ernsthaftes Gespräch zu bieten – nach meiner Vorstellung zunächst über unsere gemeinsame Zukunft.

Nachdem ich uns ein weiteres Glas Wein geholt hatte, und wir in fast vollkommener Harmonie beieinander lagen, sagte ich zu Claire: „Eigentlich eine vorzügliche Gelegenheit, über uns zu reden."

„Zu müde", antwortete Claire, „aber vielleicht fängst du trotzdem einfach mal an. Nur beginne nicht wieder mit ‚Hör mal!', bitte nicht."

Ich zog sie enger an mich heran. „Der letzte Stand war, dass wir ‚auf Sicht' fahren wollten", begann ich. „Die letzten Wochen mit dir haben wir so lebendig und schön gestaltet, dass ich dich nicht mehr missen möchte. Ich will nicht mehr auf dich verzichten, Claire, jedenfalls nicht freiwillig – es sei denn, meine Wahrnehmung ist zu einseitig, als dass du sie teilen könntest."

Ich machte eine kleine Pause, um ihr die Möglichkeit einer Entgegnung zu geben. Aber Claire sagte nichts.

Also fuhr ich fort: „Wenn ich mir unser Problem vor Augen stelle, dann lasse ich alle ‚Lehren' und ‚Ratschläge' besser beiseite, die wir beide bestimmt aus der Beziehungsliteratur kennen. Weil jeder Mensch einmalig ist auf der Welt, denke ich, dass es auf uns allein ankommt, wenn es darum geht, wie wir auf Basis unserer ureigenen Existenzbedingungen mit uns umgehen. Meine Lage habe ich ja gleich zu Anfang in aller Offenheit beschrieben, um dich in keiner Sekunde im Unklaren zu lassen. Ich war sehr überrascht und habe mich darüber gefreut, dass du selbst das ‚Prinzip der Offenen Ehe' als deine Grundorientierung zur Sprache gebracht hast. Dann aber hast du deine Position doch eingeschränkt, weil du die Befürchtung hegtest, in einer Weise zu lieben, die andere und insbesondere André ausschließen könnte. Inzwischen hast du selbst ja Erfahrungen mit mir gemacht – in Hinblick auch auf meine politischen Aktivitäten. Wir hatten sogar einen, wie ich es bis heute empfinde, sehr grundsätzlichen Konflikt in Hinblick auf das Problem der Rückführung ausreisepflichtiger Flüchtlinge und Asylbewerber nach Afrika. Nach meinem Empfinden können wir diesen Streit zwischen uns neutralisieren. Dazu sind wir tolerant genug. Ich denke, dass eigentlich jetzt du es bist, die sich erklären müsste. Wie, meinst du, kann es, und wenn ja, wie wird es mit uns weitergehen?"

Claire setzte sich auf. Sie war jetzt hellwach: „Ich weiß nicht, ob du unsere Probleme jetzt wirklich auffächern willst. Wir lieben uns, das steht fest. Dazu bedarf es keines weiteren Beweises. Wenn du jedoch jetzt eine Erörterung willst, so muss ich dir erneut deutlich und in aller Ehrlichkeit sagen: In der Abschiebungsfrage sind und bleiben wir entschiedene Gegner. Da sehe ich keinen Spielraum für Toleranz zwischen uns. Du weißt ebenfalls von Anfang an, dass ich engagiertes Mitglied von amnesty und anderer NGO bin. Ich kann da nicht anders."

Ihr Ton war sehr emotional, sehr energisch. Und dann stellte sie auch noch die Frage: „Wann soll denn eigentlich dieser unmögliche Rückführungsplan umgesetzt gesetzt werden?"

Ärger stieg in mir hoch, weil Claire in meinen Augen vom eigentlichen Thema abkam. Ich versuchte trotzdem, ruhig zu bleiben. „Anfang Oktober bin ich mit meiner Vorlage im Kabinett", antwortete ich sachlich. „Und dann wollen wir so bald wie möglich zusammen mit unseren europäischen Partnern mit der konkreten

Umsetzungsphase beginnen. Aber darüber wollte ich jetzt mit dir eigentlich nicht diskutieren, sondern über dich und mich."

„Du selbst hast doch das Thema Rückführungen angesprochen", konterte Claire kämpferisch, fuhr dann aber ruhiger werdend fort: „Ich habe immer noch deinen Satz im Kopf, man müsse die Sachebene von der Ebene der persönlichen Beziehung trennen. Das hat doch noch Geltung und gilt doch auch für dich in Bezug auf mich – oder?"

„Selbstverständlich gilt das", stellte ich klar, „aber die eigentliche Frage, die ansteht, ist doch nun, wie wir uns auf Dauer persönlich aufeinander einstellen wollen. Insoweit kann ich dich im Augenblick nicht ganz verstehen."

„Ich habe inzwischen mit André gesprochen und ihn über mein Gefühle für dich nicht im Unklaren gelassen. Er will dich unbedingt kennen lernen. Ich gehe davon aus, dass du einverstanden bist."

„Ich weiche niemandem aus", entgegnete ich.

„Große Begeisterung lässt du nicht gerade erkennen", erwiderte Claire, „aber das wäre wohl auch zuviel verlangt."

„Für mich entscheidend ist allein, wie du dich positionierst, Claire. Ob du mich mit meinen restriktiven Einschränkungen – ich meine mein Lebensalter, meine Ehe, meinen Beruf – akzeptieren kannst oder nicht."

„Alles hängt letztlich von deinem Verhalten ab", antwortete sie.

Ich war verwundert. „Wie das, ich denke eher, es kommt auf dich an? – Zuletzt sind es natürlich wir beide, die sich entscheiden müssen."

„Wir werden sehen", meinte Claire, „ich glaube aber, dass wir noch eine Zeit, wie hast du es gesagt, ‚auf Sicht' fahren sollten."

„Mir ist das recht", erwiderte ich, „aber warst nicht du es, die eine abklärende Erörterung viel früher verlangt hat?"

„Das stimmt schon, aber im Augenblick habe ich so ein Gefühl, dass es besser ist, wir lassen uns noch Zeit. Wir sind einfach zusammen, als wäre es für die Ewigkeit. Bitte lass es zu, dass wir uns genießen können." – Dann umarmte sie mich. Und so beendete sie meinen Versuch, eine ernsthafte Erörterung über die Form unserer Beziehung zu führen.

Existenzielle Passion

Wenn zwei Liebende fühlen, dass sie existentielle Probleme haben, für die sie noch keine endgültige, wohl aber eine vorläufige Lösung sehen, dann feiern sie auch schon eine solche Atempause wie ein kleines Ereignis. Claire jedenfalls schmiegte sich an mich und bedeckte mein Gesicht mit Küssen. Sie klammerte sich dabei mit aller Macht an mich und grub ihre Finger in meine Schultern. ‚Wie eine Verlorene', dachte ich, ‚die nicht nur die Nähe, sondern Halt sucht – Halt offenbar in der realen Existenz des Partners, des ‚Anderen', der auf dem Spiel steht oder bereits verloren ist, wie man vielleicht sich selbst von Zeit zu Zeit auch auf verlorenem Posten sieht.'

Jetzt aber tauchten wir erst einmal wieder ineinander ein, als wäre nicht zweisame Individualität der Kern unserer Beziehung, sondern als bildeten wir eine personale Einheit, die dabei ist, sich ständig zu intensivieren. Es war eine Hohe Zeit der Liebe für uns – auch für mich mitsamt all meiner in diesem Augenblick ganz unnütz wirkenden Erfahrung aus früheren Begegnungen. Wir überließen uns dem jeweils anderen, und es begegnete uns dabei das unerhörte und zugleich unwiederbringliche Glück, sich selbst im anderen zu verlieren und sich in ihm zugleich doch auch wieder zu finden. Es war so, als bildeten wir aus den Teilen des jeweils eigenen Selbst eine einzige emotionale Wesenheit. Und das mit der ideellen Möglichkeit, mit dem jeweils Anderen zu einer unsterblich scheinenden Einheit zusammenzuwachsen. In empfindsamer Schönheit blühte der längst versunkene Traum von der silberblauen Blume der Romantik noch einmal auf für uns.

Als wir aber wieder still beisammen lagen, fing Claire ganz verhalten und zurückgenommen, als wollte sie es vor mir verbergen, zu weinen an und konnte, als sie merkte, dass ich es wahrnahm, ihre Tränen nicht zurückhalten. Ich dachte zuerst, sie weine Tränen des Glücks. Als ich sie aber in erneuter Umarmung an mich presste, traf mich ein entsetzter Blick, der mich hart in die Einsamkeit meiner Teilexistenz zurückwarf.

Claire schien es ähnlich zu gehen. Wir bäumten uns auf dagegen, suchten und fanden uns erneut in exzessiver Wiederholung vollkommener Nähe, um uns dann, total erschöpft, fallen zu lassen – in Erinnerung an die eben noch vorhandene und nun schon wieder verlorene Vollkommenheit des doch immer nur vorläufigen Aufgehens von Liebenden ineinander.

Ewiger Kreislauf des Lebens und der Liebe – dieser Lauf reicht über die individuelle Existenz hinaus, übersteigt unser aller Individualität, lässt sie auf Zeit in einer neuen Einheit aufgehen, erschöpft sie und lässt dieses Anderssein zu zweit letztlich enden in einem vorläufigen Nichtsein, in dem unsere Individualität wieder von uns Besitz ergreift. Für mich war dieser Vorgang der Trennung wie ein Rückfall in individuelle Leere, die die herzzerreißende Vorahnung einer vergehenden Lebenschance in sich trug. Als Romantiker würde man vielleicht auch sagen: Dies war nach totaler Verdichtung des eigenen Lebensgefühls die Anmutung einer geheimnisvoll kreativen Leere, die als kristallisierte Zeit vielleicht selbst wieder den Ausgangspunkt des Lebens eines neuen Universums in sich barg, eines Universums, das dem Gesetz einer ganz eigenen, möglicherweise ganz anderen Wahrheit folgte.

In dieser Nacht jedenfalls erlebten Claire und ich unsere Liebe als eine gewaltige Passion, als Hochflut des Lebens, gefolgt von deren Umkehr: einer ebenso gewaltsam uns auseinander reißenden Ebbe. Wir lagen lange schwer atmend nebeneinander und hielten uns bei den Händen. Als ich wieder ganz zu Atem gekommen und damit ruhiger geworden war, fielen mir plötzlich wieder die Worte ein, mit denen „Tristan und Isolde" endet: „unbewusst, höchste Lust." – ‚Auch so kann man die ewige Unvollkommenheit der Liebe zu überwinden suchen', dachte ich, ‚durch bewusste Aufgabe der eigenen Existenz bzw. deren Rückgabe an das Sein oder, was auf das Gleiche hinausläuft, an ein Nichtsein, das mehr ist als ein Nichts, weil es aus einer anderen Art von Sein besteht, das nicht unseren Gesetzen unterliegt.' – Diese abgehobenen Gedanken verschwieg ich Claire. Stattdessen nahm ich ihre Hand; sehr vorsichtig zuerst, dann fester, als ich den zarten Gegendruck ihrer Finger spürte.

Heute, im klaren Bewusstsein der Ereignisse, die sich unerwartet entwickelten, und nach dem Erlebnis eines temporären Verlustes mitsamt der gemeinsamen Trauer um die verlierbare, vielleicht schon verlorene Einheit, sehe ich unser damaliges Zusammensein weit realistischer – sehr wohl wissend, dass selbst in den gegenseitigen Verletzungen schon wieder der Keim eines neuen Verlangens nach dem anderen liegen kann."

Was Wega-Wagemann da vorgetragen hatte, empfand ich als ziemlich überspannt. Als er auf Claire traf, begegnete er nicht seiner ersten romantischen Liebe. Er war vielmehr ein ausgereifter Mann. Andererseits beneidete ich ihn ein wenig wegen der Intensität der Liebe, die er mit Claire hatte erleben dürfen. Warum sollte es nicht, wie von ihm geschildert, gewesen sein?

„Sie sehen so drein, als ob Sie das alles nur schwer nachvollziehen können", sagte Wega, „aber so ist es mir ergangen. Ich bewegte mich in der Ausnahmesituation einer so nicht erlebten Gipfellandschaft. Vielleicht habe ich den Kern der Dinge deshalb nicht durchschaut. Das Eigentliche ist mir leider entgan-

gen. Aus heutiger Sicht hätte ich mir weniger ‚metaphysische'
Gedanken über die Liebe machen sollen, sondern mich mit
mehr Empathie in die wahre Gemütslage von Claire einfühlen
müssen. Da liegt ganz gewiss einer meiner großen Fehler."

8.

Vor meinem nächsten Besuch recherchierte ich die Lage in Nigeria. Aus professioneller Neugier wollte ich wissen, warum Claire Verte so sehr irritiert war, als sie von den Rückführungsplänen erfuhr. Was hatte sie gleich beim ersten Mal so überaus heftig reagieren lassen? Die prekäre Lage der westafrikanischen Staaten im Allgemeinen war mir zwar bekannt. Nun wollte ich jedoch genauer wissen, welche Probleme sich speziell in Nigeria stellten. Ich informierte mich, indem ich die amtlichen Internetseiten des Außenministeriums durchackerte, aber auch die der einschlägigen, allgemein zugänglichen Homepages von Menschenrechtsorganisationen studierte.

So war ich gut informiert, als ich in der darauf folgenden Woche Wega-Wagemann gegenübersaß. Der aber setzte unser Gespräch auf einer ganz anderen als der von mir erwarteten Ebene fort. Seine Gedanken hatten, den Eindruck gewann ich, offenbar die ganze Zeit um Claire gekreist.

Chancen einer offenen Beziehung

Am nächsten Morgen war erneut ich es, der das Gespräch mit Claire suchte. Wir hatten lange geschlafen und ich hatte, wie es an Samstagen bei uns üblich war, das Frühstück gemacht. Als wir bis zu einer „letzten Tasse Kaffee", wie wir es nannten, vorgedrungen waren, sagte ich zu Claire: „Gestern habe ich mit dir eine der schönsten Liebesnächte meines Lebens erlebt. Gilt das eigentlich auch für dich?"

Claire lächelte mich an: „Das musst du fragen? Das hast du doch selbst gespürt oder etwa nicht?", antwortete sie.

Ich blickte sie an und entgegnete: „Ja, und doch haben wir noch immer nicht das Problem gelöst, das uns beide umtreibt: die Frage nämlich, wie es mit uns beiden auf Dauer weitergeht. Kannst du mir nicht nach einer solchen Nacht sagen, wie es aus deiner

Sicht mit uns steht? Oder ist das zuviel verlangt an einem solchen Morgen danach?"

Claire sah mich überrascht, ja befremdet an: „Müsst ihr Männer solche Intimitäten immer zur Unzeit ansprechen? Es war so wunderbar gestern mit uns. Das steht für sich. Warum brauchst du jetzt eine Auskunft von mir? – Wenn du unbedingt eine haben willst, so muss es die sein, die du selbst früher einmal mir auf mein Befragen hin gegeben hast: Wir fahren auf Sicht."

„Aber so kommen wir doch auch nicht weiter", sagte ich, „gerade weil es so gut ist zwischen uns, wachsen wir immer mehr zusammen – und wenn diese Bindung zwischen uns reißen und unsere Liebe trotz Liebe scheitern sollte, dann können die Folgen unerträglich werden: für dich, für mich und vielleicht auch für uns beide. Wieso redest du von Unzeit, wenn nun ich unsere Probleme konkret anspreche. Lass uns doch einfach offen über uns reden."

„Du hast soviel Wärme in deine Stimme gelegt..."

Ich unterbrach sie: „Ich habe nicht Wärme in meine Stimme gelegt, wenn meine Stimme warmherzig und liebevoll ist, dann deswegen, weil ich so fühle!"

Claire sah mich aufmerksam an. „Spielen wir heute mit umgekehrten Fronten?", fragte sie, „Bist du es nun, der Angst hat um uns?"

„Kann schon sein", sagte ich. Und nach einer Pause fügte ich hinzu: „Das heißt aber nicht, dass ich aus Angst um uns meine Grundorientierung aufgebe und etwa Susan verlasse."

„Du bleibst also bei der Idee der Offenen Ehe?" – Ich nickte.

„À tout prix?" – Wieder nickte ich.

„Und was erwartest du unter solchen Umständen von mir?"

„Erwarten darf ich gar nichts", entgegnete ich, und ich spürte zugleich, dass eine Welle von Traurigkeit durch mich hindurchging, „ich kann nur hoffen, dass du bei dem Toleranzgebot bleibst, von dem wir ausgegangen sind und nach dem wir bisher gelebt haben."

„Auch wenn ich dir erklärt habe, dass ich das vielleicht nicht mehr bringen kann, weil ich dich, zu meiner eigenen Überraschung, so zu lieben beginne, dass ich dich nicht teilen will?"

„Aber waren wir uns nicht einig darüber, dass es keine personalen ,Besitzansprüche' geben kann? In einer Ehe nicht, nicht in einer Beziehung wie der unseren, überhaupt nicht in der Liebe. Hatten wir nicht vereinbart, dass man den anderen nehmen soll, wie er ist? Und heißt das nicht auch mit der Verantwortung, die er übernommen hat und zu der er entsprechend seiner Persönlichkeit – ich könnte auch sagen ,bei seiner Ehre' – stehen muss: zu seiner alten genau wie zu seiner neuen Liebe?" – Ich hatte schnell und erregt gesprochen.

„Ich verstehe", sagte Claire. Und dann schwieg auch sie.

„Was verstehst du?", fragte ich nach einiger Zeit.

„Ich verstehe, wie sehr du in dem Rahmen gefangen bist, den du dir selbst gesetzt hast", antwortete sie, „es gibt keinerlei Bewegung, jedenfalls sehe ich keine. Und ich weiß noch nicht einmal, ob ich eine Bewegung von dir überhaupt verlangen darf."

„Wie ist es denn bei dir? Was ist aus deiner eigenen Grundposition geworden? Wir waren doch ganz nahe beieinander?"

„Wenn ich das bloß selbst wüsste. Ich kann im Augenblick nicht so klar denken wie sonst", sagte sie mit einem Unterton von Zorn in der Stimme. „Natürlich habe ich mir den Kopf zerbrochen. Aber das Problem wird nicht leichter dadurch, sondern nur immer schwerer lösbar. Mit meinen derzeitigen Überlegungen, die natürlich auch immer von meiner jeweiligen Emotionslage abhängig sind und daher hin und her schwanken, bin ich noch nicht zu Ende gekommen. Es gibt allenfalls einen labilen Zwischenstand. Ich denke und fühle zurzeit, dass ich nur dich lieben kann, und zugleich fürchte ich mich vor der Erkenntnis, dass diese Ausschließlichkeit eine wirkliche Ausschließung zur Folge haben könnte und zu einer von mir nicht gewollten Trennung führt – mit unvorhersehbaren Konsequenzen. Wie ich mit Erschrecken feststelle, könntest du anders als André in mir bewirkt haben, dass ich, im Unterschied zu früher, offenbar oder möglicherweise nur noch einen Mann lieben kann: dich. Wenn es dich aber für mich nicht geben sollte, weil du dich nicht ganz auf mich einlassen kannst und letztlich nicht bereit sein kannst für mich, dann müsste ich – nach einer Phase schrecklichen Liebeskummers deinetwegen – allein oder bei André bleiben oder mich theoretisch für einen anderen Mann öffnen, der nicht du bist."

Ich sagte nichts. Sie wandte ihren Blick wieder einmal nach innen. Mir kam es vor, als verliere sie sich in der Weite ihrer inneren Seelenlandschaft. Dann kehrte ihr Blick zurück und sie fing erneut – wenn auch sehr zögerlich – zu sprechen an:

„Vielleicht versuche ich es dir auch noch mal auf andere Weise zu erklären, was in mir vorgeht. Lass mich damit beginnen, dass ich dir sage, wie sehr ich unser Zusammensein in unserer ganzen Zeit, und gerade auch in unserer letzten Nacht, genossen habe. Ich fühlte mich total ausgesetzt in unserer Erotik. Und auch wenn ich „nur" an unsere Sexualität denke, so fühle ich mich doch bei dir immer, auch mitten im Sinnesrausch, in zärtlicher Liebe geborgen. Totale Hingabe und totales Aufgefangensein – es ist schon eine faszinierende Art der Transzendenz, die ich mit dir erfahren darf und die du umgekehrt, hoffe ich, genau so mit mir erlebst. Du als der Andere wirst in diesen Momenten ein Teil von mir.

Aber dann, wenn ich nach dieser Zeit von wirklichem Hochgefühl wieder zu mir komme und mich in meinem Alleinsein erlebe, entstehen bohrende Selbstzweifel. Ich habe nach wie vor Angst, mich in dir zu verlieren, meine eigene Identität zu gefährden und mich von einem Mann abhängig zu machen, der ein ganz eigenes Leben führt, der zu seiner Frau – auch aus meiner Sicht – fest in Treue steht und der mir folglich bei aller exzessiven Hingabe nur einen zweiten Platz in seinem Leben zuweisen kann. Eine Abhängigkeit von dir fürchte ich also nicht allein deswegen, weil wir uns in unserer erotischen und sexuellen Kommunikation alles geben, was ich mir nur wünschen kann.

All dies geschieht nach Lage der Dinge notwendigerweise auf unsicherem Boden in einer Art Niemandsland. Wenn deine Susan kommt, habe ich mich aus deinem Leben zu entfernen, bin sozusagen insoweit gar nicht existent. Ich habe die große Angst, dass eine jede temporäre Trennung endgültig sein kann. Und ich fürchte, dass die Verwundung, die ich dann erfahre, wenn ich allein auf der anderen Seite einer Glaswand stehe, umso tiefer geht, je länger wir zusammen leben und je tiefer wir uns lieben.

Du hast deiner Frau, anders als ich es mit André gehalten habe, noch nichts von mir gesagt. Ich sehe also noch nicht einmal die Chance für ein Arrangement – da ist gar nichts, was eine Art Flutmauer bilden könnte gegen den Schmerz. Insofern fühle ich mich durch die Gefahr jederzeitiger Ausgrenzung und Aussetzung nicht nur in meiner Liebe zu dir, sondern auch in meinem ureigenen Selbst angegriffen und verletzt. Wäre ich ein rationaler Mensch mit Klarsicht – vielleicht sollte ich, um zusätzlich die Bedeutung von „Hellsicht" oder „Scharfblick" ins Spiel zu bringen, von emotionaler „clairvoyance" sprechen –, dann müsste ich, so schnell wie möglich, Schluss machen mit dir und uns."

Sie hielt inne, und räusperte sich. Ich merkte, wie sehr sie versuchte, ihre Emotionen zu beherrschen. „Aber andererseits", fuhr sie mit rauer Stimme fort, erlebe ich dann eine Liebesnacht wie die letzte, die ich nur mit dir so werde erleben können und die mich an dich bindet. – Ich fühle mich zurzeit in so etwas wie einer nahezu ausweglosen Situation."

Sie bedeckte ihr Gesicht mit ihren Händen. Sichtlich rang sie mit sich um ihre Fassung. „Tut mir leid", brachte sie schließlich, hervor, und dann hörte ich ein unterdrücktes „Merde!", das ganz sicher nicht für meine Ohren bestimmt war.

Ich stand auf und ging zu ihr und zog sie hoch in meine Arme und wiegte sie hin und her. ‚Blues', dachte ich, ‚so haben wir früher den Blues getanzt'. Aber ich wollte nichts sagen, weil jedes Wort zwangsläufig falsch geklungen hätte, also behielt ich mein Schweigen bei, und nach einer widerständigen Phase begann sie, sich eng an mich zu schmiegen. Ich spürte ihren Körper als wäre er nackt. So frisch war die Erinnerung an unsere Nacht.

Eine ganze Zeit später fragte ich behutsam: „Und was würdest du André sagen, wenn wir eine zwar offene, ihn aber ausschließende Verbindung eingingen?"

Sie verkrampfte sich augenblicklich und versetzte mir einen Stoß vor die Brust, mit dem sie sich Abstand verschaffen wollte. Ich ließ sie sofort los. Claire sah mich zornig an und entgegnete bitter: „Das hättest du jetzt nicht sagen dürfen. Schlimm genug, dass ich von deiner Frau gesprochen habe. Fang du jetzt nicht auch noch von André an. Wir reden hier von dir und mir. Und von niemandem sonst! Begreifst du das denn so gar nicht?"

Sie ging weiter auf Distanz zu mir. „Du weißt gar nichts", fuhr sie mit emotional erhobener Stimme fort, „und du nimmst mich nicht ernst. Darauf habe ich aber einen Anspruch. Noch nicht einmal in der Deportationsfrage nimmst du mich ernst, obwohl wir total gegensätzlicher Meinung sind. Total gegensätzlich in einer Frage, die für mich überdies eine Gewissensfrage ist. Nein, du verstehst wirklich nichts, gar nichts". Den letzten Satz schleuderte sie mir mit großer Aggressivität entgegen.

Mit einer solchen Reaktion hatte ich nicht gerechnet. Ein plötzlicher Zorn kochte in mir hoch. Zugleich wurde mir klar, warum Claire so reagierte. Ich hätte sagen sollen: ‚Ich liebe dich' oder ‚Ich will dich doch auch für immer' oder zumindest ‚So oder so – irgendwie schaffen wir das schon'. Aber ich hätte nicht gedankenlos von André sprechen dürfen; vielleicht hatte sie das fälschlich so verstanden, als hätte ich ihr auf dem Weg zu mir eine Sperre in den Weg legen wollen. Konnte sie das gedacht haben? – „Entschuldige, wenn ich etwas gesagt habe, das dich verletzt hat", antwortete ich und trat einen Schritt auf sie zu.

Aber Claire hob abwehrend die Arme: „Lass mich! Ich brauche jetzt Distanz zu dir!"

Ich war frustriert. „Dann bleibt uns wohl im Augenblick tatsächlich nichts anderes übrig, als zunächst weiter auf Sicht zu fahren", stellte ich resigniert fest. – „Ja, Wolf, das sage ich doch die ganze Zeit, aber du hast mich entweder nicht verstanden oder mich nicht ernst genommen." – Claire wandte sich mit einem Achselzucken ab.

Ich versuchte, eine in mir aufkeimende Missstimmung zu unterdrücken. Es entstand ein Schweigen, das auf uns beiden lastete. – „Lass uns zu einem anderen Zeitpunkt noch einmal darüber reden", schlug Claire schließlich vor.

Danach verschaffte sich unsere samstägliche Routine Raum, die sich in letzter Zeit eingeschliffen hatte. Ich deckte den Frühstückstisch ab. Zusammen erledigten wir die anstehenden Arbeiten im Haushalt, machten die erforderlichen Einkäufe und gingen dann längere Zeit spazieren. Wir führten normale Alltagsgespräche, wohl wissend, dass wir eben noch in einen Abgrund geblickt hatten. Mittags aßen wir ein paar Stücke Obst. Den Nachmittag und Abend hatten wir uns ohnehin für unsere Arbeiten reserviert. Denn für Sonntag hatten wir uns für eine Fahrt zum Haus am See verabredet. So saßen wir an unseren Computern und beschäftigten uns mit unseren Papieren, jeder für sich.

Uns umgab eine konzentrierte Arbeitsatmosphäre. Aber es war stiller als sonst. Wir hatten beide fristgebundene Aufgaben zu erledigen: Claires Artikel über die Energiewende in Deutschland als Gegenmodell zu der Atompolitik Frankreichs musste fertig werden. Und ich selbst war in Druck wegen meiner Kabinettsvorlage, die ich mit einem letzten Schliff in eine vorerst endgültige Form bringen wollte – vor der letzten Feinabstimmung mit dem Bundeskanzleramt. Wir redeten also kaum miteinander. Nach den abendlichen Fernsehnachrichten gingen wir zeitig ins Bett. Wir waren beide erschöpft und fühlten uns todmüde. – Nachts merkte ich, dass Claire wach lag und sich immer wieder hin und her wälzte. Ich nahm sie in die Arme und streichelte sie, bis sie ruhiger wurde und sich an mich drängte. Dann schliefen wir beide in den Sonntag hinein.

Wega-Wagemann räusperte sich, füllte sein halb leeres Glas, das vor ihm stand, mit Wodka auf und leerte es in einem Zuge. Dann schüttelte er sich und sagte mit einer verhaltenen Stimme, die wohl bewusst ruhig klingen sollte, aber gerade dadurch seine Erregung offenbarte: „Genug für heute. Tut mir Leid, wenn ich Sie zu sehr mit Privatdingen befasst habe. Aber ich musste das einfach mal loswerden, bevor ich wieder auf die Sache selbst komme. Wir sehen uns in der nächsten Woche wieder." Wir drückten uns nur stumm die Hand.

Ich konnte ihn, aber auch Claire Verte sehr gut verstehen. ‚Offene Beziehungen' konnten wie normale Ehen in nachhaltige Turbulenzen geraten. Das lernte ich hier. ‚Spielen wir heute mit umgekehrten Fronten?', hatte Claire gefragt und dann darauf bestanden ‚auf Sicht zu fahren'. Dabei hatte doch gerade sie selbst zuvor auf eine größere Sicherheit Wert gelegt. ‚Welche Widersprüchlichkeiten', dachte ich.

9.

Warum ich in der nächsten Woche eine gewisse Scheu hatte, den Staatsminister aufzusuchen, kann ich nicht sagen. Vielleicht lag es daran, dass ich gespürt hatte, wie nahe ihm der Konflikt mit Claire noch immer ging. Und dass es ihm teilweise schwer fiel, aus seiner Innenschau heraus zu berichten. Ich folgerte das aus der großen Detailliertheit seiner Schilderungen, seiner teilweise langsamen Sprechweise, den Pausen, die er machte, aus seinen nach innen gekehrte Blicken – und zu guter Letzt schloss ich das aus seinem Sturztrunk, mit dem er am Schluss seinen Wodka hinunter gekippt hatte.

Aber als er mir nun aber erneut gegenüberstand, freundlich lächelnd, die Gelassenheit selbst, ein zuvorkommender Gastgeber, verflog meine Beklemmung.

Wega-Wagemann kam schnell zur Sache:

Schwerwiegende Probleme

Wir starteten am nächsten Morgen um 9 Uhr. Diesmal stand nicht Tristan und Isolde auf dem Programm ihrer CD-Anlage. Claire hatte vielmehr heiter-ernsthafte französische Chansons herausgesucht, darunter ‚Domino', gesungen von Lucienne Delyle, mit dem schönen Refrain über die Lust, geliebt zu sein. Sie wusste, dass ich es besonders gern hörte. Aber die hübschen Walzerklänge aus Paris vermochten mich nicht aufzuheitern. Im Gegenteil. Ich hatte einen heiligen Zorn in mir, den ich mir nicht anmerken lassen wollte. Denn er richtete sich gegen alles: gegen den Zustand der Welt, die an vielen Stellen brannte, gegen die Brutalität der Menschheit im Großen und Kleinen, gegen die schwierigen politischen Umstände, aber auch und ganz besonders – auf einer ganz anderen Ebene allerdings – gegen die mangelnde Freiheit in der Liebe. Speziell jedoch hatte ich eine gehörige Wut auf mich selbst, der ich mich meiner selbst entfremdet fühlte, weil ich mit der Situation unseres Beziehungsgeflechtes nicht hinreichend selbstbestimmt umgehen konnte, wie ich fand. Nur Susan und Claire, die Frauen, die ich beide liebte und auf die ich nichts kommen lassen wollte, verschonte ich von allem Unmut.

Claire summte die Chansons anscheinend unbekümmert mit. Scheinbar. Denn plötzlich sagte sie mit überraschender Klarheit: „Spuck es schon aus: Bist du sauer auf mich?"

„Auf dich? Wieso auf dich?", antwortete ich, „wenn schon, dann auf mich selbst und auf die Umstände, die ich meinem eigenen Wesen zu verdanken habe."

„Mach dir keinen Kopf", entgegnete Claire, die mich auch ohne weitere Worte verstand, „ich begreife dich, auch deine Treue zu deiner Frau. Wenn es dich tröstet: Ich möchte nicht mit einem Mann zusammen sein, der seine Partnerin im Stich oder sie auch nur „einfach so" stehen lässt. Tätest du das, würde ich dich vielleicht sogar aus diesem Grund verlassen müssen. Denn ich würde immer denken, dass du in gleicher Weise auch mit mir umgehen könntest. Ich weiß, dass ich in einer widersprüchlichen Situation stecke und dir einiges zumute. In einer solchen Lage macht man, auch wenn man sie zu vermeiden sucht, leicht große Fehler und steckt Schläge dafür ein. Aber selbst wenn wir damit den Kopf in den Sand stecken: Sollten wir uns nicht heute einfach eine lange Auszeit nehmen, in der wir uns haben und uns ohne Konflikte genießen können?"

Diese wenigen verständnisvollen Worte von Claire bewirkten einen Stimmungsumschwung in mir. Ich nahm ihre Hand und berührte sie mit meinen Lippen: „Weißt du, was du bist", sagte ich, „einfach toll und, am Normalmaß gemessen, einfach verrückt – wie ich."

Unser kleiner Dialog führte uns in eine sonntäglich Stille voller Harmonie. In dieser Stille fand ich mich wieder. Wir fuhren in einen sonnigen Septembersonntag hinein. Und zwischen Claire und mir entwickelte sich ein Glücksgefühl, wie es nur entstehen kann, wenn zwei Menschen sich lieben, obwohl oder gerade weil sie im Untergrund wissen, wie zerbrechlich ihr Glück ist.

Das Haus am See lag still in der Sonne, als wir eintrafen. Unser erster Weg führte uns wieder zu der Bank auf dem Steg. Wir setzten uns, lehnten uns aneinander und genossen die Seelandschaft mit ihren vielen Vogelstimmen. Dennoch hielt es uns dort nicht lange. Sehr bald brachen wir zu einer kleinen Wanderung auf. Hand in Hand gingen wir los. Ein ausgetretener, aber nicht angelegter Weg öffnete sich uns und führte uns in eine scheinbar ganz unberührte Waldung hinein. Zu zweit genossen wir die Natur mit ihrer reinen, duftenden Luft. Nach etwa einer Stunde traten wir auf eine Lichtung, an deren Rand ein dicker Baumstamm lag, auf den Claire mich zog. Erneut eng aneinander gelehnt, atmeten wir ganz bewusst den Fichtenduft ein, schauten nach Wild aus und waren uns eigentlich doch selbst genug. Wir waren wie unteilbar auf einander orientiert, als könnten wir die Welt vergessen.

Friedloses Intermezzo

Irgendwann meldete sich bei Claire der Hunger. Wir machten uns auf den Rückweg zum Holzhaus. Leider ohne Rücksicht auf die Fragilität unserer Situation und eine vermeintliche Gunst der Stunde nutzend, die es, anders als ich glaubte, so nicht gab, sagte ich: „Was meinst du, Claire: Auch wenn wir uns für heute eigentlich nur durch den Tag treiben lassen wollten – meinst du nicht, wir könnten nicht zumindest über die Frage der Rückführung afrikanischer Flüchtlinge sprechen? Müsste es nicht möglich sein, dass uns in dieser Sache eine Annäherung gelingt?"

„Du meinst die Deportation nach Nigeria?" fragte sie, das Reizwort „Deportation" betonend, „ich glaube, da können wir allenfalls unsere Feindschaft pflegen." – „Was ist das nur mit dir, Claire", erwiderte ich, „woher kommt in diesem einen Punkt nur deine Unversöhnlichkeit?" Ich merkte, wie in mir nun doch wieder ein untergründiger Zorn gegen diese Art ihrer Argumentation aufstieg – und das, obwohl ich ja mit einer Auszeit ohne Konflikte einverstanden gewesen war.

„Feindschaft ist das falsche Wort, ich weiß und widerrufe es einmal mehr", antwortete Claire, „denn Feindschaft ist auf die Vernichtung des anderen gerichtet. Aber zu einer offenen Gegnerschaft stehe ich. Das ist eine Frage der Ehrlichkeit. Und – selbst wenn ich in deinen Augen wahrscheinlich nur ein naiver Gutmensch bin – für mich berührt das meine Berufsehre als Journalistin und nicht zuletzt auch meine Selbstachtung als Frau. Versteh' doch, es ist eine Gewissensfrage für mich. Ich habe es meinerseits schwer, nachzuvollziehen, dass du mich nicht verstehen kannst."

Sie machte eine kleine Pause und fuhr dann, sehr konzentriert sprechend, fort: „Wir wissen doch beide: Die Menschenwürde ist unteilbar, so heißt es im Grundgesetz. Und diese Gerechtigkeitsmaxime gilt universal. Da stimmst du mir doch sicher zu. Das heißt im übertragenen Sinne aus meiner Sicht: das Menschenrecht gilt prinzipiell für die Flüchtlinge von heute, die in ihrer Not Schutz bei uns suchen, selbst wenn sie keine angestammten Rechte in oder an unserem Land haben. Aber es gibt nun einmal nur diese eine unteilbare Erde, auf der die Menschheit zusammenwächst. Wohin sollen diese Menschen denn sonst gehen? – Oder findest du eine solche Überlegung zu weit hergeholt?"

„'Unantastbar', die Menschenwürde ist unantastbar, heißt es in unserer Verfassung", antwortete ich. „Aber ich verstehe, was du mir sagen willst. Dennoch muss ich für Realismus plädieren. Wir leben in einer Welt von Staaten, die vielfach multilateral zusammenarbeiten, dabei aber, auch wenn sie wie in der EU übernationale Gemeinschaften bilden, auf lange Sicht noch Nationalstaaten sind. Das ist unsere Verfassungswirklichkeit. Die Nationen und ihre Staatsgrenzen sind daher zu respektieren, selbst wenn sie den Schutz der Außengrenzen der Gemeinschaft als gemeinsame Grenzsicherung organisieren. Zu diesem System gehören auch Rückführungen: Diese dienen dem Inneren Frieden innerhalb der Nationalstaaten und auch innerhalb einer Staatengemeinschaft. In einem rechtsstaatlichen Verfahren beschlossen und durchgeführt, sind sie nicht im Entferntesten vergleichbar mit den schrecklichen Deportationen von Juden in die Vernichtungslager der Nazizeit."

„Formal hast du sicher Recht", sagte Claire. „Aber was passiert denn z.B. konkret mit den Menschen, darunter Frauen und Kinder, die ihr nach Nigeria bringen wollt? Nicht in Güterzügen, jedoch in Flugzeugen, aus denen es kein Entrinnen gibt. Weißt du eigentlich genau, was in Nigeria los ist?"

Ohne eine Antwort abzuwarten, fuhr Claire fort: „Ich habe mich lange mit der Situation dort beschäftigt und jetzt noch einmal recherchiert. Das Land ist gleich mehrfach gespalten. Unermesslicher Reichtum steht bitterster Armut, zum Teil totaler Verelendung gegenüber. Die islamischen Bundesländer im Norden haben die Sharia eingeführt, dort kann man wegen Ehebruchs gesteinigt werden. In weiten Teilen des christlichen Südens, insbesondere im Nigerdelta, herrscht ein Chaos aus Staatsversagen, Korruption und hochgradig organisierter Kriminalität: Es herrschen dort mafiose Strukturen. Geiselnahmen und Attentate sind an der Tagesordnung. Und dazu kommt die rücksichtslose, hochprofitable Ausbeutung der Ölvorkommen durch privatwirtschaftliche westliche Konzerne. Diese vernachlässigen nicht nur den Umweltschutz, sondern sind verantwortlich für eine Umweltzerstörung, die die Lebensgrundlage der Bevölkerung bedroht – und das aus reiner Profitgier. Weißt du das alles? Und wenn du es weißt, sind dir die Konsequenzen bewusst? Zum Beispiel die weit verbreitete faktische Rechtlosigkeit der Menschen dort?"

Ich wollte ihr entgegnen, aber Claire hob abwehrend die Hände und fuhr fort: „Das ist immer noch nicht alles. Das gesellschaftliche und politische System Nigerias wird in relevanten Teilen durchwirkt von islamistischen Terrororganisationen, insbesondere von Boko Haram, der Bewegung der verbotenen Bücher, die schon die Lektüre westlicher Literatur als Sünde ansieht und damit die europäische Aufklärung kompromisslos ablehnt. Hast du dich und haben sich deine Experten wirklich mit der Lage in Nigeria auseinander gesetzt und die notwendigen Schlussfolgerungen daraus gezogen?"

„Wir haben das alles geprüft", warf ich ein, „ich könnte dir unsere Sicht erklären!"

Claire jedoch war zu sehr in Fahrt, um darauf zu reagieren. ‚Sie ist innerlich auf dem Kriegspfad', dachte ich.

„Diese Gotteskrieger", fuhr sie fort, „die offenbar die Verwerflichkeit der kapitalistischen Ausbeutungsmaschine in Nigeria und anderswo durchschaut haben, suchen nun verständlicherweise nach Auswegen. Zu Unrecht glauben sie, das Heil durch Anwendung mittelalterlicher Methoden zu finden. Ganz zu schweigen davon, dass Verbindungen zum globalen Dschihadismus bestehen und damit zu den internationalen Terrornetzwerken wie Al-Qaida bzw. deren Nachfolgerorganisationen. Deren Zellen reichen in Afrika, wie jedermann wissen sollte, von Mauretanien durch die Sahelzone über den Sudan bis nach Somalia – mit entsprechender Ausstrahlung auf Mali und Nigeria. In Staaten mit einer solch labilen Lage darf man keine Menschen abschieben."

Claire war zornig: „Stell dir konkret vor, was jungen Frauen oder gar Mädchen passiert", sagte sie, „die in islamistische Strukturen zurückkehren. Ich sage es dir noch einmal: Ihnen droht eine brutale Beschneidung und ihnen steht ein Leben in Abhängigkeit und Unterdrückung bevor. Nein, alles in mir ruft mich hier zum Widerstand. Ich will, dass du das endlich zur Kenntnis nimmst. Es ist mir ernst, und du kannst von mir keine politische oder persönliche Rücksichtnahme erwarten. Das habe ich von Anfang an gesagt. Dazu stehe ich. Und nun bist du dran."

Claire hatte mit einer leisen Stimme gesprochen, sehr schnell und energisch, aber auch mit einer nachhaltigen Traurigkeit, die mir durch und durch ging. Ihre Argumentation berührte mich.

Oder kam das nur daher, weil es Claire war, die so entschieden Position bezogen hatte? Jedenfalls bewunderte ich sie im Stillen in ihrem Engagement und ihrem Kampfeswillen. ,Sie ist Überzeugungstäterin', dachte ich, ,und eine Kriegerin'. Ich konnte jedenfalls nachvollziehen, dass sie, von einem radikalen humanistischen Standpunkt her gesehen, einen wunden Punkt angesprochen hatte. Dennoch: Es gab Gegengründe.

Außerdem waren die anstehenden Probleme nicht allein durch Humanismus zu lösen, vielmehr mussten weitere Aspekte in Betracht gezogen werden. Europa konnte nicht zum Refugium der ganzen Welt oder auch nur Afrikas werden. Das wäre nicht zu verkraften, würde die EU endgültig destabilisieren und die einzelnen teilweise überforderten Länder in eine Renaissance des Nationalismus, zu Rassenhass und Gewalt treiben. Damit wiederum würde die demokratische Verfasstheit zumindest einzelner EU-Staaten aufs Spiel gesetzt. Die Demokratie durfte jedoch nicht zu einem temporären ,Glückszufall der Geschichte'[5] werden. Dazu war bis zu ihrer Etablierung zuviel Blut durch Kriege und gewalttätige Diktaturen geflossen.

Allerdings: Ich würde vorsichtig antworten müssen, wenn die Situation zwischen Claire und mir nicht wieder eskalieren sollte. Am besten war wohl, ich verlegte mich aufs Hinterfragen.

---

[5] Der Gedanke, dass die westlichen Demokratien angesichts kritischer globaler Entwicklungen eines Tages untergehen könnten und mangels effektiver Gegensteuerung dann als temporärer ,Glückzufall der Geschichte' erscheinen würden, stammt nach Kenntnis des Verfassers von Hans Ulrich Klose, ehemals Erster Bürgermeister der Freien und Hansestadt Hamburg und später verdienstvolles Mitglied des Bundestages.

„Ich verstehe deine Sichtweise, die dich persönlich ehrt", sagte ich versöhnlich, „aber glaubst du wirklich, die politische Situation in Europa und die europäische Interessenlage hinreichend berücksichtigt zu haben? Glaubst du, die berechtigten Interessen der europäischen Nationalstaaten als Teile der EU bei der Widerspiegelung der Lage von Nigeria als Abschiebehindernis auch nur annäherungsweise erfasst, einbezogen und ganzheitlich abgewogen zu haben? Wie soll Europa mit einem überbordenden Zustrom von Flüchtlingen fertig werden?"

„Bleib' mir bitte mit Vokabeln wie ‚ganzheitliche Erfassung' vom Leib", entgegnete sie gereizt, „ich gebe zu, dass ich eine parteiische Position vertrete. Aber es gibt eben keine abstrakte Menschenwürde und keinen abstrakten Kampf um sie. Erforderlich ist die konkrete Parteinahme für den konkreten Anderen und für die Abwehr konkreter Gefahren für ihn. Ich glaube, dies ist der springende Punkt. Zu meinem Leidwesen driften wir genau hier auseinander."

Ganz bewusst schwieg ich eine längere Zeit. Claire sah mich mehrfach irritiert an und schüttelte den Kopf.

Vorsichtig nahm ich den Faden wieder auf. „Erlaube mir zwei Bemerkungen", sagte ich betont ruhig und um Sachlichkeit bemüht. „Ich möchte dir von eigenen Erfahrungen berichten. Es sind ganz unterschiedliche Bereiche, die ich meine."

Ich machte eine kleine Pause und fuhr fort:

„Nach Einstellung der blutigen Kampfhandlungen im jugoslawischen Bürgerkrieg habe ich die Verhältnisse in Bosnien- Herzegowina und in der Republik Srpska vor Ort selbst in Augenschein genommen. Ich habe die schrecklichen Zerstörungen in Sarajewo gesehen, für die symbolisch die inzwischen weltbekannte Begrüßungsformel 'welcome to hell' auf einer Ruinenmauer im Herzen der Stadt zu lesen war. Ich habe andere ehemalige Kriegszonen mit furchtbaren Verwüstungen besichtigt. Aber es gab auch weite Landstriche, die von den militärischen Aktionen nicht oder kaum betroffen waren. Natürlich zeigten die Fernsehsender der deutschen Bevölkerung fast nur die dramatischen Bilder zerstörter Häuser. Es gab daher einen verständlichen, in Wirklichkeit aber ungerechten Aufschrei der Entrüstung, als die Innenministerkonferenz beschloss, bosnische Kriegsflüchtlinge auf Basis eines zeitlich gestaffelten und örtlich differenzierten Konzeptes in die vom Krieg nicht verheerten Gebiete zurückzuführen. Im Ergebnis hat sich dieses Rückführungskonzept jedoch bewährt, auch wenn leider die grundlegenden politischen Probleme in Bosnien nicht behoben werden konnten.

Der andere Punkt: Ich möchte dein Augenmerk auf Erfahrungen lenken, die wir konkret im großen und im kleinen Rahmen gesammelt haben. Sehen wir zunächst auf Europa: Welches sind deines Erachtens die Gründe für das Erstarken nationalistischer, z.T. auch rechtsextremistischer, auf jeden Fall aber destruktiv-europafeindlicher Parteien in vielen EU-Staaten? Die Gründe dafür kennst du.

Und selbst in Hinblick auf die lokale Ebene gefragt: Woher kommt es deiner Meinung nach, um ein in sich geschlossenes und daher besonders zutreffendes Beispiel anzuführen, dass in einem liberalen Stadtstaat wie Hamburg ein Rechtspopulist, ausgerechnet ein ehemaliger Amtsrichter, mit seiner „Partei Rechtsstaatlicher Offensive" (PRO) bei einer Landtagswahl aus dem Stand fast 20 % der Stimmen auf sich und seine Partei vereinigen konnte, und zwar durch Aktivierung von Vorurteilen und mit irren Wahlkampfthesen wie z. B. Halbierung der Kriminalität in kürzester Zeit? Und wie beurteilst du es, dass dieser Mann auch noch aus parteipolitischem Machtkalkül heraus – meines Erachtens politisch unverantwortlich – zum Innensenator der Freien und Hansestadt Hamburg ernannt und gewählt worden ist, zuständig unter anderem für die Sicherheits- und Ausländerpolitik?

Du kennst doch sicher den Text von Brecht: ‚Der Schoß ist fruchtbar noch, aus dem das kroch'. Diese Feststellung hat nichts an Bedeutung verloren."

„Und was willst du mir damit sagen", fragte Claire und sah mich befremdet an.

„Erstens, dass eine Lagebeurteilung den richtigen Horizont haben und alle Aspekte einbeziehen muss, die für eine sachliche Problemlösung erforderlich sind. Zweitens, dass sich die Beschreibung der Ausgangslage nicht in einer Schwarz-Weiß-Zeichnung erschöpfen darf. Drittens und in der Hauptsache, dass man erkennen und anerkennen muss, dass das Asylrecht, welches auch ich für eine wirkliche Errungenschaft unserer Verfassung halte, um in Notfällen helfen zu können, nicht überstrapaziert werden darf. Denn anderenfalls verweigert sich die Bevölkerung aus Furcht vor Überfremdung und Angst vor Ausländern am Ende mehrheitlich jedweder demokratischen Problemlösung und öffnet sich rechtsextremistischen Strömungen. Deswegen kann es kein allgemeines Asylrecht für Notlagen aller Art auf der Welt geben, sondern es muss vom Ansatz her und im Prinzip auf politisch Verfolgte beschränkt sein. So meint es das Grundgesetz. – Dass im Übrigen natürlich das breiter angelegte Völkerrecht gilt, unbeschränkt insbesondere die Genfer Flüchtlingskonvention, ist unstrittig."

„Und du denkst", erwiderte Claire, „der Schutz von Mädchen und Frauen z.B. vor Beschneidungen und Zwangsehen sei unpolitisch? Dabei verbietet es doch gerade die Menschenwürde, die der Staat zu achten und zu schützen hat, dass diesen Menschen Gewalt angetan wird. Mit deiner Argumentation setzt du sie aber solchen schwerwiegenden Übergriffen geradezu aus. und genau das mache ich nicht mit. So kommst du mir nicht davon, Wolf!"

„Claire, du weißt aber doch auch – ich habe schon einmal darauf hingewiesen –, dass es für problematische Einzelfälle Petitions- und Härtefallausschüsse der Parlamente gibt. Und darüber hinaus verfügt Europa und insbesondere Deutschland über ein effektives Gerichtswesen", wandte ich ein.

„Ja, aber das hindert euch nicht, wirklich schutzbedürftige Menschen nach Nigeria abzuschieben", antwortete Claire völlig unbeeindruckt.

„Nicht, wenn, wie wir es planen, in Nigeria im Rahmen unserer Aktion andere Bedingungen geschaffen werden als die, die du beschrieben hast – wenn auch nur als Insellösung", entgegnete ich.

„Und die wären?"

„Ich antworte gleich darauf. Lass mich aber vorweg noch etwas zu der allgemeinen Lage in Nigeria sagen: Bei allen Problemen und Schwierigkeiten, die ich keineswegs bestreite, ist Nigeria ein afrikanisches Land im Aufbruch mit erheblichen wirtschaftlichen Wachstumsraten. Zumindest hat dieses Land entsprechende Potentiale, die es zu erschließen gilt. Mit den üblichen Katastrophenberichten oder auch nur Vorurteilen wird man dieser Entwicklung nicht gerecht. Für die Erschließung von Ölfeldern und Gasvorkommen werden gewaltige Beträge investiert. Manche Regionen weisen eine rege Bautätigkeit auf. In Lagos z.B., der 20-Millionen-Küstenmetropole, versucht man, einen künstlichen Stadtteil in der Größe von Manhattan in den Atlantik hinein zu bauen. Das sind Dimensionen, von denen der normale Mitteleuropäer sich keine Vorstellungen macht." Ich machte eine kurze Pause.

„Natürlich", fuhr ich fort, „gibt es in der Präsidialdemokratie Nigeria auch die andere, die dunkle Seite: Ich will hier gar nichts beschönigen. Du hast Recht, wenn du auf die skandalösen Unterschiede in den Lebensbedingungen hinweist. Der große Reichtum Weniger steht in der Tat einer Massenarmut gegenüber. Auch sind die Kriminalitätsraten hoch, Betrug und Korruption sind weit verbreitet. Auf den Polizeiwachen und in Gefängnissen kommt es teilweise zu Folterungen, Misshandlungen und Erniedrigungen. Um Lösegeld zu erpressen, werden immer wieder Entwicklungshelfer entführt, auch europäische."

„Und in solche Verhältnisse willst du Frauen und Kinder abschieben?", warf Claire ein.

Ich fuhr fort, ohne auf diesen Einwand einzugehen: „Darüber hinaus herrschen in Teilen des Landes, wie von dir angedeutet, instabile politische Verhältnisse, insbesondere infolge des Terrors islamistischer Gruppierungen, auch das räume ich ein.

An europäischen Maßstäben gemessen, besteht unbestritten ein erheblicher politischer Reformbedarf. Den jedoch abzubauen fällt schwer in einem föderalen Vielvölkerstaat mit ca. 160 Millionen Einwohnern und einer Fläche größer als Deutschland und Frankreich zusammen, und das auch noch bei einer unglaublichen Sprachenvielfalt. Abgesehen von Englisch als Amtssprache gibt es etwa 500 verschiedene Sprachen. In der Tat: Nigeria ist schwer regierbar. Man muss sich das einmal konkret vorstellen: ein Land, bestehend aus einem Bundesterritorium mit der Hauptstadt Abuja und 36 Bundesstaaten mit verschiedenen Rechtssystemen, darunter die Sharia in den 12 nördlichen Bundesländern! Angesichts dieser Gesamtumstände kann ich deine Position nachvollziehen und dich subjektiv verstehen. Aber das nimmt meiner Argumentation nicht ihre sachliche Richtigkeit."

„Ich glaube nicht, dass du mich verstehst. Bis auf die formale Behauptung von ‚sachlicher Richtigkeit', die du für deine Gründe beanspruchst, spricht fast alles, was du bisher gesagt hast, doch für meinen Standpunkt", entgegnete Claire aufgebracht.

„Ich bin noch nicht zu Ende", erwiderte ich, „und komme jetzt zur Beantwortung deiner Eingangsfrage nach den Bedingungen, die wir für die Rückführung schaffen wollen. Es ist nämlich festzustellen, dass sich Nigeria an die internationalen Menschenrechtsstandards gebunden hat. Nigeria garantiert uns vor diesem

Hintergrund durch spezielle Regelungen im Rückführungsvertrag die Einhaltung der Menschenrechte in dem oder in den Auffanglagern. – Auf Dauer streben wir Lager unter der Flagge der Flüchtlingsorganisation der Vereinten Nationen an. Jedenfalls tun wir, was wir können, um auch praktisch die Menschenrechte zu garantieren. Das erreichen wir, indem wir zum Schutz der Flüchtlinge die Präsenz europäischer, später internationaler Ordnungskräfte mit erheblichen Geldleistungen sicherstellen. Vielleicht leisten wir ja damit sogar Schrittmacherdienste in Richtung auf einen Ausbau der Rechtsstaatlichkeit und Rechtssicherheit in Nigeria selbst. Außerdem investieren wir strukturelle und individuelle Entwicklungshilfe – notwendigerweise in beschränktem Rahmen.

Zusammengefasst: Natürlich räume ich ein: die faktische Lage dort ist derzeit nicht zufrieden stellend, teilweise sogar dramatisch schlecht. Nigeria bleibt trotz unverkennbarer Fortschritte ein afrikanisches Land, das mit dem Rechtsstaatniveau europäischer Staaten nicht vergleichbar ist. Gleichwohl kommt dieser Staat unter den genannten Bedingungen dafür in Betracht, dass Afrikaner ohne Aufenthaltsrecht in den EU-Staaten in dieses Land in rechtlich einwandfrei kontrollierte Auffang- und Zwischenlager zurückgeführt und untergebracht werden können – wie gesagt, trotz all der von dir und mir genannten Unzulänglichkeiten und Probleme. Ich weiß: Das ist dort keine ideale Welt. Aber wir haben keine andere."

„Du redest, entschuldige, wie ein Bürokrat", antwortete Claire. „Wirtschaftliche Wachstumsraten und gezielt geschützte Inseln des Rechts wie möglicherweise eure Auffanglager, schützen letztlich nicht vor Übergriffen. Die Flüchtlinge, besonders die Frauen unter ihnen, sind und bleiben den derzeit gegebenen Verhältnissen ausgesetzt: der Armut, der Polizeiwillkür, dem islamistischen Extremismus – auf jeden Fall spätestens dann, wenn sie die Lager verlassen." Claire machte eine Pause. „Im Grunde", sagte sie dann, „kann man das Problem sehr simpel auf den Punkt bringen: Kannst du, Wolf, persönlich garantieren, dass den nach Nigeria deportierten, meinetwegen auch abgeschobenen Frauen keine Gewalt angetan wird? Keine Gewalt von Beschneidungen über Vergewaltigungen bis zu Mord? – Das kannst du nicht. Und deshalb und wegen der Gesamtumstände in Nigeria ist die geplante Deportation ganz einfach unmenschlich. Dagegen muss mobil gemacht werden. Ich habe jedenfalls im Rahmen meiner Möglichkeiten gehandelt."

Ich schwieg und versuchte meine Emotionen im Griff zu behalten. Natürlich konnte ich nicht in jedem Einzelfall garantieren, dass zurückgeführte Flüchtlinge nicht letztlich doch in die Not der Verhältnisse gerieten. Wir konnten einen Rahmen setzen, aber die Steuerung einzelner Schicksale bis in alle Einzelheiten war nicht möglich. Ich atmete durch. – „Nun gib schon zu", stieß Claire nach, „dass du keine faktischen Garantien für die Unantastbarkeit der Flüchtlinge geben kannst." – „Wir tun das uns Mögliche", erwiderte ich, „wir halten uns an die Gesetze und müssen daher auch die Souveränität der Staaten respektieren, mit denen wir zusammenarbeiten. Hier sind wir selbst von deren Goodwill abhängig. Humanistischer Imperialismus ist undenkbar."

Vom Ungenügen des Möglichen

Eine Pause entstand. Wieder und wieder schüttelte Claire den Kopf. – „Was ist?", fragte ich. – Claire schwieg. Es trat eine dieser längeren Gesprächspausen ein, die ich schon von ihr kannte. Dann sagte sie: „Das euch Mögliche ist nicht genug. Wenn Menschen menschenrechtswidrigen Situationen ausgesetzt werden, dürft ihr sie nicht abschieben. Dem muss man mit aller Entschiedenheit entgegentreten. Ich jedenfalls muss es." – „Und was willst du machen?", fragte ich. – „Ich habe bereits gehandelt, indem ich Kontakte zu meinen NGO aufgenommen habe. Diese haben eigenständig recherchiert. Und sie bereiten eine europaweite Gegenkampagne vor. Ich denke: So einfach werdet ihr eure Deportationspläne wohl nicht umsetzen können."

Ich verstand zuerst nicht recht, was sie meinte. Aber langsam dämmerte es mir. Und dann ahnte ich, was geschehen sein konnte: „Du hast doch nicht etwa aufgrund meiner Papiere Informationen an deine NGO weitergegeben? Du hast doch nicht etwa... – nein, das kann ich mir nicht vorstellen. Das wäre ein persönlicher Vertrauensbruch schwerster Art. Anders könnte ich das nicht bewerten. Und das von dir? Nein, das nicht."

„Ich bin eine Menschenrechtlerin", erwiderte Claire schlicht. Ich konnte und kann nicht anders. Ich finde, allein schon der menschliche Anstand schließt hier von vornherein jedwede Inaktivität aus. Es war zu handeln und ich habe gehandelt."

„Ich weigere mich, das zu glauben", sagte ich, „nein, nicht von dir, nicht bei unserer Liebe." Wie vor den Kopf geschlagen, fühlte ich mich. – „Das hat doch nichts mit unserer Liebe zu tun." Claires Stimme war entschieden, hatte aber einen traurigen Unterton: „Denk doch so etwas nicht. Hast du nicht selbst gesagt, unsere Liebe müsse einen solchen Konflikt in der Sache aushalten, als ich dir meine offene Gegnerschaft in der Deportationsfrage erklärt habe? Oder hast du mich nicht ernst genommen? Das wäre immer ein Fehler. Dazu kann ich dann aber nichts."

„Was hast du konkret unternommen", fragte ich, „ehe ich dich beschuldige, etwas Unentschuldbares getan zu haben, will ich wissen, was du tatsächlich gemacht hast." Den Gedanken ‚Lüg mich nicht an' verschluckte ich rechtzeitig.

Es war ihr sichtlich unangenehm zu sprechen. „Willst du das wirklich wissen?", fragte sie. – „Und ob ich das wissen will!" Ich merkte, ich hatte meine amtliche, unbedingte, keinen Widerspruch duldende Stimme aufgelegt. ‚Fast wie im Dienst', dachte ich und wusste im Hinterkopf, dass ich so mit Claire nicht reden und umgehen durfte. Aber mein Zorn riss mich mit.

„Erinnerst du dich daran, dass du von zu Haus einmal überstürzt aufgebrochen bist und aus Versehen deinen PC nicht abgeschaltet hast? Ich weiß, es war nicht korrekt von mir. Aber ich habe das ganze Deportationsprogramm gelesen. Ich war entsetzt. Wutentbrannt habe ich es auf einen USB-Stick kopiert. Auf dieser Kopie habe ich dann nach bestem Wissen alle potentiellen Hinweise auf die Herkunft der Quelle gelöscht. Die Datei auf dem Stick habe ich unter einer Deckadresse aus einem Internetcafés mit einer Mail an meine Humanisten und an befreundete Flüchtlingsorganisationen geschickt. – Im Text meiner Mail habe ich darüber hinaus eine falsche Fährte gelegt, um dich zu schützen. Ich habe behauptet, die Datei sei mir aus Hackerkreisen zugespielt worden. Die Hacker hätten offenbar die Datenbank des Innenministeriums geknackt. Genaueres aber wisse ich nicht. Hier müsse noch eigenständig recherchiert werden. – Hauptziel meiner Mail war, die Flüchtlingsorganisationen zu einer Kampagne gegen diese Deportationen aufzurufen. Wohlgemerkt: ohne jeden Hinweis auf dich. Ich habe auch für mich persönlich ausdrücklich um Quellenschutz gebeten. Ich weiß aus Erfahrung, dass meine Leute sich daran halten. Wie genau sie letztlich in der Sache reagieren werden, kann ich noch nicht abschätzen. Aber ich bin sicher, dass sie eine Aktionsinitiative starten werden."

Claire stand vor mir. Sie sah mich mit einem klaren, energischen, fast kriegerischen Blick an. Ihre Körperhaltung war gerade und selbstbewusst. ‚Königlich' dachte ich, ‚sie steht da in königlicher Haltung, weil sie zu dem steht, was sie gesagt und getan hat'.

Trotz meiner Empörung über ihren Vertrauensbruch – genau so empfand ich ihre Aktion in diesem Augenblick –, bewunderte ich sie zugleich auf einer anderen Ebene meines Bewusstseins. Sie war eine Frau mit Zivilcourage, für die es bei der Verfolgung ihrer Ansicht nach höherer Werte und Ziele wie Menschenrechtsschutz kein Zurück gab. Dabei hatte sie mich persönlich decken wollen. Im Zwiespalt meiner Gefühle sagte ich nichts, sondern blickte sie an, schweigend und zornig. – Claire hielt meinem

Blick stand. – „Ich weiß noch nicht, wie ich darauf reagieren soll", erklärte ich mit kaum unterdrücktem Zorn und wandte mich zum Gehen.

Wir gingen nebeneinander her. Keiner sagte etwas. Wir nahmen uns auch nicht, wie sonst üblich, bei der Hand. Als wir das Holzhaus sichteten, stellte Claire fest: „Es tut mir Leid, wenn ich dich persönlich gekränkt habe. Aber dich wollte ich nun wirklich nicht verletzen. Es ging mir ausschließlich darum, meinen Beitrag zu leisten, um zu verhindern, was ich für eine menschenrechtswidrige Deportation halte."

Ich antwortete nicht, blieb stumm und blickte sie nur zornig und abweisend an. – Immer noch ohne zu sprechen, aßen wir unser Abendbrot. Ich war in meinem Gedanken bei den Konsequenzen, die die Aktion von Claire haben könnte. Doch dann schob sich wieder das Bild ihres Charakters in den Vordergrund. Bei mir herrschte tief im Inneren Windstelle, nicht das, was man gemeinhin darunter versteht, sondern plötzliche Stille mitten im Sturm, der in mir tobte. Ich fühlte mich verraten, obwohl mir Claire ihre Gegnerschaft offen angekündigt hatte. Aber das konnte in meinen Augen nicht bedeuten, dass sie persönliche Daten von meinem PC an Dritte hätte weitergeben dürfen. Auch wenn sie technische Vorsichtsmaßnahmen getroffen hatte. Die nützten allesamt nichts. Denn wie bei solcher Vertraulichkeitsstufe üblich, hatten wir alle leicht unterschiedliche Variationen in die Texte eingebaut und diese dokumentiert, so dass man aus dem Text selbst auf die Quelle schließen konnte, wenn man im Besitz des Codeschlüssels war.

Andererseits wusste ich, wie verletzend es wirkt, wenn sich Liebende anschweigen, den anderen allein lassen mit seinen Gedanken, Gefühlen und Bitterkeiten. Wenn ich Claire ansah, wich sie meinem Blick nicht aus. Aber ich sah einen schmerzlichen Ausdruck in ihren Augen. Mehr als das. Sie war getroffen und tieftraurig. – War das ihre Reaktion darauf, dass ich mich in ihren

Augen nicht an unsere Vereinbarung hielt, Politik und unsere Beziehung strikt zutrennen? Aber diese Abrede war keinerlei Freizeichnung für den Bruch des Datengeheimnisses durch sie.

Trotzdem: Ich hatte das unbedingte Gefühl, etwas sagen zu sollen: „In meinen Augen ist es ein Unding, was du dir geleistet hast", erklärte ich. „Weißt du eigentlich, dass deine ganzen Vorsichtsmaßnahmen zur Geheimhaltung der Quelle keine Wirkung haben? Wahrscheinlich schon aus technischen Gründen nicht. Aber jedenfalls deswegen nicht, weil wir, obwohl es sich nur um einen Kreis von relativ wenigen Personen handelt, die Textdatei aller Beteiligten durch textliche Variationen individualisiert haben. Man kann also erkennen, dass ich die Quelle der Veröffentlichung bin. Und das ist auch nicht mehr aufzuhalten. Du hättest mit mir reden müssen, anstatt derart eigenmächtig zu handeln. Wieso hast du nichts gesagt?"

Claire zögerte mit der Antwort. Dann entgegnete sie: „Ich habe mit mir gekämpft. Ich weiß, eigentlich hätte ich mit dir sprechen müssen. Aber ich dachte, ich hätte dich von jedem Verdacht freigehalten. Und ich wollte unsere Beziehung nicht belasten." – Sie machte wieder eine ihrer Pausen und, nachdem ich nicht reagierte, sondern verbissen schwieg, fuhr sie fort: „Und was meine Menschenrechtsorganisationen angeht, die sind seriös und verstehen etwas von Politik. Einerseits mussten sie die von mir gegebenen Informationen auf Basis der eigenen Quellen auf Richtigkeit und Plausibilität prüfen. Andererseits bedarf es auch bei uns einer Koordination auf der europäischen Schiene. Und drittens, so die Mehrheitsmeinung, sollte die Aktion ein Höchstmaß an Wirkung, wir nennen das ‚impact', erzeugen. Es kommt dabei immer auch auf den Zeitpunkt der Aktion an. Und mehrheitlich waren unsere Organisationen der Meinung, dass der wirksamste, für euch schmerzhafteste Zeitpunkt für die Auslösung unserer Aktionen entweder im Bereich der Kabinettsentscheidungen der nationalen Regierungen liege oder aber auf dem Stichtag der Veröffentlichung des Deportationsplans durch die Gremien der

EU. Für uns ist das ein Gegengewicht gegen eure Art von ‚Zukunftsentscheidung‘, wie es in deinen Papieren heißt." Claire sah mich offen an. Sie stand zu sich und ihrem Vorgehen.

Ich antwortete nicht sogleich. Mir fehlten die richtigen Worte. Dann sagte ich, um meine Anspannung unter Kontrolle zu halben, sehr langsam und dezidiert: „Damit du die politische Situation richtig einschätzt: Bei diesem Datenleck in einer auch international höchst sensiblen Angelegenheit werde ich nicht anders können, als von meinem Amt zurückzutreten. Auch wenn es gelänge, die Ursache dieses Informationslecks zu verheimlichen, was ich für nicht möglich halte – alles kommt ans Licht –, wird man mir als dem politisch Verantwortlichen zu Recht einen fahrlässigen Umgang mit einer Geheimsache vorwerfen.. Wer soll sich in meiner Behörde und vor allem im nationalen und internationalen politischen Raum auf mich verlassen können, wenn so etwas in meinem persönlichen Verantwortungsbereich passiert? Nach meiner ganzen Erfahrung hat das Konsequenzen für mich. Und ehe ich mich in einem schmerzlichen Prozess von Dritten öffentlich hinrichten lasse, trete ich freiwillig zurück. Das muss ich dir sagen, damit du den Stand meiner Überlegungen kennst."

Claire sah mich mit weit aufgerissenen Augen an.

„Ich persönlich werde die Sache", fuhr ich fort, „dem Regierungschef unverzüglich nach seiner Rückkehr von seiner Asienreise offen legen und dabei meinen Rücktritt erklären. Ich weiß, dass er viel von mir hält. Aber er kann mir hier nicht helfen. Und selbst wenn er es versuchte, ich darf mir nicht helfen lassen. Das würde dem elementaren Interesse an der Glaubwürdigkeit der Regierung widersprechen. Und damit du auch das gleich weißt: Dich werde ich aus der Sache vollständig heraushalten. Ich denke, du akzeptierst das. Denn das ist für uns beide die günstigere Alternative. Anderenfalls werden auch noch die Boulevardzeitungen über uns herfallen. ‚Liaison und Rechtsbruch in hohen Regierungskreisen‘ – das ist genau die richtige Mixtur für die! Ich

147

kann nur hoffen, dass die Sache nicht hochgeht, bevor ich die notwendigen politischen Schritte unternommen habe."

„Aber das habe ich doch nicht...", Claires Stimme stockte... – „... nicht gewollt", ergänzte ich. „Das weiß ich. Du hast mich unbewusst den Wölfen zum Fraß vorgeworfen. Das macht die Sache aber auch nicht besser. Der Fehler liegt in der mangelnden Kommunikation zwischen uns und in dem Vertrauensbruch mir gegenüber. Mit dessen Folgen müssen wir leben."

Claire war bleich geworden. Ich bemerkte, wie sehr sie sich mühte, ihre Fassung zu wahren. – Selbst war ich zu sehr betroffen, als dass ich gleich auf sie hätte reagieren können. Aber das hielt ich nicht lange aus. Also sagte ich: „Es ist eben passiert. Jetzt müssen wir vernünftig damit umgehen." – „Sei nicht auch noch so lieb zu mir", antwortete sie, „es tut mir so Leid für dich. Das habe ich wirklich nicht gewollt. Aber ich konnte nicht anders." Sie stand auf und ging ohne ein weiteres Wort ins Schlafzimmer.

Als ich ihr kurze Zeit später folgte, lag Claire mit geschlossen Augen und bleichem Gesicht auf ihrem Bett. Sie murmelte etwas vor sich hin, das ich nicht verstand. Ich setzte mich, ohne nachzufragen, stumm neben sie und streichelte ihren Rücken. – Plötzlich richtete sie sich auf. „Kann ich noch irgendetwas tun, um Konsequenzen von dir abzuwenden?", fragte sie mit leiser Stimme. – „Getan ist getan", antwortete ich, „irgendetwas revidieren zu wollen, wäre ganz falsch. Das würde mich letztlich nur dem Verdacht aussetzen, die Sache vertuschen zu wollen. Nein, da muss ich jetzt durch." – „Da müssen w i r durch", Claire schlang die Arme um meinen Hals, aber ich konnte ihre Umarmung nicht wie sonst erwidern. Ich war blockiert. Ich klopfte ihr nur beruhigend auf ihre Schulter. – „Behandele mich nicht wie einen Mann", sagte sie und drängte sich noch enger an mich. Ich brachte es nicht übers Herz, sie gänzlich zurückzuweisen.

Wega-Wagemann seufzte tief auf. Es musste für ihn eine bittere Erfahrung gewesen sein: Alles, was er sich aufgebaut hatte, stand in Frage: seine Berufstätigkeit, seine Dienststellung, die wichtigsten Kommunikationskontakte, vielleicht auch seine neue Liebe. „Die Verletzung von damals, wirkt heute noch nach in mir, bis in meine Träume hinein", erklärte er mit belegter Stimme. Dann sagte er nur noch: „Ich glaube, wir vertagen uns besser um eine Woche. Einverstanden?"

Ich nickte ihm zu.

Ein eher stiller Abschied schloss sich an.

10.

Nachdenklich hatte ich Wega-Wagemanns Wohnung verlassen. Er war freundlich gewesen, hatte mich aber wortlos verabschiedet. In der Folgezeit ertappte ich mich mehr als einmal bei der Frage, wie ich mich an Stelle des Staatsministers verhalten hätte. Der Vertrauensbruch von Claire in einer so sensiblen politischen Angelegenheit mit so weit reichenden Konsequenzen war auch für mich auf den ersten Blick unverzeihlich. Niemand darf die Datengeheimnisse eines anderen Menschen missachten, schon gar nicht, wenn man ihn liebt. Andererseits hatte Claire an ihrer Konfliktbereitschaft in der Frage der Rückführung afrikanischer Flüchtlinge keinen Zweifel gelassen. Sie hatte offen ihre Gegnerschaft erklärt. Und es ging ihr dabei ausschließlich um die Sache. Keineswegs wollte sie Wega-Wagemann verletzen oder schaden; und schon gar nicht wollte sie ihn kränken. Sie hatte zu seinem Schutze die aus ihrer Sicht erforderlichen Vorkehrungen getroffen, um zu verhindern, dass die Quelle ihrer Information offen gelegt werde. Mit solch' für Laien unkonventionellen Gegenmaßnahmen wie ‚individualisierte Texte' hatte sie nicht gerechnet und wohl auch nicht rechnen müssen. – Aber durfte sie überhaupt davon ausgehen, dass ihre Informationsweitergabe nicht zurückverfolgt werden würde? Sie selbst konnte sich als Journalistin zwar auf Quellenschutz berufen. Aber was hieß das schon im Zeitalter der Hacker, die bekanntlich auch für die staatlichen Geheimdienste arbeiten? Dennoch: In ihrer eigenen Vorstellung hatte Claire den Minister absichern wollen.

Und Wega-Wagemann? War es nicht übertrieben, sogleich zurücktreten zu wollen? Musste man von einem gestandenen Politiker nicht eine größere Nervenkraft erwarten? Wenn ich ihn recht verstanden hatte, bestand zwischen ihm und Claire eine Liebe, die in ihrer außerordentlichen Gefährdetheit als Drei-

ecksverhältnis in einem politisch sensiblen Umfeld jede andere Liebesbeziehung weit überstieg. War es so, hätte es in seinen Augen dann nicht logisch sein müssen, auf alle Schritte zu verzichten, die ihre Liebe aufs Spiel setzten und die von Claire als Strafe für Fehlverhalten hätten gedeutet werden können?

Andererseits – hatte der Minister wirklich noch Alternativen? Und wenn ja, welche standen ihm offen? Mir war klar: Politik lebt immer, jedenfalls in kritischen Phasen von Vertrauen. Davon, dass ein Verhandlungspartner sich auf den anderen muss verlassen können. Das gilt auch international bei Operationen, die nur gelingen können, wenn sie mindestens bis zum vereinbarten Zeitpunkt unter dem Deckel, dem berühmten ‚Mantel des Schweigens', bleiben und nicht vorzeitig zerredet werden sollen. Hier war Idealismus abzuwägen gegen die harte Realität mit ihren Anforderungen.

Hinzu kam: Man durfte die innenpolitische Komponente der Angelegenheit nicht übersehen. Dass das Übermaß eines Zuzuges von Ausländern und erst recht eine unkontrollierte Flüchtlingsbewegung ins Inland zu Furcht und Angst vor einer Überfremdung und in der Folge zu Rassismus und Rechtsextremismus führen konnte, das war an den Reaktionen der Bevölkerung schon auf einen verdichteten Zuzug von Asylbewerbern vor den eigentlichen Fluchtbewegungen in der Mitte der zweiten Dekade des 21. Jh. zu erkennen gewesen. Entsprechende Erfahrungen lagen auch aus anderen europäischen und außereuropäischen Staaten vor – Auswirkung der Furcht vor Kriminalität von Ausländern und erst recht der Angst vor Gewalttaten terroristischer Einzeltäter oder organisierter terroristischer Gruppen. Die direkten Angriffe durch islamistische Dschihadisten konnten nicht ernst genug genommen werden. Die daraus resultierende Bedrohung der westlichen Demokratien durch Verunsicherung und Misstrauen der Bevölkerung den Regierungsstellen und den Sicherheitsbehörden ge-

genüber war offensichtlich. Der Ruf nach Sicherheit, verbunden mit der Forderung nach immer mehr und immer schärferen Überwachungsmaßnahmen, zuerst von den konservativen Parteien erhoben, dann von rechten und rechtsextremen Gruppierungen aus Gründen des Machtgewinns unverhältnismäßig verstärkt, reichte inzwischen bis tief in die bürgerliche Mitte der Gesellschaft hinein. Das von dieser Mitte nachdrücklich geforderte Übermaß an Sicherheit und die damit verbundene Stärkung der staatlichen Machtapparate wuchs sich, wie wenigstens die Insider wussten, selbst auch schon zu einer zusätzlichen, indes durchweg unterschätzten Gefährdung der politischen Freiheit im Lande aus.

Im Rahmen meiner Vorbereitung auf die Gespräche mit Wega, hatte ich im Internet recherchiert, und daher wusste ich im Prinzip bereits, was geschehen war. Aber Tatsachen zur Kenntnis zu nehmen, das ist etwas ganz anderes, als sich darüber aufgrund hautnaher Kontakte mit dem unmittelbar Betroffenen ein besser fundiertes und zugleich auch gerechtes und empathisches Urteil zu bilden.

Offenbar war die erwartete Lawine zeitverzögert ins Rollen geraten. Das war dem Umstand geschuldet, dass der Regierungschef länger als geplant auf Staatsbesuch in Indien weilte. Mithin zwang die Terminlage Wega-Wagemann wider Willen, den von ihm beabsichtigten Rücktritt vorerst zurückzustellen.

Doch auch die von ihm befürchtete Veröffentlichungswelle blieb zunächst aus. Es musste für Wolf und Claire eine nervenaufreibende Zeit auf brüchigem Boden gewesen sein. Wega wollte verständlicherweise den Chef selbst aus erster Hand informieren. Rat bei anderen zu suchen, erschien ihm sicherlich nicht angängig: Zu groß war die Gefahr von Indiskretionen, die jedes Vertrauensverhältnis nur zu leicht zerstören können.

Derweil recherchierten die Nichtregierungsorganisationen ei-
genständig, wie es Claire schon vorausgesagt hatte. Ich stellte
mir vor, dass sich für Wega und Claire eine unwirkliche Atmo-
sphäre entwickelt haben musste. Beide würden ihre Rollen ge-
spielt und ihre Pflichten versehen haben, obwohl die Unruhe
beiden unter der Haut brennen musste. Sie würden sich zwar
noch häufig gesehen haben, aber der Druck, der auf ihnen las-
tete, dürfte ihrer Beziehung jede Leichtigkeit genommen ha-
ben. Ich stellte mir vor, dass sie in diesen Tagen betont zu-
rückhaltend und höflich, ja auch liebevoll miteinander umge-
gangen waren. Aber jede Fröhlichkeit, jede Heiterkeit musste
ihnen abhanden gekommen sein. Diese Einzelheiten konnte ich
natürlich nur vermuten.

Kurz: All diese Überlegungen halfen mir nicht weiter, um zu
einer realistischen Einschätzung der Situation oder auch nur
zu einer Hilfestellung bei der Beantwortung der Frage zu ge-
langen, wie ich selbst mich an Wegas Stelle verhalten hätte. So
wartete ich gespannt auf die nächste Begegnung mit ihm.

Als ich zu seiner Wohnungstür kam, fand ich sie angelehnt. Ich
trat ein, schloss die Tür hinter mir, atmete durch und rief halb-
laut: „Hallo, ist hier jemand?"

„Kommen Sie herein, Sie wissen ja, wo ich sitze!" Das war die
kräftige Stimme des ehemaligen Staatsministers.

In seinem Zimmer roch es sehr stark nach Wodka, als hätte er
sich ein paar kräftige Züge aus der Flasche genehmigt. Aller-
dings enthielt das Glas, das er jetzt in den Händen hielt, offen-
bar nur Sodawasser. „Nehmen Sie Platz und bedienen Sie sich
bitte", sagte Wega. Er redete sehr laut. Und in dieser Stimm-
lage führte er unser Gespräch fort. Sonst deutete nichts darauf
hin, dass er getrunken haben könnte. Doch darüber weiter
nachzudenken, verbot ich mir.

„Sie sind ein relativ junger Mann und von Haus aus, wenn ich es recht verstanden habe, ein professioneller Rechercheur", fuhr er fort. „Ich denke, Sie haben die Vorgänge schon längst im Vorwege ausgekundschaftet, oder?" – „Natürlich habe ich das", antwortete ich, „ein bisschen verstehe ich von meinem Handwerk."

„Sie sind also ein Profi", stellte Wega-Wagemann fest und maß mich mit einem zynischen Blick. Dann setzte er sich auf und fuhr mit seiner Geschichte fort.

Ein klare Entscheidung

In der Zeit nach der, wie soll ich sagen, nennen wir es „Indiskretion" von Claire, geriet ich in eine eigentümlich irreale Situation. Mir waren die Hände gebunden. Der Regierungschef war auf seiner längeren Asienreise unterwegs. Ich bekam erstaunlicherweise keine Anfragen aus dem Bereich der NGO. Der Pressewald schwieg. Und das Ministerium arbeitete, als wäre nichts geschehen. Auch ich selbst funktionierte wie ein Automat und arbeitete, als habe es kein besonderes Vorkommnis gegeben. Morgen geht deine politische Welt unter, doch du pflanzt den berühmten ‚Apfelbaum' – so etwa.

Auch die Beziehung zu Claire lief weiter, aber von beiden Seiten her sehr zurückgenommen. Claire blieb zwar bei mir, auch hier funktionierte der Alltag, aber es fehlte das Herz in allem. Die heitere Unbefangenheit war weg. Wir standen eher kameradschaftlich zueinander, aber im Übrigen herrschte Sendepause. Wir gingen selbstverständlich zuvorkommend miteinander um. Aber das hatte nicht mehr viel mit der großen Liebe zu tun, die wir doch zueinander gefasst hatten und schon gar nichts mit Lust auf den anderen. Unsere Spontaneität war auf der Strecke geblieben. Wir verkrochen uns beide hinter unserer Arbeit. Zwischen uns war

„normale Härte" angesagt, wie eine Kollegin jede angespannte Situation zu qualifizieren pflegte.

Drei Tage vor Rückkehr des Chefs, ausgerechnet an einem Tage, an dem ich zu einer informellen Runde der europäischen Innenminister nach Brüssel gereist war, flog die Sache auf: Die FAKT brachte die geplante Rückführung afrikanischer Flüchtlinge auf ihrer Titelseite. Die Schlagzeilen sind im Internet bestimmt noch nachzulesen. Dieses Presseorgan, das sich sonst nicht genug tat in der Kritik an einer viel zu laschen Ausländerpolitik, schaltete total um: ‚Deportationen geplant. Spielt Wega Nazi?' – Das war die scheinheilige Grundmelodie auf Basis der üblichen emotionalen Begleitmusik. Ich erinnere mich, dass die Not einer nigerianischen Familie vor dem Hintergrund der ‚bürgerkriegsähnlichen Zustände in Nigeria' geschildert wurde – wie in solchen Fällen üblich mit Druck auf die Tränendrüsen. Und daraus zog z.B. ausgerechnet die FAKT den widersinnigen, aber sensationslüsternen Schluss, dass sich die Verantwortlichen im Staatsministerium für Migrationsfragen mit dem zuständigen Minister an der Spitze mit dieser Vorlage ‚zur Planung menschenrechtswidriger Aktionen' hätten hinreißen lassen - ‚dem unterschwelligen Mehrheitswillen der Bevölkerung entsprechend aus einer rechtspopulistischen Haltung heraus', wie es in der FAKT hieß.

‚So nicht, Herr Wega!', titelte auch die Linkspresse.

Beide Seiten waren sich einig darin, dass ‚die geplante Aktion verhindert und den Menschenrechten Geltung zu verschaffen' sei.

Wenige Tage später differenzierte sich das Bild wieder. Die seriösen bürgerlichen Zeitungen und dann auch die FAKT fingen an, der Quelle der Indiskretion nachzugehen und insbesondere ‚den Verwaltungsbereich' zu verdächtigen. Die Linkspresse hingegen machte nun den Deportationsgedanken zum Schwerpunkt ihrer Kritik. Insgesamt kam es in diesen ersten Tagen schlimmer als ich es befürchtet hatte.

Das hatte auch mit einem eigenen taktischen Fehler gleich am ersten Tag der Affäre zu tun. Bei Beginn der Kampagne hatte ich die Pressestelle meines Ministeriums angewiesen, bis zu meiner Rückkehr aus Brüssel keine Kommentare abzugeben. Nicht zu Unrecht steigerte das den Zorn der Tages- und Wochenzeitungen. Was im sonst meist objektiven MAGAZIN stand, haben Sie sicher gelesen. Von einer ‚vordemokratischen Schweigepolitik' war da die Rede, ‚hinter der sich schlechtes Gewissen zu verbergen scheint'. – So ist die Presse nun einmal.

Als ich aus Brüssel kommend in Berlin landete, wurde ich von Reportern belagert. Das fing schon am Flughafen an und setzte sich am Eingang zur Behörde fort. Verständlicherweise ärgerten sich die wartenden Presseleute, dass von mir kein Statement zu erhalten war. Es gab nur den Ausweg, mich am nächsten Tag der Presse offen zu stellen. Das tat ich dann auch. Aber die Meute wollte politisches Blut sehen und mich zur Stecke bringen. Ich kam mit meinen Argumenten nicht mehr durch. Die Journallie wollte mich fertig machen, und das hat sie letztendlich ja auch geschafft.

Als ich wenig später beim Regierungschef endlich einen Termin bekam, um meinen Rücktritt zu erklären, war die Sache schon so weit gediehen, dass der Chef neben einem eher frostigen Dank für meine bisherige Tätigkeit nur ein „Schade, jetzt aber unvermeidbar geworden" über die Lippen brachte. Das war es schon. So schnell kann man in der Politik seinen Job verlieren.

In einer von mir einberufenen Pressekonferenz versuchte ich gar nicht erst, mich zu rechtfertigen, sondern gab als Rücktrittsgrund ‚Fahrlässigkeiten in der Informationspolitik' an, ohne diese näher zu konkretisieren. Ich nahm alle Schuld allein auf meine Kappe. Fragen ließ ich nicht zu. Warum auch. Die Journallie hatte in dieser Situation keine Bedeutung mehr für mich.

Mann von gestern

In den nächsten „Tagen danach" machte ich die gleiche Erfahrung, die alle ‚Yesterdaymen' hinter sich bringen müssen. Ich war sehr schnell auf mich allein gestellt. „Wenn du ‚weg bist vom Fenster', nimmt niemand mehr ein Stück Brot von dir. Du kannst ja niemandem in der Politik mehr nützlich sein". Das hatte mir ein befreundeter Oppositionspolitiker gesagt. Und so war es nun auch. Meine eigene politische Welt war untergegangen. Das Personaltableau des Regierungsteams ordnete sich umgehend neu – natürlich ohne mich.

Die zu mir standen und stehen blieben – das würden alte und uralte Freunde auf der persönlichen Ebene sein, obwohl ich sie, bedingt durch die Belastungen der aktiven Dienstzeit, stark vernachlässigt hatte.

Selbstverständlich war auch Susan angereist und erwies sich – wie immer in schweren Zeiten – als absolut liebevoll und solidarisch. Susan ist eben Susan. Sie versuchte mich zu trösten, indem sie von einer notwendigen Auszeit sprach und auf die „alles heilende Zeit" setzte. Wir redeten über die eingetretene Lage. Und natürlich erzählte ich ihr in der aufgebrochenen Situation von Claire, ohne ins Detail zu gehen, und selbstverständlich auch, ohne zu erwähnen, wem ich die Indiskretion zu verdanken hatte. Susan sah mich mit einem eigenartig forschenden Blick an. Sie hat berufsbedingt ein besonders intensives Wahrnehmungsvermögen. Und sie nahm die Witterung einer engen Beziehung zwischen Claire und mir auf. Aber sie sagte nur, dass ich mich doch erstmal in Hamburg auf mich selbst besinnen könne. „Jetzt brauchst du ganz einfach Zeit für dich selbst", erklärte sie. Dieses Argument jedoch verfing nun so gar nicht bei mir. Ich ließ es einfach im Raum stehen und reagierte mit keinem Wort darauf.

Es war Susan gar nicht recht, aber sie musste nach einer knappen Woche aus beruflichen Gründen zurück nach Hamburg. Sie war zu gewissenhaft, um die Klienten ihrer Kunstschule, die im

Rahmen ihres Studiums an der Staatlichen Kunsthochschule eine Ausstellung vorzubereiten hatten, über eine längere Zeit hängen zu lassen. Aber sie schaffte es durch ihre Gegenwart doch, mir über die ersten schweren Tage hinwegzuhelfen, die sich wie Gewichte an mich gehängt hatten. Sonst wäre sie kaum gefahren.

Als ich sie zur Bahn brachte, hielten wir wie immer unsere Reisezeremonie ein. Aber Susan war nicht gesprächig, und ich selbst konnte auch kaum ein Wort über die Lippen bringen. So verlief der Abschied auf dem Berliner Hauptbahnhof trist – für sie und auch für mich.

Claire hatte, bevor Susan eintraf, von sich aus meine Wohnung verlassen. Als sie ging, nahmen wir uns fest in die Arme. Aber auch das war ein trauriger Weggang gewesen. Wir versprachen uns zwar, trotz aller Widrigkeiten in engem Kontakt zu bleiben. Aber das erwies sich auf Dauer aus sehr verschiedenen Gründen als nicht machbar. Immerhin hielt ich in der ersten Zeit zu Claire über Telefongespräche Verbindung. Sie war sehr niedergeschlagen, kreuzunglücklich und ratlos, wenn wir auf die neue Lage zu sprechen kamen. So erlebten wir in all dem Chaos trotz des gegenseitigen Verständnisses dann leider auch einen Stillstand, um nicht zu sagen ein Wegbrechen unserer sonst so intensiven Kommunikation. Schließlich erreichte ich sie auch telefonisch nicht mehr.

Ich war total blockiert. Die Aufarbeitung der persönlichen Probleme und meiner beruflichen Situation blieb liegen. Intellektuell versuchte ich, Claire nach wie vor in Schutz zu nehmen, aber gefühlsmäßig kam ich über ihren Vertrauensbruch in dieser ersten Zeit nicht wirklich hinweg. So ließ ich die Verbindung zu ihr, die ich aktiv hätte gestalten müssen, schleifen. Ich muss zugeben, dass ich Claire vernachlässigte. Ich hätte wissen müssen, dass sie das als klare Zurückweisung empfinden und mein Verhalten als lieblos und als grobe Verletzung von Herzenstakt auffassen würde. Dies um so mehr, als ich ja immer gesagt hatte, ich würde

Politisches und Persönliches auseinander halten – und mich nun nicht daran hielt.

Claire wiederum, abgelehnt, wie sie sich fühlen musste, würde, das wusste ich, zu stolz sein, um von sich aus Kontakt zu mir zu suchen, und sei es auch nur zu gegenseitiger Vergewisserung.

Aber emotionalisiert wie ich war, fühlte ich mich tagelang wie gelähmt. Wie ein Tier, das sich in die Tiefe des Waldes zurückzieht, um Heilung einer schweren Verwundung zu finden, versuchte ich, mich auf mich selbst zu besinnen. In dieser Zeit nahm ich Zuflucht zur Musik. Wagner, Tschaikowsky, Strauß oder Mahler standen mir mit ihrer tiefgründigen Musik zur Seite. Erst bei dem wiederholten Hören des Tristanvorspiels jedoch wachte ich aus meiner Schockstarre auf und wusste plötzlich wieder, dass ich meine ureigenen Obliegenheiten zu erfüllen hatte.

Niemand, der es nicht selbst erlebt hat, kann nachvollziehen, was es bedeutet, plötzlich wieder auf sich allein gestellt zu sein, wenn man (die Zeit als Staatssekretär mitgerechnet) ‚ewig', daran gewöhnt ist, dass eine Sekretärin und ein persönlicher Referent einem fast alle Alltagspflichten abnehmen. Priorität hatte für mich nun, meine ureigene Welt zu ordnen: Meine Einkommenssituation war zu klären, die persönlichen Kontakte per Telefon, Handy und Mailverkehr mussten restrukturiert werden, ich wollte mich nach Verlust meines Dienstwagens selbst wieder motorisieren. „Ran gehen ist alles" war auch hier eine gute Devise. Und nun nahm ich auch selbst wieder Fahrt auf.

Wega unterbrach sich. „Ich bitte um Nachsicht. Ich fühle mich so gar nicht gut. Darf ich Sie bitten, unser Gespräch für heute abzuschließen?" – Unser Abschied fiel diesmal kurz und bündig aus, doch unausgesprochen überaus verständnisvoll.

11.

Als ich Wega-Wagemann zu unserem nächsten Treffen auf-
suchte, fühlte ich mich sehr beklommen. Wega jedoch hatte of-
fenbar seine Balance wieder gefunden und fing einfach zu er-
zählen an.

Der Lauf der Dinge

Durch meinen Rücktritt war ich in eine Art Zwischenzeit geraten. Die Terminmühle stand still. Es war nun tatsächlich einge-
treten, was erfahrene Kollegen mir schon früher berichtet hatten:
Auf einen Schlag waren alle Kontakte weg, die früher von ent-
scheidender Wichtigkeit gewesen zu sein schienen, abgestorben
damit auch die Kommunikation mit Kollegen auf der Ebene der
Politik und die zu Mitarbeitern in der Administration sowie der
Kontakt zu Rundfunk- und Pressevertretern. – Nie hätte ich gedacht, dass mir das alles so sehr fehlen würde, wie es jetzt der
Fall war. Ich war abgeschaltet und fühlte mich nicht mehr ge-
braucht und nutzlos, auf ein totes Gleis geschoben. Der zweite
Teil der Vorhersagen meines persönlichen Freundes hatte sich in
meinem Falle noch nicht erfüllt, dass nämlich andere Menschen
auf einen zukommen würden, uralte Freunde oder Leute, die
man kaum beachtet hatte. Stattdessen: Niemand. Nichts.

Aber mich interessierte dieser Punkt, nach dem ich ihn nach einigen Tagen für mich realisiert und abgehakt hatte, jedenfalls intellektuell auch nicht mehr wirklich. Dagegen wollte ich wissen,
wie Susan sich auf die neue Situation eingestellt hatte. Am Wochenende fuhr ich zu ihr nach Hamburg. Der Empfang war
freundlich, aber kühl. Bei unserer ersten Tasse Tee redeten wir
miteinander. Ich erzählte von Claire und meiner Liebe zu ihr.
Dabei verhehlte ich auch nicht mehr die Hintergründe meines
Rücktritts. Die feinfühlige Susan hatte so etwas geahnt. Dennoch

war sie stark betroffen. „Gilt unsere alte Absprache noch?", fragte sie. Damit spielte sie auf mein Versprechen an, dass ich sie niemals wegen einer anderen Frau verlassen würde.

„Natürlich gilt sie. Was denkst du denn", sagte ich und versuchte meiner Stimmer einen ruhigen, fast beschwichtigenden Ton zu geben. Aber das beruhigte sie nicht.

„Wirst du dich von deiner Claire trennen nach allem, was geschehen ist?", fragte sie.

Ich zuckte mit den Achseln. „Sie ist derzeit für mich nicht erreichbar", entgegnete ich nur. Ich merkte selbst, wie hilflos das klang.

Susan sah mich erst entgeistert, dann zunehmend befremdet an. „Ich verstehe dich nicht", erwiderte sie. „Wie kannst du an einer Frau hängen, die dich derart hintergangen hat?"

„Susan", konterte ich, „Claire hat mich nicht eigentlich hintergangen. Sie ist eine engagierte Menschenrechtlerin und eine Journalistin, die insbesondere von Recherchen lebt. Sie hat mir ihre absolute Gegnerschaft zu den von mir initiierten Rückführungsplänen von Anfang an erklärt. Und dabei hat sie auch noch mit Nachdruck deutlich gemacht, dass es sich für sie um eine Gewissensfrage handele. Ich selbst hätte sensibler sein und besser Acht geben müssen. Es war mein eigener Fehler."

Susan war blass geworden. Sie antwortete mit sehr leiser Stimme, was sie immer tat, wenn ihr Zorn einen Siedepunkt erreicht hatte: „Ich muss dir sagen, mir reicht es langsam. Wieso hat sie dich ,nicht eigentlich' hintergangen. Sie hat dein Vertrauen gebrochen und alle Regeln von normalem Anstand vermissen lassen. Bist du so abhängig von ihr, dass du nun auch noch alle Schuld auf dich nimmst? Ich verstehe dich wirklich nicht. Was du hier äußerst, sagst du in der Sprechweise eines typischen Politikers: ,Politsprech' nennen das manche. Du redest in einer zweckhaften Sprache, mit der ihr im politischen Leben die Wirklichkeit umbiegt und die Tatsachen in euerm Sinne schönt. Grausam, dieses Kauderwelsch auch noch im privaten Bereich aus deinem Mund anhören zu müssen." – Nach einer kleinen Pause, in der sie sich mit dem rechten Handrücken über Stirn und Augen fuhr, sagte sie: „Wenn du wirklich so denkst, dann fehlt nicht viel und du wirst, wie ich dich kenne, vorerst in Berlin bleiben – oder täusche ich mich da?"

Ich schwieg missgestimmt, nickte dann aber und sagte, wohl wissend, dass dies allenfalls ein Nebenaspekt oder besser nur die halbe Wahrheit war, „ich muss ja wenigstens abwarten, wie es weitergeht, alles andere würde wie Fahnenflucht und Selbstaufgabe wirken – auch vor mir selbst. Ich will und muss überlegen, welche beruflichen Möglichkeiten sich ggf. bieten, selbst wenn ich hier keine großen Chancen sehe. Vielleicht könnte ich als politischer Berater arbeiten. Möglicherweise bietet mir irgendein Verband einen Job an. Hier in Hamburg müsste ich ja als Anwalt zum Beispiel ganz von vorn anfangen. Insofern bin ich froh, dass ich als ehemaliger politischer Beamter einen Anspruch auf Versorgung habe. Aber jetzt ganz auf Berlin zu verzichten – das bringe ich nicht."

„Du hältst mich wohl für sehr naiv", antwortete Susan. „Was erzählst du da. Ich sage dir, was wirklich ist. Du willst die Verbindung zu dieser Claire halten oder wieder aufnehmen. Ich kenne dich. Finanziell wirst du meines Wissens keine Sorgen haben. Erstmal bekommst du ja ein Übergangsgeld und nach deiner langen Tätigkeit im Öffentlichen Dienst in hohen Positionen müsste dir auch eine ordentliche Pension zustehen. Biedere dich bloß nicht bei der Wirtschaft an, erspar' dir und mir wenigstens das."

Susan sah mich ernst an: „Eines will ich dir bei dieser Gelegenheit in aller Klarheit sagen: Ich weiß noch nicht, ob ich das mitmachen will beziehungsweise, ob ich diese Situation aushalten kann. Überleg dir gründlich, was du mir zumutest. Im Augenblick überspannst du deine Erwartungen an mich." Sie stand abrupt auf und verließ den Raum.

Ich war getroffen. Auch wenn ein Zwiespalt durch mich hindurchging, liebte ich Susan ehrlichen Herzens. Aber jetzt auch noch Berlin zu verlassen und mein ganzes Umfeld aufzugeben – das konnte ich nicht, das wollte ich nicht. Dabei ging es mir, da machte ich mir selbst nichts vor, auch, wenn nicht sogar in erster Linie um Claire. Wenn ich sage ‚in erster Linie Claire', so war das der konkreten Situation geschuldet, in der wir auseinander gegangen waren. Ich konnte sie nicht einfach stehen lassen, dazu war zuviel passiert zwischen uns. Nein, das konnte ich ganz einfach nicht.

Doch dann machte sich in mir auch eine Stimme bemerkbar, die da sagte, eine von mir zu vollziehende abrupte Trennung von Claire müsse ich mir auch selbst nicht zumuten lassen oder mir antun. Ich sei schließlich ein eigenständiger Mensch und keines anderen Menschen Eigentum. ‚Wait and see', dachte ich. Nur diese Möglichkeit ergab sich für mich. Denn mir waren die Hände in beide Richtungen gebunden. Ich konnte weder Susan noch Claire aufgeben.

Das versuchte ich auch Susan bei einem unserer nächsten Gespräche zu erklären. Diese reagierte äußerst distanziert. Sie fühlte sich verletzt. „Du musst wissen, was du tust.", entgegnete sie nur.

Am Montag, nach diesem eher trübsinnigen Wochenende, fuhr ich nach Berlich zurück. Wir gaben uns den üblichen Gute-Reise-Kuss zum Abschied. „Vergiss mich nicht", sagte Susan.

„Wie könnte ich", antwortete ich. Wir blickten uns an. Susan sah mir gerade und offen in die Augen, ihr Blick hatte etwas Schmerzlich-Bitteres, war aber zugleich auch liebevoll. Er schnitt mir ins Herz. Ich hatte sie ja tatsächlich verletzt. Dabei liebte ich sie. Aber ich liebte auch Claire.

Die Bahnfahrt verbrachte ich mit gemischten Gefühlen: zugleich im Widerspruch und in Übereinstimmung mit mir. Aber ich sah keine Alternative für mich. Es ging nur so oder gar nicht weiter.

Eine Suche

Eine weitere Woche war vergangen. Als ich bei Claire anrief, meldete sie sich nicht. Ich war zunächst nicht in der Lage, auf ihre Mailbox zu sprechen. Und so verlor ich wiederum Zeit. Es gab kein Lebenszeichen von Claire. Wieder rief ich an. „Melde dich bitte", bat ich, auf den Anrufbeantworter sprechend, „ich mache mir Gedanken!"

Und wieder erhielt ich keine Reaktion von ihr. In Wirklichkeit machte ich mir nicht nur Gedanken, sondern echte Sorgen. So begann ich, vorsichtig zu recherchieren und suchte zunächst das Hotel ‚Passagère' auf, in das wir nach unserem allerersten Treffen auf der Vernissage gegangen waren.

Das ‚Passagère' bildete für mich eine Art von psychologischem Angelpunkt. An der Rezeption gab man sich unter Hinweis auf den Datenschutz reserviert. Man dürfe über persönliche Angelegenheiten der Hotelbesucher keine Auskunft geben. „Frau Verte wohnt derzeit nicht hier", sagte die junge Dame an der Rezeption schließlich, nachdem sie in ihrem PC nachgesehen hatte. Mehr brachte ich nicht aus ihr heraus.

In der Redaktion ihrer Wochenzeitung erfuhr ich, dass Claire sich auf unbestimmte Zeit hatte beurlauben lassen.

Mit meinem schwarzen Golf, den ich mir auch aus Anhänglichkeit an Claire gleich nach Rückgabe meines Dienstwagens auf einem Gebrauchtwagenmarkt gekauft hatte, fuhr ich zum Haus am See. Aber es lag dunkel und verlassen da. Am Steg entdeckte ich die Strandschuhe, die Claire zu tragen pflegte, wenn sie zum Baden ging. Der Gedanke ‚Freitod' schoss mir durch den Kopf, jedoch verwarf ich ihn genau so schnell, wie er aufgetaucht war.

Das war von Claire nicht zu erwarten. Dazu war sie zu vital und zu engagiert und auch zu stark und selbstbewusst.

Langsam, nachdenklich und enttäuscht fuhr ich zurück.

Ich machte mich auf meinem Sofa lang und grübelte. Dass sie zu André in die Provence gefahren sein könnte, darauf war ich schon bei früherer Gelegenheit gekommen. Aber für mich stand fest: Auf keinen Fall würde ich mich dorthin wenden. Das wäre nach dem Vorlauf taktlos gewesen. Außerdem wollte ich in keiner Weise aufdringlich wirken. So wartete ich und hielt bei der „Visitation" der Orte, von denen ich glaubte, Claire dort antreffen zu können, die Augen offen. Es war wie ein absurdes Spiel mit dem Zufall.

Die Tage vergingen quälend langsam. Keine Nachricht von Claire. Ich setzte meine Suche dennoch fort, immer neu angetrieben von der utopischen Erwartung einer glücklichen Wendung. Aber diese blieb aus. Gleichwohl gab ich nicht auf. Einmal in der Tanzbar des ‚Passagère', in das es mich aus verrückter Hoffnung heraus immer wieder zog, glaubte ich, sie erkannt zu haben. Doch das tat ich als Selbsttäuschung ab, zumal die Frau, die mich an Claire erinnerte, für mich nur eine kurze Sekunde und nur ungenau sichtbar gewesen war. Gleichwohl ging ich auf dem Rückweg noch einmal an der Rezeption vorbei, erhielt aber – diesmal von einem jungen Mann – die gleiche Information wie die auf meine erste Nachfrage. Trotzdem blieb eine Unruhe in mir haften.

Die Zeit schlich weiter dahin.

Weihnachten verbrachte ich bei Susan in Hamburg. Sie hatte das Weihnachtsfest wie immer vorbereitet – auf liebevolle Weise und in dem Bestreben, es für uns, die Familie, ‚schön' zu machen, insbesondere auch für unsere beiden Kinder, die ihr Studentenleben unterbrachen, um Weihnachten zu Hause zu feiern.

Es wurde dennoch ein eher stilles Fest, wie es in allen Familien einmal vorkommt. Wir gingen liebevoll miteinander um, machten lange Spaziergänge an der Elbe, lasen viel, und Susan und ich hörten ‚unsere' Musik.

Das Wichtigste war: Wir sprachen viel miteinander, wenn auch bei aller Offenheit und Zugewandtheit doch irgendwie zurückgenommen. Susan konnte nicht aus ihrer Haut und ich selbst auch nicht.

Der Abschied von Susan am Zug nach Berlin verlief ebenfalls still. Wir fühlten uns derzeit beide unwohl in unserer Lebenslage.

„Genug", sagte Wega-Wagemann abrupt. Das Wort ‚genug' schien eines seiner Lieblingsworte zum Ende unserer Zwiegespräche zu sein, die eigentlich Monologe waren. „Wir sehen uns nächste Woche, gleicher Tag, gleiche Zeit."

Wir reichten uns die Hände, und ich ging ohne weitere Worte.

12.

Das zwölfte Gespräch begann ähnlich sperrig wie das voran-
gegangene geendet hatte. Langsam gewann ich den Eindruck,
dem Staatsminister a.D. zunehmend lästig zu werden.

„Was wollen Sie denn eigentlich noch alles wissen?", fragte
er mich mit betontem Desinteresse, das im Unterton zugleich
aber eine gewisse Aggressivität verriet und damit sein ‚Desin-
teresse' relativierte. Ich sah jedenfalls in dem Verhalten von
Wega mir gegenüber eher ein künstliches Rollenspiel, mit dem
er seinen immer noch wachen Schmerz zu verbergen suchte.

„Wenn ich Sie bei unserem letzten Gespräch richtig verstan-
den habe, so mussten Sie sich in der auf Ihren Rücktritt fol-
genden Zeit, nach Verlust des politischen Amtes, eine neue
Welt erfinden – war es so?", begann ich behutsam.

Wega sah mich aufmerksam an, als wäre er auf ein unvermu-
tetes Verständnis gestoßen. Dann nahm er stockend seine Er-
zählung wieder auf.

Aufeinandertreffen

Zurück in der Hauptstadt musste ich mich vor allem selbst neu
erfinden. Ein solcher Akt eigener Selbstgeburt ist wahrlich ein
äußerst schmerzhafter Prozess. Finanziell war ich abgesichert
durch meine Pensionsansprüche. Geldsorgen hatte ich nicht.
Aber alles andere war in Unordnung. Gut, es war auch klar, dass
ich mich nicht von meiner Frau trennen würde. Aber sonst?

Ich versuchte, etwas Vernünftiges mit meinem Leben anzufan-
gen. Zurück an die Wasserkante wollte ich nicht, jedenfalls jetzt
noch nicht. Meine erste Aktion: Ich nahm vor Ort ein Kontaktstudium auf. Rechtsphilosophie und Kriminologie waren meine
Schwerpunkte. Soweit ich nicht durch den Vorlesungsbetrieb

gebunden war, versuchte ich, meine Erfahrungen zu Papier zu bringen – nicht um meine Memoiren für andere zu schreiben, sondern um mich auf diese Weise selbst zu orientieren und mich meiner zu vergewissern. Darüber hinaus verfiel ich mehr und mehr einem Leserausch: Ich wandte mich wieder meinen Lieblingsbereichen Literatur, Lyrik und Philosophie zu. Ich hatte mein ganzes Leben lang Bücher geliebt und gesammelt. Und nun hatte ich zum ersten Mal wirklich Zeit zu lesen, ganz ungestört zu lesen. Und ich war in der Lage, mich auch wieder intensiv der Musik zu widmen.

Im Laufe der Zeit merkte ich dann, dass mich im Schwerpunkt eigentlich nur ein Thema beschäftigte: die Liebe als Phänomen in all ihren Bezügen. Dabei hatte ich besonders im Auge, was aus Liebe heraus zwischen Claire und mir geschehen war, und wie das auf sie und mich und auf meine Liebe zu Susan wirkte. Dem wollte ich auf den Grund gehen.

Wenn mich eine ganz große Unruhe packte, fing ich an, im Internet zu surfen, erweiterte diese Aktivität aber auch dadurch, dass ich mich immer wieder zu einem ,Realsurf' aufraffte und die Stadt durchstreifte. Sehr oft begannen oder endeten diese Ausflüge in der Tanzbar des Passagère. Bei zunehmender Klarheit über meine innere Gefühlslage begann ich nun, noch bewusster nach Claire Ausschau zu halten. Mein Unterbewusstsein signalisierte mir überdies, dass sie bald auch von sich versuchen würde, mich zu treffen. Ich wurde ungeduldig.

Die nächstliegende Möglichkeit, sie über das Internet zu suchen, lehnte ich für mich immer wieder als zu indiskret ab. Das passte so gar nicht zu unserer Liebe. Das wäre, als würde man etwas ganz Großes auf etwas sehr Kleines reduzieren. Für einen verrückten Romantiker wie mich kam diese Möglichkeit einfach nicht in Betracht. Wie gesagt, war mir innerlich klar, dass Claire irgendwann, von sich aus wieder den Kontakt zu mir suchen und aufnehmen würde – bestimmt unter Überwindung innerer Widerstände, aber sie würde es tun.

An einem Abend Ende Januar entdeckte ich sie dann tatsächlich im Passagère. Eng umschlungen tanzte sie mit einem gut aussehenden etwa gleichaltrigen Partner, wohl Mitte 40, mit dem sie sich sehr temperamentvoll unterhielt – auf Französisch, so hörte ich sie mit ihrer hellen Stimme reden. Der Mann musste André sein.

Wie angewurzelt blieb ich im Türrahmen stehen. Ich hatte eine Art von Blackout. Nein, nicht dass ich auf den Mann losgegangen wäre. Das hatte ich mir allerdings als junger Fähnrich der Bundeswehr geleistet, als mir irgend so ein Zivilist meine Partnerin ausgerechnet beim Schlusstanz entführte, weil ich den Saal zu spät betreten hatte. Damals bin ich ihm auf die Tanzfläche gefolgt, habe ihn am Arm gepackt und mit meinem linken Daumen über meine Schulter auf die Tür gezeigt – und das offenbar mit einem so entschiedenen Blick, dass er sich verbeugte und verschwand. Aber jetzt war alles anders. Ich war ja auch älter und viel zurückgenommener. Dennoch überkam mich eine Gefühlswallung, die mich ins Schwanken brachte. Ich konnte mich aber an dem Rahmen der Tür festhalten, in der ich stand, als ich Claire gesehen hatte.

Dabei hatte ich mich auf eine solche oder eine ähnliche Situation mental vorbereitet. Immer wieder hatte ich die verschiedenen denkbaren Szenarien durchgespielt. Die Hauptalternative allerdings war, dass ich ihr irgendwo allein begegnen würde. Aber auch für eine Sechs-Augen-Begegnung hatte ich mir die unterschiedlichsten Variationen ausgedacht. Ich hatte mir durchaus vorgestellt, dass sie mit ihrem Mann oder gar mit einem anderen Partner würde unterwegs sein können und mir dafür verschiedene Verhaltensweisen zurechtgelegt: von einer freundlichen Begrüßung über eine kühle, zivilisierte Vorstellung bis hin zu einer klaren, fordernden Ansprache. Die Möglichkeit eines offenen oder gar handgreiflichen Streites kam für mich jedoch von vornherein nicht mehr in Frage. Dazu war ich inzwischen zu alt. Eigentum an Menschen gab es genau so wenig wie ein Recht auf ‚Besitzkehr'. Ich bewegte mich im Reich der Liebe, nicht im Bereich des bürgerlichen Sachenrechts. Eine kluge Kommunikation würde allemal weit wirksamer sein als jedwede Art von Gewaltsamkeit. In einer Variante hatte ich mir sogar folgende Szene erträumt: Claires Partner legt einen Arm um sie und kommt freundlich lächelnd auf mich zu. Und bald stehen wir ganz entspannt zusammen wie ein Dreiklang aus Menschen, die eine harmonische Situation zu schaffen trachten. ‚Ich bin André', sagt der Fremde in diesem Szenarium zu mir, sieht mich mit einem gewinnenden Lächeln an, ‚und Sie sind ganz sicher Wolf Wega-Wagemann; ich kenne Sie aus den Erzählungen von Claire'. Ich nicke stumm. Mein Hals ist wie zugeschnürt. Er ist nicht ganz so groß wie ich, hat dafür aber einen stämmigen, kraftvollen Körper. Seine braunen Augen mit übergroßer Iris liegen in tiefen Höhlen. Er sieht sehr sensibel aus. – In meiner Phantasie hatte sich ein vernünftiges Gespräch angebahnt.

Aber jetzt in der Realität kämpfte ich mit meinem Blackout und verlor kurz die Orientierung wie bei einem Schwindelanfall. Dann aber riss ich mich zusammen und ging auf das Paar zu.

„Wolf", rief Claire, als ich in ihre Nähe gekommen war. Sie ließ ihren Partner los und flog auf mich zu. Ich konnte nicht anders. Ich öffnete die Arme und sie umarmte mich. Wir waren plötzlich ganz allein unter den Menschen, zueinander gezogen durch die Schwerkraft des Wir. Ich weiß nicht, wie ich das genauer sagen oder erklären soll.

Ihr Partner war Claire gefolgt und wendete sich mir zu. Ich ließ Claire los, hielt sie aber weiter bei mir, indem ich ihre Schultern mit meinem rechten Arm umfasste. Wir starrten uns an.

„Ich fürchte, ich werde Ihnen Ihre Begleiterin entführen müssen", sagte ich mit verbindlichen Worten, aber einer eher metallischen Stimme, die ihm keine Wahl ließ. – Sein Blick vereiste. „Und ich fürchte", erwiderte er, mit einem fast provokanten Lächeln in den Mundwinkeln, „dass ich da ein Wort mitzureden habe. Es handelt sich schließlich um meine Frau." Er sprach ein gutes Deutsch, aber der französische Akzent war unüberhörbar. Nichts als Eiszeit herrschte in diesem Moment zwischen uns. – Ihn nicht aus den Augen lassend, sagte ich: "Komm, Claire, wir gehen."

Claire befreite sich mit einer heftigen Bewegung aus meinem Arm, stellte sich neben uns und blickte von einem zum anderen. Dann sagte sie mit einer ruhigen, sehr beherrschten Stimme: „Hirsche zur Brunstzeit? – Aber wir leben nicht mehr in freier Natur. Machogehabe ist mir sowieso verhasst. Als Frau entscheide noch immer ich selbst, mit wem ich wann wohin gehe, niemand sonst. Und nun bitte ich euch beide, mir an unseren Tisch zu folgen."

Sie ging die wenigen Schritte zu dem Tisch, an dem die beiden gesessen hatten.

„Bitte", sagte sie lässig und wies auf einen freien Stuhl. „Wasser?", fragte sie.

Ein Kellner stand plötzlich neben uns und blickte fragend in unsere Runde.

„Einen Whiskey Soda", sagte André.

„Für mich bitte lieber einen Cuba libre", sagte ich.

„Den habe ich lange nicht mehr getrunken", erklärte André, "den nehme ich auch".

„Ihr habt euch sicher erkannt. Darf ich euch gleichwohl nun erst einmal offiziell vorstellen?", fragte Claire, ihre Stimme war jetzt ganz weich, und sie lächelte leise: „Wolf Wega-Wagemann – André Clement."

„Hallo, André. Ich habe mir schon gedacht, dass Sie es sind",
sagte ich, „tut mir leid – meine Reaktion eben." Ich nickte ihm
zu und versuchte dabei zu lächeln. Er blickte mich ernst an und
lächelte dann ebenfalls, aber sehr zurückhaltend.

Es entstand eine Pause, in der wir uns gegenseitig musterten. Ich
sah Claire an und versuchte, eine Anerkennung und ein gewisses
Amüsement zugleich in meinen Blick zu legen. Ihr beherzter
Auftritt, ihre klare Ansage, die aus purer Rationalität geboren
war, hatte mich zur Vernunft gebracht. Die Situation entspannte
sich.

„Wir sind erst heute Mittag in Berlin eingetroffen", sagte Claire,
atmete durch und fuhr mit ruhiger Stimme fort: „André weiß alles von dir und mir und uns. Genau wie bestimmt inzwischen
auch deine Susan jetzt ebenfalls alles über uns beide erfahren
hat."

Ich nickte bestätigend.

Eine Pause, die man ‚Besinnungspause' nennen könnte, entstand.

„Gut", erklärte ich und schloss die Frage an: „Aber was weißt
denn du selbst denn eigentlich aktuell von mir? Nach deinem
plötzlichen Verschwinden, deiner langen Abwesenheit und deinem langen Schweigen?" Es gelang mir, meine Stimme so offen
und leicht wie möglich zu führen – ohne nach außen erkennba-
ren Frust und ohne emotionalen Vorwurf. Jedenfalls bildete ich
mir das ein.

Claire atmete tief durch. „Ich bitte dich für diesen Abschied, der
kein Abschied war, um Verzeihung. Ich war verzweifelt, ich
wusste nicht mehr, was ich machen sollte. Ich fühlte mich als
Verräterin aus Gewissensgründen und wollte nur noch weg, weg,
weg."

„Und du hast nicht daran gedacht, dass ich mir Sorgen machen
würde? Oder hast du nach dem Vertrauensbruch und dessen

Folgen – Entschuldigung, aber ich muss das so offen ansprechen – etwa befürchtet, ich könnte irgendetwas Unbedachtes tun?" Ich merkte, dass sich meine Stimme verhärtete.

André mischte sich ein. Er war ernst geworden, als er mit vollendeter Höflichkeit sagte: „Einen kleinen Moment bitte. Ich weiß es zu schätzen, Wolf, so darf ich Sie vielleicht auch gleich nennen, in Ihnen einen partnerschaftlichen Liebhaber von Claire nun auch persönlich kennen zu lernen. Durch Claires Erzählungen habe ich mich schon lange auf Sie einstellen können. Und ich kann letztlich auch Ihre erste Reaktion gegenüber dem Ehemann von Claire nachvollziehen. Sie sind sehr tief verletzt worden, das weiß ich.

Aber auch Claire hat eine traumatisierende Erfahrung gemacht. Sie hat sich, wie sie es richtig gesagt hat, in einer Gewissensfrage auf die Seite der Frauen gestellt, die nach Nigeria abgeschoben werden sollten. Und sie hat dafür nichts als Schläge erhalten. – Dabei wollte sie Sie weder persönlich verletzen noch Ihnen einen politischen Schaden zufügen. Die politischen Folgen hat sie so nicht vorausgesehen.

Ich denke, Sie sollten sich in aller Ruhe mit ihr persönlich aussprechen. Dabei störe ich nur. Daher lasse ich Claire und Sie jetzt allein, hoffe aber sehr, dass auch wir noch miteinander reden können. Denn ich bin durch die Liebe zwischen Ihnen und Claire ja auch selbst stark berührt."

Er stand auf, neigte sich zu Claire und gab ihr einen Kuss auf die Stirn.

Ich erhob mich ebenfalls. Wir gaben uns die Hand. „Danke, André, das ist sehr nobel von Ihnen", antwortete ich, „Natürlich werden wir miteinander sprechen."

Wir verbeugten uns leicht, André wandte sich um und ging. Ich nahm wieder Platz.

„Ein Mann von Format", kommentierte ich Andrés Verhalten, „ein Gentilhomme."

„Ein Mann jedenfalls, den eine Frau nicht so leicht aufgibt", entgegnete Claire. „Genau so wenig wie du deine Susan."

Wega-Wagemann griff zu der Wodkaflasche und schenkte sein Glas zu dreiviertel voll. „Sie auch?", fragte er mich.

„Ja, bitte, ein Wodka täte mir jetzt wirklich gut."

Wir saßen uns wortlos gegenüber und hingen unseren Gedanken nach. Eine ganze Zeit verging. Ich hatte den Eindruck, dass Wega in sich versunken war.

Mitten aus seinem dunklen Schweigen heraus, versuchte er, sich zu erklärten: „Das Ganze geht mir selbst heute noch reichlich nahe. Ich verstehe mich da selbst nicht so ganz. Aber es hatte wohl zu tief gesessen bei mir. – Kommen Sie: Wir trinken unseren Wodka in aller Ruhe zu Ende und machen dabei noch small talk. Was meinen Sie?"

„Ich habe großes Verständnis für Sie", antwortete ich. „Sie sahen sich mit einer auch emotional ausgesprochen schwierigen Situation konfrontiert und mussten damit fertig werden. Solche psychische Hochspannung vergisst man nicht so leicht. Sie wirkt nach. Ich glaube deshalb, ich sollte jetzt besser gehen. Sehen wir uns zu einem weiteren Gespräch in der nächsten Woche?"

Wega nickte zustimmend. Und so verabschiedeten wir uns.

13.

Bei dem nächsten Gesprächstermin setzte Wega-Wagemann seine Erzählung wiederum ohne Umschweife fort.

Ein kalter Januarabend an der Spree

Nachdem André gegangen war und wir, wenn auch unter vielen Menschen, allein waren, sahen Claire und ich uns eine ganze Zeit lang an. Es waren helle Wellen, die sich in unseren Augen begegneten. So empfand ich es. Aber ich nahm auch eine dunkle, hintergründige Traurigkeit in ihrem Blick wahr.

„Bist du gekommen, um Schluss zu machen?", fragte ich unvermittelt.

Claire antwortete nicht, sondern sah mich weiter einfach nur an.

Ein Vexierbild der Blicke entspann sich. Ich hatte das Gefühl, als würden unsere Augen zu einem einzigen Blick verschmelzen. Das aber war kein statischer oder aggressiver, sondern ein sehr liebevoller und nuancenreicher Blickwechsel. ,Wie eine Augensprache', dachte ich. So als wollte Claire sagen: ,Wie kannst du nur eine solche Frage stellen? Siehst du nicht, was los ist mit mir? Hin und her gerissen bin ich. Im Grunde genommen hoffnungslos gespalten, ich will euch alle beide, so wie ich euch beide – jeden auf seine Art – liebe. Ich will dich nicht verlieren, aber auch André nicht. Verstehst du das denn nicht? Du bist doch in derselben Situation mit Susan. Siehst du keinen Weg mehr für uns?'

Manchmal nahm ihr Blick eine fordernde Strenge an; dann wieder wurde er so weich, dass ich den Eindruck hatte, sie flirte mit mir; so als wolle sie mir sagen: 'Ich liebe dich doch, ich will dich doch. Merkst du das nicht? Bin ich nicht hier?' Dann schien sich sogar ihre Augenfarbe zu verändern; ihre hellen Augen waren plötzlich ganz dunkel und drückten Trauer aus, aber auch Passion und Verlangen. Sie holte tief Luft und atmete hörbar aus. „Sag mal", flüsterte sie dann, „hat sich eigentlich deine Augenfarbe geändert? Deine Augen wirken viel dunkler als ich sie in Erinnerung habe." Vermutlich hatte ich sie mit einem gleichen Blick angesehen wie sie mich. Und plötzlich fühlte ich wieder diese verzweifelt lang entbehrte Nähe.

„Ich nehme meine Frage zurück", antwortete ich schlicht. „Du willst André nicht verlieren und ich nicht Susan. Und doch lieben wir uns, jedenfalls ich dich. Nur: Wie wollen wir unsere Liebe leben – unter diesen Umständen, bei den herrschenden Bedingungen? Du warst dir zuletzt nicht mehr sicher, ob das Modell der ‚Offenen Ehe' eine Basis für uns bilden könne – ist es nicht doch eine unlösbare Situation für uns? So jedenfalls käme es mir im Moment vor, wenn du mir nicht leibhaftig gegenüber säßest. Im 19. Jh. hätte es unter solchen Umständen bestimmt ein Duell gegeben; schon wegen meines Auftritts vorhin André gegenüber. Anfang des 20. Jh. hätte ich mir wohl eine Kugel in den Kopf schießen müssen. Aber wie gehen wir beide heute im Berlin des 21. Jh. mit unserem Beziehungsproblem um? Darüber müssen wir sprechen, aber nicht hier. Nicht in dieser überhitzten Tanzbar. Was hältst du von einem kleinen Spaziergang an der Spree entlang? Vielleicht können wir ja irgendwo in Ruhe miteinander reden."

Claire erhob sich und ich mich mit ihr. „Du lässt mich doch niemals los – oder?", sie schenkte mir ein fragendes Lächeln.

„Nicht, solange ich nicht davon überzeugt bin, dass du dich von mir trennen willst, schlimmer noch: nicht, solange ich nicht sicher weiß, dass du mich nicht mehr liebst", erwiderte ich.

Wir traten auf die Friedrichstraße hinaus und gingen die kleine Strecke Richtung Spreebogen. Zunächst berührten wir uns nicht. Dann aber nahm Claire meine Hand. „Ach, du", sagte sie. Und ich zog sie an mich, spürte aber einen kleinen Widerstand und ließ sie wieder los. „Ja", bestätigte ich sie, „ach, wir."

178

Flott schritten wir aus, einzelne Flaneure und Passantengruppen hinter uns lassend, und folgten ein ganzes Stück dem Flusslauf. Trotz der Januarkälte nahmen wir dann auf einer allein stehenden freien Bank Platz. Vor uns flossen die dunklen Wasser der Spree gemächlich und gleichmütig dahin. Ein Gefühl von Romantik stellte sich bei mir nicht ein. Dennoch nahm ich Claires Gesicht in meine Hände und küsste sie. Sie fremdelte zuerst, als müsste sie mich neu kennen lernen. Dann jedoch erwiderte sie meinen Kuss. „Du, du, du", hörte ich sie ganz leise wie zu sich selber sagen.

Aber da rückte Claire plötzlich ganz bewusst von mir ab. „Was machen wir hier? Wollten wir nicht reden?", fragte sie. „Das war dein Vorschlag!"

„Ja", antwortete ich, „aber warum nimmst du trotz der Kälte eine Distanz zu mir ein? Ist es nicht unsere gemeinsame Aufgabe, uns gegenseitig neu zu orientieren und dabei vielleicht jeder auch sich selbst? Es ist doch so: Entweder wir finden auf Dauer wieder zusammen oder aber es geht nicht. Dann sind wir kein Liebespaar mehr, sondern nur noch ,Freunde fürs Leben', wie man bei solcher Gelegenheit sagt. Was zwischen uns ist – das müssen wir in gemeinsamen Gesprächen und auch in unserer nonverbalen Kommunikation herausfinden. Die Alleinentscheidung eines Teils von uns – das wäre in meinen Augen armselig wenig."

„Du hast Recht", entgegnete Claire und setzte sich wieder dicht zu mir heran, genau genommen, schmiegte sie sich an mich.

Ich zog sie noch enger zu mir. „Damit du mich nicht falsch verstehst, ich will nicht, dass wir jetzt in diesem Augenblick eine Entscheidung treffen. Erstmal sollten wir mehr voneinander wissen, um zu begreifen, wo wir stehen. Nur so können wir uns gegenseitig abholen. Erzähl doch: Was ist passiert, seit unserer plötzlichen Trennung? Warum hast du dich nicht bei mir gemeldet und mich eine unerwartet lange Zeit im Unklaren gelassen?"

Claire blickte mich an. Ihre Augen verschatteten sich. Sie öffnete und schloss ihre Lippen, sagte aber nichts. Dann wendete sie ihr Gesicht ab. „Fang du lieber an", bat sie mich mit leiser Stimme, die ihre innere Erregung nicht verbarg.

Ich sah sie aufmerksam an. Warum sollte ich anfangen? Dann aber entgegnete ich: „Auch wenn nicht ich es war, der dich so lange allein gelassen oder gar temporär verlassen hat, beginne ich einfach: Nach einer längeren Phase von Erstarrung unmittelbar nach meinem Rücktritt, die mich blockierte, aus der ich nicht gleich wieder herausfand und in der ich mich, das räume ich sofort ein, zu wenig um dich gekümmert habe, bin ich auf die Suche nach dir gegangen. Natürlich habe ich mir gerade in den ersten Wochen die größten Sorgen um dich gemacht. Ich habe dich überall gesucht: bei deinen Anlaufstellen hier in der City, überhaupt in der Stadt und auch im Haus am See. Einen Augenblick befürchtete ich sogar, du hättest dich angesichts meines Rücktritts und der daraus erwachsenen Folgen zu einer Kurzschlusshandlung hinreißen lassen.

Nachdem ich mir aber deine Überzeugungstäterschaft vor Augen gestellt und mir klargemacht hatte, dass es dir um die Sache, allein um die Sache gegangen sein musste, weniger um meine Person bzw. die Wirkungen deiner Aktion auf mich persönlich, ging die Welle meines Zornes durch mich hindurch und in Frustration über. – Ich habe vermutet, dass du bei André Zuflucht gesucht hast. Aber dort wollte ich dich nicht ansprechen.

Du kannst dir vorstellen, dass die politischen und persönlichen Folgen deiner Indiskretion für mich gravierend waren und sind. Ich bin ja von Haus aus kein Politiker mit eigenem politischen Unterbau, sondern als Exekutivbeamter mit politischer Erfahrung in die Regierung geholt worden. Es war nicht leicht für mich, das Amt aufzugeben. Denn es war mir glasklar, dass ich durch den Rücktritt auf mich allein zurückgeworfen sein würde.

Das hat natürlich auch Susan erkannt. Sie hat sich meiner in voller Solidarität angenommen. Sie war gerade in den ersten kritischen Tagen mit ihrer ganzen Energie da. Sie ist – obwohl aus beruflichen Gründen in Zeitdruck – erst nach Hamburg zurückgefahren, als ich meine innere Balance halbwegs wieder gefunden hatte. Sie hat nach dir gefragt und ich habe sie informiert. Aber weder sie noch ich haben böse Wort über dich verloren, obwohl sie deine Handlungsweise so gar nicht nachvollziehen konnte. Und auch ich habe in keinem Moment an deiner Liebe gezweifelt.

Doch ich lebe auch jetzt noch im Zwiespalt wegen der Frage nach der materiellen Richtigkeit und der Angemessenheit deines Vorgehens. Das beginnt mit unseren ganz persönlichen Problemen (wie sollen wir in Zukunft unser Leben gestalten?) und endet bei unserer Streitfrage im Bereich der Migrationspolitik. Diese ist für dich eine Gewissensfrage, ich weiß. Dennoch habe ich meine Haltung nicht geändert (Europa kann meines Erachtens wirklich nicht ganz Afrika retten, indem es sich unbegrenzt öffnet und einen nicht enden wollenden Flüchtlingsstrom aufnimmt). Ich denke nun, dass wir beide jetzt erst einmal vorrangig unser sehr persönliches Problem lösen müssen. Wie denkst du inzwischen darüber? – Ich glaube, an dieser Stelle solltest Du zu Worte kommen."

Claire schwieg eine ganze Weile. Ich teilte dieses Schweigen. Dann packte Claire meinen Arm. „Ich musste es tun, ich musste tun, was ich getan habe", sagte sie. „Ich liebe dich, du liegst mir im Blut, das spürst du doch auch jetzt noch oder jetzt wieder. Nichts lag mir ferner, als dich zu verletzen oder zu schädigen. Aber du weißt auch selbst, was in Nigeria los ist. Du kennst selbst die verzweifelte Lage vieler Frauen dort: in keine verlässliche Struktur mehr eingebunden, immer in der Gefahr, jederzeit ins Mittelalter zurückgestoßen zu werden. Ich habe nichts anderes getan, als den Versuch zu wagen, sie, die Frauen und Mädchen, die ihr abschieben wolltet, zu schützen. Die Folgen für dich habe ich nicht vorausgesehen. Ich habe mir gar nicht vorstellen können, dass ich mittelbar deinen Rücktritt bewirken würde. Ich sah einen Weg zu helfen und bin diesen Weg gegangen. Das ist die Wahrheit, meine Wahrheit."

Sie schwieg. Ich spürte, wie sie die heftige Anspannung, die sie gepackt hatte, in den Griff zu bekommen versuchte. „Als ich dann merkte", fuhr sie fort, „was meine Aktion für dich persönlich bedeutete, hat mich, obwohl ich eigentlich standhaft bin, unvermutet die Panik gepackt. Ich wollte nur noch weg von dir und weg aus Berlin. Ich habe ‚aus persönlichen Gründen' Urlaub genommen und bin in die Provence zu André gefahren. Der hat sofort gemerkt, was mit mir los war. Er hat nichts gefragt und nichts gesagt. Er hat mich einfach liebevoll wieder bei sich aufgenommen und mich auch bei sich behalten, als ich ihm von dir und unserer Liebe erzählt habe.

Dennoch bin ich in einen tiefen und dunklen Abgrund gefallen, in eine akute Depression. Ich war aktionsunfähig. Ich habe im Liegestuhl gelegen und versucht, meine Gefühle und Gedanken in den Griff zu bekommen. Aber ich war von schwarzen Wänden umgeben, die immer näher auf mich zu kamen, mir regelrecht zu Leibe rückten und mir den Atem nahmen. Ich dachte, ich hätte alles verloren. Dich, mich, meinen Beruf, mein Leben. Außerdem war ich es ja gewesen, die dich allein für mich gefordert hatte.

Das Einzige, was ich in den ersten Wochen gemacht habe, und das hat schon meine ganze Konzentration erfordert, das war, die gutwillige femme au foyer zu geben. André hatte sofort darauf bestanden, dass ich einen Psychiater aufsuche. Und mein Therapeut, ein echter Seelenarzt, hat mir mit Hilfe seiner geordneten, unaufgeregten und empathischen Therapie überraschend schnell dabei geholfen, wieder einen klaren Kopf zu bekommen und meine Gemütslage zu stabilisieren.

In dieser Zeit hat André mich in seiner liebevollen Art einfach gelassen. Er hat mich in keiner Weise bedrängt. Er hat mich in allem ermutigt und mir dadurch aufgeholfen. Auch das ist Liebe, eheliche Liebe. So bin ich aus meinem Schreckenstraum aufgewacht und habe erst meine Ruhe und dann auch einen guten Teil meiner Gelassenheit wiedererlangt. Danach erst entwickelte sich in mir der immer stärker werdende und zuletzt ganz unwiderstehliche Wunsch, nach Berlin zu fahren, dich zu sehen und mich mit dir auszusprechen. Aber dieses Bestreben konnte ich angesichts meines labilen Gesundheitszustandes nicht sofort und unmittelbar realisieren, sondern erst nach einer langen, auch für mich viel zu langen Zeit. Schreiben mochte ich nicht. Ich wollte dir mein Verhalten Aug in Aug erklären. So bin ich jetzt hier."

Sie griff nach meiner Hand, und ich ließ sie ihr, selbst im Inneren betroffen von dem, was Claire mir über sich mit einfachen Worten berichtet hatte.

Wir saßen und schwiegen. Es entwickelte sich in uns zuerst ein gemeinsames Schweigen und dann ein verständnisvolles, liebevolles Stillesein, das uns wie ein starker Abwehrschirm gegen die Außenwelt umgab. Bald hielt ich Claire in meinen Armen und auch sie umfasste mich und klammerte sich fest, als wollte sie mich nie mehr loslassen.

„Und wie soll es mit uns weitergehen?", dachte ich laut oder sagte es leise. Claire zuckte mit den Schultern. „Wenn ich das selbst nur wüsste", antwortete sie.

„Wir brauchen Zeit", stellte ich fest, „mehr als wir heute in dieser Kälte auf dieser Bank an der Spree haben. Es gibt kein Patentrezept für Ehehälften wie uns, die sich und damit aus Sicht ihrer Ehepartner beide auch einen Dritten lieben."

Wir standen auf, hielten uns fest und sahen noch eine ganze Weile auf den dunklen Fluss vor uns. Eigenartig war schon, dass uns jetzt eine Stille zu umgeben schien, die uns trug. Unsere Nähe, der Körperkontakt und das Wissen umeinander ließ uns spüren, dass wir wieder das Jetzt unserer Gegenwart teilten. Dabei ließen wir zu, dass wir – jeder auf seine Weise – unseren Gedanken den notwendigen Freiraum gaben. Wir hatten uns wieder.

Am Himmel schien sich etwas zusammenzubrauen und nun machte sich auch die Kälte unangenehm bemerkbar. Eng umschlungen, jeweils mit einem Arm den anderen umfassend, und zugleich ungemein erleichtert, machten wir uns auf den Rückweg.

Im Gehen fragte ich Claire, wie es inzwischen um sie und André stehe, und ob er unsere Liebe tolerieren werde.

„Er hat sich verhalten wie ein Gentleman", antwortete sie. „Er hat mich in unserer Krise", sie machte mit ihrer freien Hand eine kreisförmige Bewegung, die mich und sie meinte, „mit Warmherzigkeit, Takt und Respekt bei sich aufgenommen – nachsichtig, wie ein alter erfahrener Ehemann. Dabei habe ich es ihm besonders in der Anfangszeit mit meiner Niedergeschlagenheit nicht leicht gemacht. Er hat mich an sich herangelassen, ohne mir selbst auch nur im Geringsten zu nahe zu treten. Er hat mich dann meine Geschichte, und das nicht nur einmal, in aller Ruhe erzählen lassen. Und mir in aller Ruhe zugehört." Der Ton ihrer Stimme war liebevoll. „Er liebt mich, ich weiß es. Und das, obwohl er unsere und meine Liebe zu dir kennt. Er hält sich mithin an unsere Verabredung und sein Versprechen."

„Und was hat das mit dir gemacht?", frage ich.

„Meine Liebe zu André ist so fest wie nie zuvor. Ich liebe ihn. Ich liebe ihn mit meiner ganzen Zärtlichkeit als Ehefrau. Und ich tue alles für ihn." Sie machte eine Pause und fuhr dann mit einer überraschenden Heftigkeit fort: „Aber deswegen bin ich noch lange kein braves Frauchen geworden. Ich will weiter offen bleiben und frei sein in meiner Liebe. Ich will mein Herz öffnen und es teilen dürfen. Mit dem Mann, den ich will und begehre. Ich will genommen werden und nehmen. Ich will weiter deine Geliebte sein, passioniert geliebt und sexuell begehrt. Es sei denn, du bist es, der mich nicht mehr mit ganzer Hingabe und Leidenschaftlichkeit lieben kann. Es soll sein wie vorher zwischen uns, vertieft durch eine überstandene Krise. Das ist mein Traum."

Es war eine reine Liebeserklärung. Wir umarmten und küssten uns innig. Das unmittelbare Nähegefühl umfing uns wie früher in seiner ganzen Fülle.

‚Für einander da', so empfanden wir es in diesem Augenblick wohl beide, ‚geschaffen für eine absolut gegenwärtige Liebe': jeder für sich und wir beide gemeinsam gegen alle Widerstände und gegen alle Konventionen. Konventionen aber, die wir zugleich respektierten, weil wir ja beide bei unseren Partnern blieben – aus unserer fortbestehenden Liebe zu ihnen. In diesem Rahmen haben Claire und ich uns neu gefunden und standen wieder zueinander wie zuvor.

Und all' dies geschah an einem dunklen Januarabend mitten in Berlin irgendwo an der Spree.

Wega-Wagemann erhob sich und wollte mir nur flüchtig die Hand geben. Ich verstand ihn. Daher umfasste ich mit meiner linken Hand seinen rechten Ellenborgen, zog ihn ganz leicht zu mir und drückte ihm mit meiner rechten Hand fest die seine. So wurde es ein freundschaftlicher Handschlag, mit dem ich mich von Wega verabschiedete.

Ich fühlte mich erleichtert und beschwert zugleich.

14.

Diesmal schien sich Wega-Wagemanns Stimmung wieder aufgehellt zu haben. Er sagte nach kurzer Begrüßung: „Sie sehen wohl Claire und mich noch an der Spree. Erlauben sie mir, einen kleinen Zeitsprung zu machen." Und dann legte er gleich los.

Metamorphose

Knapp eine Woche war seit unserer Wiederbegegnung vergangen, eine Woche, in der äußerlich wenig geschah. Umso aufregender war das, was sich seelisch ereignete. In dieser Zeit hatte ich deutlich empfunden: Claire liebte ihren Mann mit großer Zärtlichkeit und Anhänglichkeit. Sie wollte ihn nicht verlieren, ihn, der sie nach ihrer Flucht aus Berlin so liebevoll aufgenommen hatte.

Andererseits ließ sich eines genau so wenig verleugnen: Wir waren ein Liebespaar geblieben. Unsere Liebe hatte der Belastung und den Verlustängsten, die damit verbunden gewesen waren, standgehalten. Ich hatte meinen Groll gegen Claire überwunden. Und Claire kämpfte ihrerseits Gewissensbisse nieder, unter denen sie in Hinblick auf mein politisches Schicksal litt. Dabei relativierte sie keineswegs ihre Rechtfertigung. Zu jeder Zeit führte sie ihre ‚höheren Gewissensgründe' für ihre Indiskretion an. Gegen anfängliche Selbstzweifel und Zweifel an mir sah sie einen unerschütterlichen Liebesbeweis darin, dass ich trotz ihres Vertrauensbruchs an ihr festhielt und ihr kein einziges Mal irgendetwas nachtrug. Sie selbst aber kämpfte innerlich immer wieder mit sich um ihre Unbefangenheit mir gegenüber.

Und ich? Vorbei ist vorbei, das hatte ich mir in Herz und Kopf gemeißelt. Zwar war ich noch verletzt, aber ich hatte mich im Griff. Man muss sich um der Liebe willen von der Vergangenheit lösen und verzeihen können. Und dabei kritisch sich selbst gegenüber bleiben.

Selbstverständlich traf ich mich auch mit André zu dem geplanten Vieraugengespräch. Statt auf meinen Vorschlag im Adlon hatten wir uns auf seinen Wunsch hin auf ein urgemütlichen Berliner Restaurant in der Nähe des Gendarmenmarktes verständigt. Die Atmosphäre war eingangs durchaus reserviert, wenn nicht gespannt gewesen. Sie lockerte sich aber schnell auf, nachdem ich mich bei ihm, jetzt unter vier Augen, noch einmal für mein atavistisches Verhalten bei unserer ersten Begegnung förmlich und regelrecht und dabei absolut aufrichtig entschuldigt hatte. Das war keinerlei Opportunismus. Ich war selbstkritisch genug, um zuzugeben, dass ich mich unmöglich aufgeführt hatte. Mir war inzwischen klar geworden: Ich hatte ein Männlichkeitsgehabe alter Art gezeigt. Und André hatte die ganze Situation anders als ich mit Noblesse bewältigt.

„Unsere Völker haben Verdun überwunden, dann werden wir uns nicht wegen einer Affäre duellieren", hatte André sinngemäß gesagt und gleich hinzugefügt, „'Affäre', ich weiß, das ist das falsche Wort. Sie lieben Claire – anders vielleicht als ich, aber Sie lieben sie. Und das spricht für Sie."

„Ja, ich liebe sie von Herzen", antwortete ich, „ich glaube, Claire liebt auch mich, aber an Sie, André, hat sie ihr Herz gehängt; daran hat sie mir gegenüber – zu keinem Zeitpunkt – auch nur den leisesten Zweifel aufkommen lassen."

„Ich weiß", antwortete André kurz.

Dann hatte es ein längeres Schweigen zwischen uns gegeben. ‚Eigenartig', dachte ich, ‚welche Bedeutung die Sprache des Schweigens in den Gesprächen über Liebesdinge gewinnen kann'.

Schließlich nahm ich das Gespräch wieder auf: „Wenn ich mir Claire mit Gewalt aus dem Herzen risse, so ich das überhaupt noch könnte, träfe ich nicht nur mich, sondern fügte auch ihr eine tiefe Verletzung zu, das spüre ich", sagte ich. „Und deswegen kann ich mich nicht zurückziehen. Ich hätte unsere Liebe vielleicht nie beginnen dürfen, aber ich konnte nicht anders. Und nun ist es geschehen mit allen Tiefenwirkungen, die mit einer solchen Liebe verbunden sind."

„Ich weiß", antwortete André wiederum, „ich habe es vom ersten Augenblick an selbst empfunden, als ich euch beisammen gesehen habe. Im Übrigen hat mir Claire alles berichtet und mir das Entstehen und Heranwachsen eurer Liebe erklärt."

Wieder entstand eine dieser langen Pausen.

Dann fragte André: „Weißt du noch" (er war plötzlich in das Du gefallen), „was Claire gesagt hat, als wir drei das erste Mal aufeinander getroffen sind?"

Ich nickte: Die Szene stand mir plastisch vor Augen: ‚Als Frau', hatte Claire in aller Entschiedenheit erklärt, ‚entscheide noch immer ich selbst, mit wem ich wann wohin gehe, niemand sonst. Und nun bitte ich euch beide, mir zu folgen'.

Diese Szene hatte ich mir selbst auch immer wieder vor Augen gestellt. Es war eine Schlüsselszene. Denn diese Aussage von Claire und ihr ganzes Verhalten im Anschluss daran waren so stark gewesen, dass sie damit die äußerst gespannte Situation in der Hotelbar mit einem Schlag aufgelöst hatte.

Aber reichte das aus, um darauf eine Lebensentscheidung aufzubauen? Wenn diese Bemerkung eine Art Vorentscheidung für unser künftiges Leben sein sollte – hätte diese Aussage Claire nicht allein in die Verantwortung gestellt? Und hätte sie sich dann nicht wiederum allein und zerrissen gefühlt? Unabhängig davon: Ich schätzte sie so ein, dass sie, wenn sie eine Wahl zu treffen gezwungen wäre, sich entweder für André oder für keinen von uns entscheiden würde. Claire war Claire. So ähnlich sagte ich das auch André.

Der wiegte den Kopf und lächelte in sich hinein: „Also doch Duell?" Und nach einer neuerlichen kleinen Pause fragte er:

„Und was ist, wenn Claire sich gar nicht entscheidet und damit für uns beide? Wie denkst du darüber?"

Ich: „Du meinst so etwas wie freie Liebe?"

Er: „Du bist mir zu schnell. Erstmal rede ich von Liebe und damit von einer der stärksten psychischen Emotionen. Diese ist prinzipiell – jedenfalls bei entsprechenden persönlichen Bedingungen – offen für alle Möglichkeiten, setzt jedenfalls keine künstlichen Grenzen."

Er machte wiederum eine Pause, atmete tief durch und fuhr fort:

„Ich theoretisiere hier nicht. Auch ich habe meine Erfahrungen gemacht. Schon vor der Ehe mit Claire. Und ich habe nach Lösungen für das Problem gesucht. Dabei war für mich entscheidend, auf das Wesentliche zu sehen.

Ganz vereinfacht lautet die Frage doch erst einmal: Kann ein Mensch zwei andere Menschen lieben. Ja, natürlich, ist die erste unmittelbare Antwort. Warum soll das dann aber nicht auch in der erotischen Liebe gelten? Wieso sind eigentlich Zweierbeziehungen auch noch im digitalen Zeitalter das große Ideal? Ist es überhaupt notwendig, sich immer automatisch der Diktatur verkürzter Alternativen zu unterwerfen? Das ‚Entweder – oder' ist doch allzu oft zu kurz gedacht. Genauso wie ein ‚Sowohl – als auch' nicht automatisch richtig ist. Das wird der Einzigartigkeit jedes Menschen nicht gerecht. Es kommt meines Erachtens immer und ausschließlich auf den jeweiligen Einzelfall an. Wer jedoch, frage ich, zwingt uns dazu, das ‚Hohe Lied der Ehe' schematisch immer nach der Weise unserer Altvorderen zu singen?

Und wenn es für unseren Kulturkreis zurzeit so wäre, muss das für alle Ewigkeit gelten? Wer stellt eigentlich Eigentums– und Besitzstandsdenken, Nützlichkeitskategorien und Kapitalinteressen über die Fortentwicklung der menschlichen Gesellschaft in Richtung Freiheit und damit über die sie real tragenden Familien- und Beziehungswelten? – Ich habe mich als Maler immer schon mit Joseph Beuys auseinander gesetzt und in den letzten Wochen ganz besonders an ihn denken müssen. Ich bin dabei erneut auf seinen politischen Begriff der ‚Sozialen Plastik' gekommen und damit auch auf seine Denk- und Willensmuster in Richtung auf notwendige Veränderungen. Ich glaube, langsam beginne ich, ihn zu verstehen. Die ‚Soziale Plastik' bezieht sich zwar vor allen Dingen auf Politik und Wirtschaft. Wenn man aber die unmittelbaren visuellen und haptischen, akustischen und thermischen Erfahrungen, die Beuys der Gesellschaft vermitteln wollte, unter prinzipiellen Gesichtspunkten bewertet, ist die Grundbewegung seines Denkens meiner persönlichen Auffassung nach auch auf andere Bereiche anwendbar, wenngleich nur mit Vorsicht.

Das, was heute vielleicht ist oder zu sein scheint, muss und wird jedenfalls nicht immer und ewig so bleiben. Wir leben doch ganz offensichtlich nicht nur in der Zeit des viel beschworenen Wandels, sondern in einer viel tiefer greifenden gesellschaftlichen Umgestaltung, ja, geradezu in dem Prozess einer Umschaffung des gewohnten Zusammenlebens. ‚Tide of Time', nennen das die Engländer, glaube ich. Ihr habt im Deutschen, das habe ich von Claire gelernt, doch auch das Wort ‚Tide'. Was ich meine, könnte man daher sehr wohl ‚Tide der Zeit' nennen. Das gilt ganz offensichtlich im Großen der Politik und der Weltwirtschaft (nur ein Stichwort: Konsequenzen aus der Klimaveränderung). Das dürfte aber gleichermaßen im Kleinen für den Mikrokosmos des menschlichen Miteinanders maßgeblich werden (Stichwort hier nur: Legalisierung der gleichgeschlechtlichen Liebe und deren Gleichstellung mit der Ehe von Heteros). Diesen Prozess nenne ich für mich, auch wenn ich das abgegriffene Wort eigentlich verabscheue, ‚Metamorphose', um ihn gegenüber dem normalen ‚Wandel' abzugrenzen.

Es geht ja nicht nur um ein oberflächliches Umgestalten, sondern tatsächlich um die ‚Umschaffung' im Sinne einer Fortentwicklung der Lebensverhältnisse, bedingt auch durch die vielfältige Erweiterung der Kommunikationsmöglichkeiten in der eruptiv entstehenden digitalen Welt. Indem diese zu dem berühmten ‚globalen Dorf' zu werden verspricht, verdichten sich einerseits die objektiven, insbesondere die politischen Konfliktlagen, andererseits öffnet sich im persönlichen Bereich ein Raum ungeahnter kommunikativer Freiheit. Dabei werden negative Wirkungen (wie Verleumdungen) genau so möglich wie eine positive Erweiterung bzw. Vertiefung der Kommunikation (wie gerade im Bereich der Liebe, und zwar sowohl in Hinblick auf eine seelisch-erotische Kommunikationsverdichtung als auch in Hinsicht auf die Erweiterung der sexuellen Kontaktmöglichkeiten von Paaren).

Das hat – je nach Entwicklungsstand unserer Gesellschaften weltweit – Auswirkungen auf die konventionellen Gesellschaftsstrukturen selbst. Diese Dynamik wird nicht Halt machen vor den etablierten individuellen und interpersonalen Verhältnissen und damit auch nicht vor den institutionalisierten Regelungen der Liebesbeziehungen. So ist die Gesellschaft in Westeuropa zwar noch weitgehend bürgerlich-konservativ geprägt, hat jedoch längst aufgehört, ihre eigenen Werte absolut zu setzen. Sie macht daraus jedenfalls in vielfacher Weise keine Dogmen mehr. Dies führt in Anfängen auch zu der Möglichkeit einer substantiellen Umschaffung normaler Paarbeziehungen aufgrund einer libertären Grundhaltung, die dabei allerdings völlig zwangsfrei bleiben muss. Diese Sicht der Dinge ist natürlich kein einfach zu generalisierendes Prinzip mit Allgemeinverbindlichkeit. Andererseits gibt es bereits jetzt Entwicklungen, die mit großer Sicherheit erweiterte Freiräume auch für Beziehungen zulassen und die bei Zwangsfreiheit zu tolerieren sind – zumindest, wenn sie von den Beteiligten gewollt sind oder zumindest toleriert werden.

Um konkreter zu werden: Die Abweichungen von den Konventionen, die bisher im Dunkel blieben und in der Vergangenheit teilweise sogar unter Strafe gestellt waren (wie früher Ehebruch oder vor relativ kurzer Zeit noch die Homosexualität), entwickeln sich weiter. Der Liebe, deren existentielle Grundkomponente die inneren Freiheit ist, wird auf diese Weise ein essentiell größerer Spielraum gewährt – dies immer auf Basis persönlicher Wertschätzung und sozialer Verantwortung füreinander. Dabei behält die überkommene Ehe selbstverständlich ihren spezifischen Eigenwert, auch (aber keineswegs allein) wegen der Kinder, die aus ihr hervorgehen. Aber auch andere Beziehungskonstellationen wie Mehrehe, offene Ehe und freie Liebe werden mehr und mehr anerkannt werden müssen. Sie werden auf Dauer zumindest keinen gesetzlichen Verdikten oder einer gesellschaftlicher Diskreditierung unterworfen werden können. Eine solche Fortentwicklung brächte alternative und offenere Lebensformen in unsere Gesellschaft ein. Hier würde die Freiheit innovativ weitergedacht und praktiziert. Das würde mehr Freiheit, mehr Lebensfreude und Kommunikation ermöglichen – Entschuldige meine lange Rede, aber einmal wollte ich das so offen gesagt haben zwischen uns."

Mich faszinierten diese unerwartet klaren Aussagen von André. Denn er leitete logisch ab, was ich selbst bisher eher nur gespürt und erahnt hatte, wenn mich dieser Problemkreis beschäftigte. „Meinst du so etwas wie die freie Liebe, wie sie eine kure Zeit lang im vorigen Jahrhundert nach der Novemberrevolution in Russland praktiziert wurde?", fragte ich vorsichtig.

„Interessant", sagte er, „dass du darauf kommst; nein, ich meine gerade keinen revolutionären Akt, sondern einen organischen Prozess, bei dem die volle Verantwortung der Liebenden füreinander gewahrt bleibt. In einer Welt, die sich ihrer selbst immer weiter entfremdet, in der selbst politische Revolutionen und ‚letzte Gefechte' kaum mehr helfen, ein größeres Maß an Humanität zu schaffen, soll alles so bleiben, wie es immer war? Auch in der Gesellschaft? In der Traditionsfamilie? In den Paarbeziehungen? Das ist aus meiner Sicht einfach absurd. Ich glaube demgegenüber, dass die Menschheit gezwungen ist, alle nur möglichen Besitzstände zu schleifen, wenn sie insgesamt überleben will.

Das, was ich hier sage, sind übrigens keine ganz neuen Gedanken, sie erscheinen nur wegen der allgemeinen Beschleunigung der gesellschaftlichen Entwicklungen neu, vielleicht sogar dramatisch neu. Du kennst doch sicher die auch sprachlich so eindrucksvolle Formulierung von Adorno/Horkheimer, die uns schon in der Mitte des vorigen Jahrhunderts dazu verdammt sahen, „im Zeichen triumphalen Unheils" zu leben. Konsequenz: Wenn es nicht schon zu spät ist, müssen wir jetzt akut lernen, uns in qualitativ anderen Zusammenhängen zu bewegen.

Und das gilt meines Erachtens nicht nur, wie gesagt, im Makrobereich des Weltgeschehens, nicht nur für die Entwicklung unserer Demokratien, unserer freien Gesellschaften unserer Ökonomie oder für die aus erdgeschichtliche Veränderungen zu ziehenden Konsequenzen, sondern – und manchmal glaube ich: erst recht – im Mikrokosmos zwischenmenschlicher Beziehungen und damit auch im existenziellen Reich der Liebe. Die Liebesverhältnisse, die wohl die kommunikativsten aller Bindungen zwischen Menschen darstellen, könnten sogar zu einem Kristallisationspunkt neuer überindividueller Erfahrungen werden. Das und vieles mehr müssen wir alle und auf allen Ebenen lernen – ganz gleich, ob durch Nachdenken oder durch Erfahrung."

„Du meinst wirklich", meine Gegenfrage hatte unwillkürlich einen zweifelnden Klang, „wir könnten die ‚Dialektik der Aufklärung' für uns aktivieren? Da schlägst du aber einen sehr großen Bogen."

André blickte kurz auf: „Hast du etwas Besseres im Angebot?"

„Umschaffung oder Metamorphose, um deinen Begriff aufzunehmen, André, dafür sehe auch ich klare Anzeichen. Als Sprachbild dafür steht für mich eine Gedichtszeile von Gottfried Benn: „Die Himmel wechseln ihre Sterne – Geh!"[6]. Benn hat das zwar anders gemeint. Man wird dieses Dichterwort gleichwohl

---

[6] Gottfried Benn, Gesammelte Gedichte 1956, Epilog III

auch auf den Prozess der Metamorphose anwenden dürfen, den wir beide erwarten. Doch die meisten Menschen sehen das für ihre eigene Wirklichkeit nicht oder noch nicht oder wollen es einfach nicht wahrhaben. – Ich schon, aber mir fallen dazu keine gesellschaftlichen Konzeptionen ein. Eher denke ich an die Grundlagen und Grundwerte unseres Zusammenlebens und an die ehrwürdigen Ideen von Freiheit, Recht und Solidarität, die neu und ernsthaft auf die jetzt bestehenden Arbeits-, Lebens- und Umweltverhältnisse angewandt werden müssen. Würden wir sie in allen Bereichen menschlicher Schaffenskraft realisieren und, bildlich gesprochen, nicht ansatzweise nur in der kooperativen Arbeitsatmosphäre des Teams einer Weltraumkapsel, meinst du nicht, dass wir unserem Zusammenleben ein ganz anderes Gesicht geben könnten? – Ich denke, das gilt auch für unsere persönlichen Probleme: für Claire und Susan, für dich und für mich. Schon Rosa Luxemburg hat den einmalig schönen Satz geprägt: ‚Die Freiheit ist immer die Freiheit des Andersdenken- den'. Würden wir diesen Satz anwenden, die Bedingungen des Zusammenlebens würden sich wesentlich ändern und liberalisie- ren. Jedenfalls dann, wenn die Beteiligten es wollen oder eine entsprechende Duldsamkeit aufbringen können, weil sie wissen: Die Menschen sind verschieden, ein jeder, eine jede ist anders."

André lächelte fein: „Wer schlägt von uns beiden wohl den grö- ßeren Bogen? – Aber das ist letztlich gleich, solange wir uns einig sind und auf dieser Basis auch ganz praktisch real und realistisch harmonieren."

Ich hatte schon wahrgenommen, dass André bei der Nennung des Namens von Susan aufgemerkt hatte. – „Und wie steht Su- san zu unserer Situation?", fragte er mich nun nachdenklich und sah mich mit einem offenen Blick an.

„Von Susan hat dir Claire doch sicher erzählt – oder?", antworte- te ich.

André nickte bedächtig und fügte eine kurze Ergänzung in seiner Muttersprache an, die ich nicht verstand. Nachfragen wollte ich in unserer konkreten Gesprächssituation nicht und nahm daher meinen Faden wieder auf: „Weißt du, André, alles hängt im Grunde davon ab, und da sind wir beide uns wohl einig, dass wir uns so nehmen, wie wir sind, und dass wir dabei Respekt und ein großes menschliches Verständnis aufbringen füreinander, ja, ein neues Maß an Empathie entwickeln für die Einzigartigkeit des jeweiligen Partners. Und das, ohne daraus gleich wieder ein Dogma zu machen. Liebe, insbesondere die romantische Liebe, bildet ein Kommunikationsgeflecht, das größer und dichter ist als einfache Worte es auszudrücken vermögen. Die Quintessenz ist aber relativ einfach. Wir alle müssen die Liebe, und insbesondere eine Große Liebe tolerieren lernen.

Susan nun ist eine Frau, von der ich sagen darf, dass sie mit einem das Normalmaß weit übersteigenden Horizont von Toleranz begabt ist. Sie setzt dabei immer absolute Ehrlichkeit, Empathie und gegenseitiges Verständnis voraus, ohne sich dadurch jedoch gegen ihre Verletztheit und Verletzlichkeit schützen zu können. Auch sie sieht gesellschaftliche Entwicklungen, denke ich, als einen Prozess. Aber sie ist und bleibt völlig autonom in ihren Werturteilen und Entscheidungen. Sie lässt sich zu nichts zwingen. Damit muss ich nicht nur leben, das erkenne ich an und das respektiere ich. Es gibt manchmal zwar fragile Situationen zwischen uns. Aber ich vertraue auf ihre Liebe, zumal sie sich umgekehrt meiner Liebe gewiss sein kann."

„Eh bien", sagte André: „Ihr Deutschen! Ist das nicht eine germanische Träumerei von einer heilen Welt an einem wohltemperierten Abend am Kamin? Wir Franzosen sind da eher für clairvoyance, für Klarheit im Kopf, gerade auch im Mikrokosmos der Liebe. Ich denke, wir brauchen eher eine Neuregelung der Liebesbeziehungen, die mehr Möglichkeiten für den Einzelnen entsprechend seiner Eigenart in sich birgt, ohne dabei allerdings, da gebe ich dir Recht, die gegenseitige persönliche und soziale Verantwortung und die Freiheit aller oder einzelner Personen zu schmälern."

„Einverstanden, aber wie willst das das umsetzen?" fragte ich.

„Wir brauchen ein neues Reglement für die Liebe", antwortete André, „vielleicht sollte ich sagen: ein neues emotionales Navigationssystem. Festzustellen ist doch: Die eindimensionale Institution Ehe wird von zu vielen Menschen nicht mehr oder nur pro forma gelebt. Sieh dir nur die Scheidungsraten an. Die frei geschlossene Liebesehe ist ja – ganz anders als die Familie – ohnehin ein Rechtsinstitut nur der jüngeren Geschichte. Und heute wird die Ehe auf Zeit von vielen fast schon als legitim angesehen, auch wenn derzeit gerade z.B. unter jungen Leuten eine Gegenströmung entstehen mag. Im Prinzip sollte jeder nach seiner Fasson leben können.

Das, was man dramatisch Ehebruch nennt wie zu Zeiten und Sitte unserer Vorväter, ist in Wirklichkeit schon fast an der Tagesordnung. Ob die normale Ehe sich im digitalen Zeitalter überhaupt auf Dauer wird behaupten können, erscheint mir persönlich fraglich, das gilt meines Erachtens jedenfalls, solange sie kinderlos ist. Auch die rechtlich anerkannte Entwicklung von Lebenspartnerschaften zwischen Mann und Frau ohne Trauschein und damit ohne Standesamt und kirchlichen Segen stellt überholte Rechtsformen einmal mehr in Frage. Das gilt erst recht für Liebesbeziehung in der Form von rechtlich anerkannte Partnerschaften oder Ehen Gleichgeschlechtlicher.

Ich glaube, wir müssen lernen die Liebe selbst als den maßgeblichen Bestimmungsfaktor zu sehen. Damit meine ich die Liebe als tragende Kommunikationsbeziehung bei ungeschmälerter Verantwortung für das eigene Verhalten gegenüber allen Beteiligten und deren Freiheit. Und dabei müssen oder können wir Liebe so definieren, wie sie ist: als eine zutiefst menschliche Emotion, die in den verschiedensten Farben leuchten kann. Wir sollten diesen Farben mit höchster Toleranz begegnen, auch wenn uns das wegen traditioneller Gefühlsstrukturen im Einzelfall schwer fällt."

André hatte mit einer Eloquenz gesprochen, die mich zutiefst erstaunte, zumal er sich im Prinzip auf meine Seite stellte. Das hätte ich so nicht erwartet, obwohl ich von vornherein angenommen hatte, dass André unkonventionell dachte. Er dachte freiheitlich und innovativ. Mir lag die Frage auf der Zunge, wie er sich die Umsetzung seiner Ideen auf uns vorstelle. Ich unterdrückte sie. Denn er war noch nicht zu Ende.

Als hielte er eine Vorlesung, sagte André gerade: „Was meine ich mit Reglement? Ich finde, man sollte von einfachen Grundwahrheiten ausgehen. Für mich persönlich gilt eine maßgeblichen Leitlinie: Niemand ist das Eigentum eines anderen und kann es nicht sein oder werden. Das ist der erste und entscheidende Punkt. Weiter: Er oder sie soll vielmehr der eigenen Art gemäß leben dürfen. Ferner: Es versteht sich von selbst: Beide tragenden Prinzipien, das Freiheits- und Toleranzgebot einerseits sowie der Verantwortungsimperativ andererseits, dürfen nicht relativiert werden. Niemandem wird gestattet, sich von einer einmal übernommenen Verantwortung einseitig zu lösen. Weg also mit allem Dogmatismus! Liebe kann ohne Freiheit weder bestehen noch wachsen.

Ein helles Lachen

Mitten in Andrés Vortrag hinein erklang plötzlich das helle Lachen von Claire hinter uns. Sie musste durch einen Seiteneingang gekommen sein und hatte sich unbemerkt an uns herangeschlichen.

„Habt ihr wirklich gedacht, ihr könntet mein Fell ohne mich verteilen? Und ich hätte nicht gemerkt, dass und wo ihr euch verabredet habt? Den Satz, dass in der Liebe niemand das Eigentum eines anderen sei, habe ich gerade aufgeschnappt. Er beruhigt mich ungemein. Ihr habt also offensichtlich nicht vor, mich auf einem Sklavenmarkt zu verkaufen, oder?"

Wir waren beide aufgestanden. Sie hatte uns in unserer heimlich vereinbarten Stunde erwischt. „Claire ist Claire", flüstere ich leise André zu. „Man ist nirgendwo auf der Welt sicher vor ihr." – André lachte auf. „Ja wirklich, nirgendwo", entgegnete er.

„Ihr könnt gern wieder Platz nehmen", erklärte Claire lächelnd, „ich setze mich nicht zwischen euch, sondern euch gegenüber, damit ich euch beide im Auge habe." Und dann fügte sie hinzu: „Wie weit seid ihr gekommen?"

„Wir sind ganz schön weit gekommen", stellte André fest. Und ich fügte erläuternd hinzu: „Wir sind gerade intensiv dabei, die unantastbaren Grundsätze einer neuen Liebesordnung zu umreißen."

„Jede Nacht abwechselnd?", fragte Claire, sah uns mit strengem Blick an, musste aber doch gleich selbst lachen. „Jedenfalls freut es mich, dass ihr miteinander redet und klarzukommen scheint. Wirklich, das ist schon einmal ein sehr ermutigendes Zeichen."

„Wie denkst denn du über unser konkretes Problem?", André sah Claire an. Die Frage war ernsthaft und ohne jede Spur von Aggressivität oder Ironie gestellt. Überhaupt hatte Claire die gute Stimmung zwischen uns weiter gelockert und aufgeheitert.

Dennoch blickte Claire nun leicht irritiert erst André, dann mich an. „Na, hör mal, André, ihr seid mitten in einem Gespräch über Liebe im Allgemeinen und Besonderen, wie ich vermute, und ich soll einfach aus dem Stand eine Position beziehen, ohne zu wissen, wo ihr in euerm Gespräch steht? Das ist zu viel verlangt."

„Ein nachvollziehbarer Standpunkt", kam ich ihr zur Hilfe. „Also, wenn du erlaubst, André. Wir sind uns gerade darüber klar geworden, Claire, dass man – auch in der erotischen und sexuellen Liebe – mehr als einen Menschen lieben kann; ich füge hinzu: schicksalhaft eventuell sogar lieben muss. Die Frage ist nur, wie man so etwas in der Praxis tatsächlich realisieren kann, ohne in einen Strudel heilloser Verletzungen zu geraten, der dann zum Scheitern einer solchen Liebe führen müsste. Der Umgang miteinander muss daher verlässlich abgesprochen werden." – „Zumal es sich", fügte André hinzu, „nicht nur um uns drei handelt. Denn auch Susan spielt eine ganz eigene Rolle." – „Vorsicht", warf ich ein, „das entscheidet niemand von uns, sondern Susan ganz allein. Alles andere wäre Zwang oder könnte als solcher zumindest empfunden und ausgelegt werden. In ihrem Selbstständigkeits- und Unabhängigkeitsstreben unterscheidet sich Susan in nichts von Claire. Susan muss frei bleiben in ihren Entscheidungen. Alles andere würde sie niemals akzeptieren."

„Recht hat sie", sagte Claire zu André, „ich fände es zwar schön, wenn Susan sich unserem Bund in welcher Form auch immer anschließen könnte, aber das ist allein ihre Entscheidung. Ansonsten, denke ich, ist es schon ein gewaltiger Fortschritt, wenn wir drei uns im Prinzip einig sind. Die Regeln müssen wir nach meiner Auffassung mit Herzenstakt und Anstand auf Grund unserer Erfahrungen Schritt für Schritt entwickeln und in einem ungeschriebenen, sagen wir mal, ‚Blaubuch' festhalten. Eherne Regeln in Stein gemeißelt – ich denke, damit wird es eher nicht gehen. Abgesehen von einem festen Rahmen ist Flexibilität für uns allemal besser als bürokratische Regularien."

„D' accord", erklärte André. –„Einverstanden", erklärte ich.

„Und zur Feier dieses offenen Dreierbundes lade ich euch jetzt zu einem französischen Essen ein", entschied Claire. – Zu dritt gingen wir los, befreit und heiter, als hätten wir ein schwieriges Problem gelöst. Wir glaubten das jedenfalls. Es fühlte sich für uns in diesem Moment an wie der Aufbruch in eine neue Zeit.

Bei der Verabschiedung merkte ich, wie leicht und locker auch ein Wega-Wagemann sein konnte. Erstmalig war zwischen uns beiden eine ganz unbeschwerte Stimmungslage entstanden.

15.

Im Gegensatz zur letzten Begegnung wirkte Wega bei unserem nächsten Gespräch grimmig. Ganz offenbar hatte er auch Schmerzen, die er vor mir aber zu verbergen suchte. Ich erkannte das an seinem Gang und an der Art, wie er sich hinsetzte. Aber ich sagte nichts. Wieder standen Wasser und Wodka bereit.

Anderes Leben

Das Leben mit Claire und André, das ich mir ursprünglich eher kompliziert vorgestellt hatte, entwickelte sich auch aufgrund von äußeren Zwängen viel einfacher und natürlicher als erwartet. André musste in drei Tagen wieder in seinem Atelier in der Provence sein, wo er mit „seinem Mäzen", wie Claire es formulierte, verabredet war.

Claire selbst hatte sich bei ihrer Zeitung zurückgemeldet. Die Zentralredaktion in Paris drängte sie schon seit längerer Zeit zu einer Wiederaufnahme ihrer Deutschland-Berichterstattung.

Ich selbst setzte mein bisheriges Leben in Berlin fort, war aber nach meinem Rücktritt viel freier in meiner Zeitgestaltung. Vordringlich wollte ich so bald wie möglich mit Susan in Hamburg sprechen. Zunächst rief ich Susan an und berichtete davon, dass Claire und ihr Mann nach Berlin zurückgekommen seien und dass Claire ihre journalistische Arbeit hier wieder aufnehmen wolle. Und natürlich erzählte ich auch, wie es zwischen uns Dreien gelaufen war und wie es um uns stand.

Susan reagierte überrascht und freundlich – trotz eines enttäuschten Untertons in ihrer Stimme. Heftig wurde sie nur, als ich von der Offenheit von Claire und André sprach, sie, Susan, in unseren Freundschaftsbund einzubeziehen, und zwar in einer

201

Form, die sie selbst natürlich frei bestimmen könne, wenn sie überhaupt daran Interesse habe. Mit einer gewissen Schärfe entgegnete sie: „So etwas ist nichts für mich. Nein, Wolf, ich bleibe bei meinem Lebensstil, wo kämen wir wohl hin, wenn ich da einfach mittäte." Ich ließ ihre Worte in mich hinein tropfen und sagte dann nur: „Das entscheidest Du ganz allein, Susan." Meine Stimme musste resigniert geklungen haben. Denn Susan antwortete: „Lass uns Zeit. Ein Treffen mit Claire wird sich sicher mal ergeben, wenn ich dich in Berlin besuche. Nach allem, was du mir von ihr erzählt hast, halte ich sie nicht für eine femme fatale und schon gar nicht für einen Erdgeist wie Lulu. Sie hat in meinen Augen mit ihrer Indiskretion einen großen Fehler gemacht, aber sie hat aus Idealismus ihrer Überzeugung entsprechend gehandelt. Sie muss eine sehr wache, sehr selbstbewusste und sensible Frau sein. Vielleicht ist sie genau so verloren gegangen wie du auch, Wolf."

Ich reagierte nicht darauf, sondern fragte sie, wann wir beide uns wieder in Hamburg sehen könnten. „Es ist lieb von dir, dass du gerade jetzt daran denkst," sagte Susan; „aber lass das mal; ihr – du und sie – müsst erst mal euern Weg in eurer Beziehung zu dritt finden. Wir – du und ich – sind ja schon daran gewöhnt, unsere Ehe als Fernbeziehung zu führen."

Das war typisch für Susan: Immer hatte sie einen siebten Sinn für das, was im Moment das Richtige war, eigentlich für das Momentum überhaupt. ‚Sie ist eine liebenswerte und kluge Frau mit Taktgefühl', dachte ich, ‚und ich liebe sie wirklich, auch wenn sie das nicht immer nachvollziehen kann.' Laut erwiderte ich: „Ich halte dich weiter auf dem Laufenden. Du weißt ja auch: Ich bin jederzeit erreichbar für dich. Und wenn du mich brauchst, bin ich sofort da."

„Wir werden sehen", entgegnete sie zurückhaltend und mit einer plötzlich eher spröden Stimme. Dann legte sie auf.

Als ich Claire von diesem Gespräch erzählte, sage sie: „Respekt! Wie ich deine Susan erlebe, verstehe ich, warum du sie liebst und so fest an ihr hängst. Und ich kann nur hoffen, dass wir uns eines Tages näher kommen werden. So wie du und André. Dazu bin ich jedenfalls bereit." ‚Eines Tages' – das klang noch lange in mir nach, weil ich darin etwas wie ein Versprechen von Zukunft erahnte. Aber eine echte Zuversicht hatte ich nicht.

In der Folgezeit intensivierte ich den Kontakt zu Susan ernsthaft und ehrlich: Bei häufigen Telefonaten fragte ich nach ihr und berichtete im Gegenzug auch von mir. Wir interessierten uns beide füreinander genau so wie in früheren Jahren. Außerdem besuchte ich sie regelmäßig in Hamburg. Wenn wir etwas unternahmen, z.B. Theater, Konzerte oder Lesungen im Literaturhaus besuchten, waren wir vertraut miteinander und einander in Liebe zugewandt.

Susan ließ mich aber andererseits immer wieder fühlen, dass sie mit meiner Beziehung zu Claire keineswegs einverstanden war. Das deprimierte mich mal mehr, mal weniger. Ich setzte auf die Zeit, die ja deutlich machen würde, dass ich trotz Claire mit Susan zusammen blieb. Das jedenfalls war meine Hoffnung.

Claire hatte nach ihrer Rückkehr beruflich viel aufzuarbeiten. Darüber hinaus mussten wir unsere äußeren Lebensbedingungen rasch regeln. Nach der Abreise von André wohnte sie zunächst bei mir. Aber Claire wollte partout eine eigene Wohnung haben, einerseits, um unabhängiger zu sein, andererseits – wenn nicht vorrangig – auch mit Rücksicht auf Susan. „Wo soll ich hin, wenn sie dich in Berlin besuchen kommt? Es wäre zu hart für sie, wenn ich auch noch ständig bei dir wohnte. Und übrigens auch für mich, wenn ich den Platz in Deiner Wohnung jeweils plötzlich räumen müsste." Also besorgte Claire sich im Presseviertel in der Innenstadt eine der Ein-Personen-Wohnungen, wie sie für die in der Hauptstadt akkreditierten Journalisten ausländischer Zeitungen angeboten wurden – dies auf Mietbasis maximal für ein Jahr, aber mit Verlängerungsmöglichkeit. Wir hatten beide viel Freude daran, diese Wohnung nach Claires Geschmack einzurichten.

Das Leben verlief nun für uns alle in ruhigeren Bahnen. Claire und ich nutzten diese Zeit, um uns wieder ganz auf einander einzustellen: So nahmen wir wieder das vielfältige kulturelle Angebot der Hauptstadt in Anspruch, wann immer es möglich war. Ich lernte Claires Freundeskreis kennen; und darüber hinaus nahm ich Anteil an Claires journalistischer Arbeit. Sie informierte mich mit größter Selbstverständlichkeit über ihre jeweilige Aufgabenstellung und die meist termingebundenen Arbeiten für ihre Redaktion in Paris. Ich half ihr manchmal, hielt mich aber mit Anregungen wohlweislich zurück.

Durch mein Zusammensein mit Claire befasste ich selbst mich nun viel intensiver als früher mit der Arbeit der Nichtregierungsorganisationen, die Claire nur „meine NGO" nannte. Dazu gehörte, dass wir sehr viel über ihr ehrenamtliches Engagement bei den Menschenrechtlern redeten. Ich trat in eine andere Welt ein. Die dort tätigen Menschen, die ich nun nach und nach näher kennen und zum größten Teil sehr schätzen lernte, waren zumeist Idealisten. Dabei stieß ich auf Leute, die oft als Gutmenschen geschmäht wurden – meist zu Unrecht. Allerdings hatten viele von ihnen eine andere, eher ethisch motivierte Wahrnehmung z.B. von den Flüchtlingen selbst, von den Fluchtursachen und den damit zusammenhängenden Problemen. Sie überschätzten aber ganz offensichtlich das, was man, im Verwaltungschinesisch gesprochen, unter „politischer Problemlösungskapazität" versteht. Und das betraf sowohl die europäischen Nationalstaaten als auch die europäischen Institutionen generell. Angesichts der Not der Flüchtlinge sahen oder akzeptierten sie nicht oder nur im Ausnahmefall, dass es Kapazitätsgrenzen für die Aufnahme von Flüchtlingen in Europa gab und geben musste.

Besonders wohl fühlte ich mich bei den Mitgliedern der Humanistischen Union; und auch bei den Leuten von amnesty international war ich willkommen.

Manchmal begleitete ich Claire zu Sitzungen im Haus der Menschenrechte in Berlin. Jedoch hielt ich mich sehr zurück. Ich wollte einerseits nicht selbst in die Gefahr geraten, als fünfte Kolonne der Exekutive in Erscheinung zu treten, und andererseits war es mir wichtig, Claire nicht zu kompromittieren. Mit der Zeit gewann ich allmählich den ‚Status' eines neutralen Beobachters.

Was mich persönlich betraf: Ich baute die Aktivitäten im Bereich meines Kontaktstudium im philosophischen Fachbereich der Uni aus. Die Schrift von Kant „Zum Ewigen Frieden" beschäftigte mich sehr. Dazu besuchte ich ein Fortsetzungsseminar, saß, von ‚meinem' Professor freundlich geduldet, unter den viel jüngeren Studenten, ohne mich auf- oder auszuspielen, und ich erlag geradezu der Idee einer notwendig aktiven Friedensstiftung im Wege der Erzwingung einer Herrschaft des internationalen Rechts auch gegen nationale Interessen. Mir wurde klar: Auf diese Weise würden viele der Fluchtursachen bekämpft werden können. Auch wenn die aktuelle Politik wohl noch auf lange Zeit nicht so fortschrittlich sein würde – ich bewunderte die Gedankenkraft des Königsberger Philosophen, der weltumspannend dachte, dabei aber seine engere Heimat nie verlassen hatte.

Auf Einladung hielt ich dann und wann Vorträge bei Instituten und oder bei gemeinnützigen Vereinen oder nahm an Podiumsdiskussionen teil. Vor allem aber las ich weiterhin sehr viel und beobachtete weiter intensiv das politische Geschehen.

Im Fokus stand für mich immer noch mein altes Arbeitsfeld. So schnell konnte ich die Gedankenwelt des Öffentlichen Dienstes dann doch nicht hinter mir lassen. Natürlich dachte ich auch viel über die jüngste Vergangenheit nach. Mein sehr schneller Rücktritt wegen des zu erwartenden Indiskretionsskandals in Sachen Rückführung und mein Eingeständnis von Fahrlässigkeiten in der Informationspolitik hatte der Presse und der Opposition zunächst einmal den Wind aus den Segeln genommen. Es war still geworden um diese Sache. Aber mir war der eiserne Willen des Regierungschefs bekannt und daher ahnte ich nicht nur, sondern wusste intuitiv, dass auch mein Nachfolger im Amt die Sache der Rückführung mit aller Energie weiterbetreiben würde. Es gab eine Atempause, das jedoch lediglich in der öffentlichen Wahrnehmung, nicht bei der Arbeit der Exekutive.

Früher im Dienst war mir bei der Erstellung der Faktengrundlagen zugearbeitet worden; mir lagen jeweils geraffte Dossiers vor. Jetzt war ich auf mich selbst gestellt. Ich recherchierte im Internet, dessen gewaltiges Informationsangebot mich immer wieder zu überwältigten drohte. Es bedurfte eines Rückgriffs auf meine praktische Berufserfahrung, um dieses Material nach dem Schwerpunktprinzip zu sichten und zu bewerten. Bald erreichte ich wieder die Höhe der aktuellen Diskussion.

Mein Hauptaugenmerk galt Nigeria. Denn es war ziemlich sicher davon auszugehen, dass dieses afrikanische Land der Zielstaat für eine systematische Rückführungspolitik blieb.

Nachdem es schon vorher versteckte Andeutungen in Rundfunkkommentaren gegeben hatte, war es eines Tages so weit: Die Vergangenheit hatte mich eingeholt: ‚ALTER WEGA-PLAN SOLL NUN DOCH REALISIERT WERDEN', titelte eine Wochenzeitung aus Hamburg und teilte mit, Nigeria habe sich vertraglich verpflichtet, Flüchtlinge ohne dauerhaftes Bleiberecht in der Europäischen Union „unter Wahrung menschenrechtlicher Mindeststandards" in drei zunächst von der EU finanzierten Sammellagern provisorisch aufzunehmen – drei Lager, weil diese übersichtlicher und besser steuerbar waren, vor allem aber bessere Differenzierungsmöglichkeiten boten. Diese Auffanglager sollten auch Flüchtlingen zur Verfügung stehen, deren eigener Herkunftsstaat bisher nur vorläufig hatte festgestellt werden können, weil Flüchtlinge sich z.B. einer Kooperation verweigert hatten. Solche offenen Fragen ließen sich, so hieß es in dem Begleitartikel, von afrikanischem Boden leichter klären. Auch sei eine bessere Interaktion der afrikanischen Staaten untereinander zu erwarten. Die Lager würden einen wichtigen Beitrag dazu leisten, den Tod vieler Flüchtlinge im Mittelmeer, verursacht auch ‚durch das kriminelle und völlig unverantwortliche Verhalten von Schlepperorganisationen', einzudämmen – voraussichtlich jedenfalls". Allein die Existenz solcher Auffanglager werde die Fluchtbewegungen aus Afrika einschränken oder doch kanalisieren. Denn diese Lager dokumentierten den unbedingten Willen der EU-Staaten zur Rückführung ausreisepflichtiger Afrikaner. Das sei ein richtiger, weil konkreter Politikansatz mit Signalwirkung, er erschöpfe sich nicht nur in Symbolpolitik.

Am Ende des Artikels wurde leider auch ich als Staatsminister herausgestellt: einerseits als Urheber des Rückführungsplanes, andererseits als der Minister, der unter undurchsichtigen Umständen und aus bisher ungeklärten Gründen habe zurücktreten müssen, obwohl er eine im Prinzip richtige Politik verfolgt habe. Persönlich könne ich den Rücktritt jedoch gut verkraften, weil ich durch meine Pensionsanprüche erstklassig versorgt sei. – Andere etablierte Zeitungen sowie Blätter mit kleinerer Auflage aus dem linken wie rechten Spektrum griffen diese Meldung auf, die linke und recht Presse jeweils mit umgekehrter Tendenz, wie nicht anders zu erwarten.

Es ist eine alte Erfahrung: Für die Presse ist gerade das Persönliche immer besonders interessant. Ich war daher alarmiert. Denn der Bedarf, insbesondere des Boulevards, an Skandalen war und ist unersättlich. Die Medien würden diese Sache voraussichtlich nach ihrer eigenen Gesetzmäßigkeit in alle Richtungen abklopfen, sie nachrecherchieren und auszuschlachten suchen.

Für Claire und mich war diese Angelegenheit offensichtlich noch nicht endgültig ausgestanden. Immerhin war ihre Rolle in der Affäre ‚Datenleck' bisher nicht bekannt geworden. Es konnte sich

– das war eine theoretische Überlegung von Claire – um ein Manöver meines Nachfolgers im Amt handeln, darauf gerichtet, den zu erwartenden Widerstand gegen nunmehr seinen Plan auf mich abzulenken und sich selbst in den Windschatten zu stellen. Denn dass es Gegenwind aus der interessierten Öffentlichkeit geben würde, war sicher zu erwarten. Zumindest würden die Menschenrechtsorganisationen und das linke Parteienspektrum mobil machen. Die Möglichkeiten des illoyalen Verhaltens meines Nachfolgers im Amte hingegen, verwarf ich als zu spekulativ.

Ich hatte nach den ersten Meldungen sofort Claire angerufen. Diese war zwar irritiert, ging damit aber gelassen um. „Warte ab, Wolf, ich höre in meine Netzwerke hinein – vielleicht bringen wir ja heraus, was sich hier zusammenbraut."

Claire hatte ruhig reagiert, ich selbst aber blieb, ohne mir das anmerken zu lassen, beunruhigt. Nicht meinetwegen, sondern aus Sorge um Claire, die ja aufgrund ihrer Indiskretion, in Wahrheit ein Datendiebstahl, in diese Sache verwickelt war und jedenfalls eine bisher nicht bekannte wesentliche Rolle gespielt hatte.

Als Claire abends von der Arbeit kam, brachte sie keine wirklich aufregenden Informationen mit – außer der, dass die Menschenrechtsorganisationen gegen den „Wega-Plan" mobilisieren und es zunächst in Deutschland und in Schweden erhebliche Gegendemonstrationen geben würde, etwa mit der Kampfansage: ‚Gegen die Aushöhlung der Europäischen Menschenrechte!', ‚Gegen die Infragestellung von Asylrecht und Genfer Flüchtlingskonvention!' und auch: ‚Gegen die Deportation afrikanischer Flüchtlinge!'.

Am nächsten Tag stieß Claire auf eine andere mögliche Quelle. Ein französisches Nachrichtenmagazin hatte in einer groß angelegten Analyse der Fluchtbewegungen seit der Zeit des bosnischen Bürgerkrieges Anfang der 90er Jahre und der Reaktionen der europäischen Staaten darauf auch die jüngsten Pläne aufgegriffen. Dabei war auch meine Amtstätigkeit ins Visier gekommen, und zwar bis hin zu meinem Rücktritt. Dieser war als überraschend und als ungeklärt kommentiert worden. Und in diesem Zusammenhang wurde nach der Devise „cherchez la femme!" auch der Name von Claire Verte als mögliche ‚Kollaborateurin' genannt. Sie wurde fälschlich als eine ‚französische' Journalistin in Deutschland und engagierter Menschenrechtsaktivistin bezeichnet, mit der zusammen ich nach meinem Rücktritt häufig im Haus der Menschrechte in Berlin gesehen worden sei.

„Da ist sicher eine meiner Konkurrentinnen am Werk", sagte Claire nur, „lass uns sehen, ob andere diesen Ball aufnehmen." Äußerlich blieb sie weiterhin gelassen.

Gelassenheit zeigen – das war auch mein Bestreben. Aber irgendwie ahnte ich, dass ein Nachspiel zu erwarten war. Zumindest würde die Deutsche Botschaft in Paris bei Auswertung der französischen Presse den hier ausgeworfenen Köder an das Auswärtige Amt melden. Von dort, so war zu vermuten, würde diese Meldung zumindest an das Innenministerium weitergereicht und zur Abklärung an die sog. Dienste, hier also wohl an den Verfassungsschutz, gehen. Das Bundesamt für Verfassungsschutz würde einen Anfangsverdacht schöpfen und ihm nachgehen. Zu veranlassen war zunächst nichts, aber ich blieb in gespannter Erwartung. Zumindest eine „dienstliche Befragung" war einzukalkulieren.

Mehr aber fürchtete ich eine Indiskretion und deren Thematisierung in der Skandalpresse. Denn auch die „Geheimen" bedienten sich von Zeit zu Zeit der pressewirksamen Methode des ‚Durchsteckens' an sich geheim zu haltender Informationen.

Nach gut vier Wochen bat mich ein höherer Beamter des Bundesamtes tatsächlich um einen „persönlichen Termin". Das war kein Problem. Ich würde mich zu meinem Liebesverhältnis zu Claire bekennen. Und mich im Hinblick auf den von ihr zu verantwortenden Informationstransfer, wenn er denn überhaupt angesprochen würde, mit Nichtwissen' erklären. Die Erklärung des Nichtwissens bedeutet im juristischen Sprachgebrauch soviel wie ‚Umkehr der Beweislast' und hieß hier, dass man mir das Gegenteil meiner Information beweisen möge. Das war ein guter Ansatz. Denn hier sah ich zugunsten des Verfassungsschutzes kaum eine Ermittlungschance.

Ein Problem aber wurde Claire selbst. Sie war im Umgang mit Sicherheitsbehörden nicht abgebrüht wie ich, sondern reagierte sichtlich nervös und wollte keinesfalls lügen. Sie beruhigte sich erst, als ich sie auf die nächstliegende Möglichkeit brachte, sich auf Quellenschutz und ihr Zeugnisverweigerungsrecht als Journalistin zu berufen. „Wieso bin ich darauf nicht gleich selbst gekommen", sagte sie missvergnügt, „das muss daran liegen, dass du im Spiel bist, und ich in Sorge um dich bin. Aber ‚Quellenschutz' ist ein guter Ausweg."

Um es kurz zu machen, genau, wie angedeutet, haben wir uns verhalten. Bei mir erschien selbstverständlich nach Voranmeldung ein Leitender Regierungsdirektor des Verfassungsschutzes. Ich hörte mir seine Fragen und Theorien freundlich und in aller Ruhe an und blieb trotz einiger Vorhalte bei meiner Linie. Der Verfassungsschützer aus Köln glaubte mir kein Wort. Aber ich blieb bei meiner sturen Freundlichkeit und erklärte mich zugleich mit Nichtwissen.

Claire gab eine schriftliche Erklärung ab und wurde daraufhin noch nicht einmal zu einem Gespräch gebeten. Für sie war die Sache damit erledigt.

Für mich noch nicht. Zu rechnen war mit Indiskretionen und skandalträchtigen Presseveröffentlichungen. In der Tat wurde ich kurze Zeit später für eine ganze Weile von obskuren Gestalten, wohl von Fotoreportern, begleitet. Ich gewann jedenfalls den Eindruck, dass man mich möglichst mit Claire heimlich fotografierte. Aber ich sah keinerlei Möglichkeit, das zu beweisen. Sich dagegen rechtlich zu wehren und damit einen möglicherweise gezielt vorbereiteten und vielleicht auch anstehenden Skandal noch zu befeuern, machte keinen Sinn.

In einem Punkt allerdings sorgten Claire und ich vor. Wir verschlüsselten alle unsere elektronischen Dateien und machten die erforderlichen Backups. Die einschlägigen Sticks verwahrten wir in meinem Banksafe. Alle älteren mobilen Datenträger, die wir noch in Gebrauch hatten, vernichteten wir. Auch sichteten wir die persönlichen Unterlagen, scannten die wichtigsten und speicherten sie ebenfalls verschlüsselt. Die wirklich wichtigen Originale hinterlegten wir ebenfalls bei meiner Bank. Diese offene Flanke riegelte uns zumindest gegen einen ersten Angriff ab.

Wie gut wir daran getan hatten, merkten wir, als in Claires Wohnung während einer ihrer Reisen zu André eingebrochen wurde: Ihr PC, aber auch persönliche Unterlagen waren gestohlen worden, jedoch keine sonstigen Wertgegenstände. Der äußere Schaden ließ sich verkraften. Die psychologische Wirkung dieses Einbruchs auf Claire war jedoch gravierend. Überaus verunsichert und über alle Maßen nervös, Folge wohl auch noch der gerade überwundenen Depression und der dadurch bewirkten Verunsicherung, mochte sie nicht mehr allein sein, geschweige denn, allein in ihrer Wohnung schlafen. „Sind wir schon wieder so weit in Deutschland, dass man nicht angstfrei zu Hause sein kann?", fragte sie mich mehr als einmal.

Ich versuchte sie zu beruhigen und bot ihr an, eine Zeit lang wieder bei mir zu schlafen. Also zog sie zu mir, fand aber auch hier nicht die ersehnte Ruhe, sondern drängte („Ich muss hier raus!") auf einen ‚Kurzurlaub' in der Provence bei André.

Natürlich ließ ich sie ziehen. Innerlich bekümmerten mich diese widrigen Umstände jedoch, weil Claire angesichts einer Sache, die mich anging, Trost nicht bei mir gefunden hatte, sondern bei André suchte. Außerdem war ich enttäuscht darüber, dass sie diese Sache nicht Seite an Seite mit mir meinte durchstehen zu können und meine Liebe offenbar nicht ausreichte, sie zu stabilisieren.

Dennoch: ich liebte sie. Und wenn ich akzeptiert hatte, dass unsere Liebe in einem Dreiecksverhältnis existierte; musste ich dazu auch stehen. Immerhin hatte ich mich soweit in der Hand, dass ich meine Gefühle als Abschiedsschmerz und vorauseilende Sehnsucht ausgeben konnte.

Mir wird immer in Erinnerung bleiben, wie innig und voller Hingabe Claire mich zum Abschied küsste. Ob sie mich doch durchschaut hatte?

Wega-Wagemann wirkte sehr angestrengt, als er unsere Sitzung beendete. Er machte eine lange Pause, griff zu seinem Wodka, goss sich ein und nahm einen großen Schluck.

Ich gewann den Eindruck, dass er noch etwas auf dem Herzen hatte. Aber er sagte nur: „Genug! Diese Geschichte nimmt mich, je näher ich dem Ende komme, mehr mit, als ich angenommen habe." Beim Abschied wirkte er leicht abwesend.

16.

Als ich Wega-Wagemann nach einer seinerseits erteilten Ab-
sage wieder zu Gesicht bekam, wirkte er in sich gekehrt und in
Widerspruch dazu in einem gewissen Maße auch gleichgültig.
„Mir wird es langsam zu viel mit mir selbst und mit Ihnen",
sagte er knapp gleich zu Beginn. „Es ist ein sehr schmerzli-
cher Prozess, in die eigene Vergangenheit hinabzusteigen.
Bringen wir das Ende der Geschichte also schnell hinter uns.
Ich bitte Sie um Verständnis, wenn ich mich dabei kurz fasse.
Er deutete immerhin noch auf die vor mir stehende Flasche
mit Mineralwasser und fing gleich zu sprechen an. Er hatte
sich offenbar etwas aufgeschrieben, denn er blickte ab und an
auf ein vor ihm liegendes Manuskript.

Zwischenfall

Ich hatte mir vorgenommen, die Abwesenheit von Claire dazu
zu nutzen, ihr Haus am See in Ordnung zu bringen, aber daraus
wurde nichts. Denn kaum hatte sich Claire in die Provence aufgemacht, erschien in der FAKT eine ganze Serie von reißerisch
aufgemachten Artikeln über die Entwicklung der Ausländerpolitik in Deutschland.

Schon zeitlich weit vor der unkontrollierten Öffnung der Grenzen im Jahre 2015 und dem damit verbundenen Kontrollverlust
des Staates, beschönigend als „Willkommenskultur" bezeichnet,
hatte sich ein immer stärker werdender Widerstand gegen eine
Überfremdung und gegen ein Laisser-faire in der Ausländerpolitik mit unkontrollierten Zuwanderungen formiert. Dazu reichte
tatsächlich schon der Zuzug von Asylbewerbern und von Flüchtlingen in einem geordneten Verfahren aus. Und das galt keineswegs nur für Ostdeutschland, wo die Angst vor Ausländern allerdings besonders ausgeprägt war. Schreckliche Brandanschläge

gegen Ausländerwohnheime hatten sich nicht nur dort – zum Beispiel. in Greifswald –, sondern auch in der alten Bundesrepublik – zum Beispiel in Mölln – ereignet. Der sich fortsetzende Zuzug von Asylbewerbern und Flüchtlingen aus den Krisenregionen der Welt führte zu einer Radikalisierung einer latent immer schon vorhandenen Ausländerfeindlichkeit in Deutschland. Das war, wie nicht anders zu erwarten, insbesondere auf der rechtsradikalen und rechtsextremen Seite des Parteienspektrums der Fall. Aber auch in relevanten Bevölkerungskreisen der sog. Bürgerlichen Mitte machten sich, ablesbar am Demonstrationsgeschehen im Lande, fremdenfeindliche Stimmungen breit – allerdings gegen die vorherrschende, jedoch schweigende Mehrheitsmeinung in der Bevölkerung. Den meist von radikalen und extremen Rechten organisierten Aufzügen, die sich teilweise zu eigenständigen Bewegungen verdichteten, gelang mit aggressiven Parolen der Einbruch ins Lager der Bürgerlichen. Dafür ist aktuell die Pegida[7] wohl immer noch das bekannteste Beispiel.

Auf der politisch linken Seite, insbesondere bei Grünen und Linken sowie bei den vielfältigen Menschenrechtsorganisationen, entwickelte sich konträr dazu der oft ebenfalls radikal artikulierte Wille, das Asylrecht nicht nur zu wahren, sondern es z.B. durch eine extensive Auslegung des Begriffes der ‚politischen Verfolgung' auszuweiten und auf jeden Fall die Regelungen der Genfer Flüchtlingskonvention nicht nur einzuhalten, sondern sie großzügig zu handhaben. Viele dieser engagierten und weit überwiegend gutwilligen Menschen in Politik und Verbänden machten jedoch den gravierenden Fehler, die teilweise verständlichen Sorgen in breiten Bevölkerungsschichten nicht ernst genug zu nehmen und zu wenig Überzeugungsarbeit vor Ort zu leisten. Mit Regierungspolitik allein ohne massive Basisaktivitäten der die Regierung tragenden Parteien durch Engagement vor Ort, konn-

---

[7] „Pegida": Abkürzung für „Patriotische Europäer gegen die Islamisierung des Abendlandes".

te und kann man auf Dauer kaum Mehrheiten hinter sich bringen. Pauschalangriffe gegen ‚Xenophobie‘[8] nützen da auch nur wenig. Mit Begriffen wie ‚Nazis‘, ‚Ewig-Gestrige‘ und ‚Unbelehrbare‘ sehr schnell und unterschiedslos auf alle besorgten Bürgerinnen und Bürger loszugehen, die der etablierten Ausländerpolitik kritisch gegenüberstanden und ihr Widerstand entgegensetzten, war und ist politisch wenig weitsichtig.

Dass es andererseits rechtsextremistische Strömungen und Zusammenhänge gab, deren Organisatoren vor Gewaltanwendung nicht zurückschreckten, und dass darüber hinaus auch straff organisierte junge, aktive, zugleich aber rückwärtsgewandte Alt- und Neonazis in unterschiedlichen Gruppierungen ihr Unwesen trieben, war innerhalb des demokratischen Parteienspektrums unstrittig. Klar war auch, dass diese Bestrebungen unbarmherzig bekämpft werden mussten. Aber es gab leider gerade auf diesem sensiblen Gebiet große politische, administrative und polizeiliche Fehler.

Dabei war allerdings unbestreitbar, dass das verfassungsrechtlich garantierte Asylrecht – um nur dieses symbolträchtige Beispiel zu nennen – nicht mehr und nicht weniger ist als ein individuelles Schutzrecht für politisch Verfolgte. Dieses Recht kann jedoch nicht als Brücke für eine unkontrollierte Masseneinwanderung aus allen Krisenregionen der Welt herhalten. Keinesfalls darf es der demokratische Staat missbrauchen lassen. Als Rechtsgrundlage für einen allgemeinen Anspruch auf Einwanderung war das Asylrecht von den Verfassungsvätern nicht gedacht und konzipiert worden.

Die politische Führung der Bundesrepublik hatte verabsäumt, hier mit eindeutigen Erklärungen und durch konsequentes Regierungs- und Verwaltungshandeln für Klarheit zu sorgen. Es gab echte und berechtigte Sorgen in der Bevölkerung von Bürgern,

---

[8] Xenophobie = Fremdenfeindlichkeit

die nicht der radikalen Rechten hätten zugerechnet werden dürfen, sondern die der soliden konservativen gesellschaftlichen Mitte angehörten. Nicht oft genug kann wiederholt werden: Hier haben die etablierten Parteien seinerzeit und auch aus heutiger Sicht objektiv gravierende Fehler gemacht. Es war tatsächlich schon damals hohe Zeit für eine Kurskorrektur, die aber zugleich die Grundsätze der Rechtsstaatlichkeit und Humanität hätte wahren müssen.

Unbeschadet dieser Position, das war für mich jedenfalls ebenso eindeutig, war und ist die Genfer Flüchtlingskonvention mit ihren Schutzbestimmungen für Flüchtlinge unbeschränkt anzuerkennen. Diese Konvention muss rechtlich und praktisch gegen ablehnende Bestrebungen durchgesetzt werden – und das gerade auch von den wohlhabenden Staaten Westeuropas, zumindest im Rahmen der verfügbaren Möglichkeiten und Mittel.

Anders die FAKT: Begleitet von Meldungen über den Missbrauch des Asylrechts und unterlegt mit provokant emotionalisierenden Fotos, legte sie eine Kampagne auf und stellte das Flüchtlingsproblem in einer Weise tendenziös dar, die einmal mehr die Rechtstendenzen dieser Boulevardzeitung in plakativer Weise deutlich machte. Es war schon immer die Strategie der FAKT gewesen, entstandene Konflikte nach Möglichkeit zu personalisieren.

Und hier nun kam meine Person wiederum ins Spiel und leider mit mir auch Claire, um die ich mir besondere Sorgen machte. Ich war der Mann, der mit dem Wega-Plan einen eigentlich richtigen Weg hatte beschreiten wollen, jedoch der Versuchung erlegen war, ungerechte oder zumindest rechtlich zweifelhafte ‚Deportationen von Flüchtlingen nach Afrika‘ in die Wege zu leiten. Claire wurde dargestellt als eine Agentin im Rahmen der subversiven Tätigkeit von Nichtregierungsorganisationen. Sie habe unter dem Tarnmantel einer Auslandskorrespondentin den Widerstand gegen die Abschiebevorhaben der Ausländerbehörden aufgrund detaillierter Kenntnisse der geplanten Maßnahmen „wenn nicht organisiert, so doch medienwirksam unterstützt – und dies aus nächster Nähe zum Chef der Behörde." In diesem Artikel erschienen Claire und ich „als eine Zweckgemeinschaft, bei der beide ihren Vorteil suchten und sich dabei vermutlich wohl auch noch in ein wahrscheinlich intimes Verhältnis verstrickt hatten". Wir wurden regelrecht vorgeführt und an den Pranger gestellt – nicht durch Tatsachenbehauptungen, sondern durch Einschätzungen, die presserechtlich vor dem Hintergrund der Pressefreiheit schwer angreifbar waren. Unsere Liebesbeziehung wurde manipulativ dazu benutzt, der Öffentlichkeit die ‚Korruptheit der etablierten Verhältnisse' und die ‚Verworfenheit der handelnden Personen' einzuflüstern.

Das Ganze war aus meiner Sicht eine höchst manipulierte und unfaire Intrige, nichts anderes wohl als eine bewusst kalkulierte Kollaboration zwischen FAKT und rechtsgerichteten Strömungen zum gegenseitigen Vorteil im Kampf gegen die Linksregierung und gegen die ‚Systemparteien'. Aber das alles waren auch meinerseits nur Vermutungen, die ich nicht beweisen konnte, weswegen ich auch hier ein presserechtliches Vorgehen von vornherein ausschloss.

Glücklicherweise stellte sich dann jedoch heraus, dass ich Claire und mich als propagandistisch ausnutzbares Potential offensichtlich überschätzt hatte. Denn das große Blätterrauschen blieb aus. Niemand ließ sich auf den Artikel ein. Die FAKT hatte sich verkalkuliert. Sie ließ das Thema von heute auf morgen fallen – auch das ganz typisch für die Boulevardpresse.

Wirkungen zeigten sich gleichwohl, aber auf einer ganz anderen Ebene. Auf Basis der wöchentlichen Berichte der Verfassungsschutzbehörden erhielt ich von einem alten Freund aus dem Innenministerium eine Warnung, die nach seiner Beurteilung ernst zu nehmen war. Aufgrund der Sensationsberichterstattung in der FAKT waren Rechts - wie Linksextremisten gleichermaßen auf mich als Staatsminister a.D. und auf Claire, die Journalistin, aufmerksam geworden und hatten im Internet recherchiert. Getrennt von einander und aus entgegengesetzten Zielen und Motiven handelnd, planten sie, „etwas" gegen uns zu unternehmen.

Was speziell, das hatten die V- Leute des Inlandgeheimdienstes nicht herausgefunden. Aber wegen des radikalen Vokabulars, mit dem Claire und ich belegt wurden, waren die Analysten des Verfassungsschutzes besorgt.

Offenbar waren wir beide in diesen Kreisen zu Symbolfiguren geworden für Agenten einer ‚deutschfeindlichen Umvolkung' (Vorwurf der Rechtsextremen gegen Claire) bzw. für die ‚Charaktermasken des neokapitalistischen Systems' (Anschuldigung der Linksradikalen gegen mich). Claire insbesondere hatte als ‚volksverräterische Ratte, selbst Ausländerin', den Unwillen von rechtsextremistischen Gruppierungen auf sich gezogen. Das waren Gruppen, die unter ständig wechselnden Namen agierten. Mich hatten die linksgerichteten Extremisten ins Visier genommen, weil ich, ‚der im Wohlstandsfett lebende Ex-Minister mit hoher Pension', als Initiator von ‚rassistischen Rückführungen' galt, die in der ‚Tradition der Deportationen von Juden im Dritten Reich standen'.

Direkten Personenschutz hielt mein Freund allerdings nicht für erforderlich. Er bat mich jedoch, achtsam zu sein, besonders auf fremde Personen in meinem und Claires Umfeld zu achten und ihn ggf. zu informieren. „Du kennst dich mit solchen Situationen ja aus", meinte er.

Um sie nicht zu beunruhigen, erzählte ich Claire nichts von der gut gemeinten Information des ehemaligen Kollegen, beobachtete selbst aber mein Umfeld schärfer als gewohnt.

Claire hatte ihren Urlaub inzwischen um eine Woche verlängert und das mit den Worten begründet: „Ich kann einfach noch nicht weg aus der Provence, ‚dem Land des Friedens und der violett blühenden Lavendelfelder' – nein, ich will noch nicht zurück in deine Berliner Hölle!" Diese Wortwahl traf mich. Von einer zu diesem Zeitpunkt fiktiven Lavendelblüte zu phantasieren und sie einer „Berliner Hölle" gegenüberzustellen, das empfand ich als nicht angemessen und unfair. Immerhin liebte ich Berlin seit meinen Studentenzeiten an der Freien Universität. Unter den gegebenen Umständen konnte ich Claires Formulierung jedoch nur so hinnehmen, wie sie von ihr gewählt worden war. Ich beschloss aber, sie darauf gelegentlich anzusprechen.

Auch Susan erzählte ich nichts von der latenten Bedrohungslage, um sie nicht unnötig in Unruhe zu versetzen. Wie wir es abgesprochen hatten, hielt ich weiter regelmäßig telefonischen Kontakt zu ihr, oder ich fuhr nach Hamburg, oft einfach auch aus der Lust heraus, sie zu treffen und weil ich mich darauf freute, mit ihr etwas zu unternehmen. Ich engagierte mich dafür, unsere Bindung wach und warm zu halten, und achtete andererseits darauf, Susan damit nicht zu überfordern. Auf keinen Fall aber wollte ich den fatalen Eindruck einer ‚Pflichtübung' vermitteln. Denn ich liebte sie ja wirklich.

Die Relativität eines Schutzes durch eine sog. ‚Eigensicherung' zeigte sich daran, dass ich keine Anzeichen für einen allerdings dilettantisch ausgeführten nächtlichen Brandanschlag auf meinen VW bemerkt hatte. Dieser hatte nur dessen Hinterreifen ruiniert. Das ließ sich verkraften. Ich war sogar erleichtert. Ich hatte, ehrlich gestanden, weit Schlimmeres für möglich gehalten. Weder Susan noch Claire gegenüber erwähnte ich den Zwischenfall.

Die Tage gingen langsam dahin. Claire kam tatsächlich erst nach drei Wochen zurück und brachte ein großzügig angelegtes Bild von André mit, das in abstrahierter Form die Landschaft der Provence mit violetten Lavendelfeldern unter einem lichten Himmel zeigte. Das Spiel der Farben gefiel mir sehr. Und jetzt glaubte ich auch die Botschaft zu verstehen, die Claire und vielleicht auch André ins ferne Berlin übermitteln wollten. Ich verstand sie so: ‚Bei allen möglicher Gefahren bleibt die Provence für uns alle ein Ort der Sehnsucht nach sicherer Heimat' –. Dieses Motiv mochte auch hinter dem Hinweis von Claire auf die „Lavendelfelder der Provence" gesteckt haben. Und ich war fast sicher, dass sie mich in ihre Überlegung einbezog.

Wie auch immer: Claire jedenfalls hatte sich gut erholt. „Die Entfernung und der zeitliche Abstand hat mich meine Balance wieder finden lassen", sagte sie. „Ich bin gern zu meiner Arbeit, vor allem aber im Wortsinn liebend gern, ja, aus Liebe zu dir nach Berlin zurückgekehrt. André meinte ohnehin, dass ich in dieser doch immer noch etwas angespannten Situation an deine Seite gehöre. Er mag dich wirklich".

Claire verstand es auf ihre Art immer wieder, mein Herz zu berühren. Wir umarmten uns.

Ich selbst hatte inzwischen mein Philosophie-Studium an der Humboldt-Universität vertieft und hielt mich auch politisch weiter auf dem Laufenden. Mein Gefahrenbewusstsein, auf Grund der Hinweise auf eine mögliche Bedrohung durch rechts- oder linksextremistische Zusammenhänge blieb zunächst präsent, schwächte sich langsam aber mehr und mehr ab und geriet in den Hintergrund. Neben meinen sonstigen Obliegenheiten füllte mich Claires Anwesenheit in Berlin nahezu aus.

Wolf Wega-Wagemann hielt inne, sah mich kurz an und verabschiedete mich dann mit der Ansage, dass er bei unserem nächsten Gespräch, die Sache endlich zu Ende bringen wolle. Hier sei vor dem Schluss seines Berichtes noch eine zweckmäßige Unterbrechung möglich.

Natürlich war ich einverstanden.

17.

Den Schluss der Geschichte, er nannte es „Finale", erzählte Wolf Wega-Wagemann in aller Kürze.

Finale

Vielleicht vierzehn Tage waren vergangen, als Claire und mich Ende März die Sehnsucht nach dem Holzhaus am See packte. Es standen dort erfahrungsgemäß Arbeiten an Hütte und Steg an, und ich wollte feststellen, welche Materialien und Werkzeuge wir dafür brauchten. Wir nahmen uns vor, zunächst einen Sonntagsausflug zu machen, um ohne Belastung durch großen Verkehr nach dem Rechten zu sehen.

Ich packte den Wagen. Claire wollte gern selbst wieder einmal fahren. So gab ich ihr die Autoschlüssel, und wir stiegen ein. Vor der Abfahrt küssten wir uns wie üblich flüchtig. Claire lächelte mich an. Ich sagte: „Vergiss nicht, die Wagentür ordentlich zu schließen." Das vergaß sie manchmal.

Claire nahm den Zündschlüssel – Ihre Hand mit diesem Schlüssel ist das Einzige, woran ich mich heute noch selbst und aus eigener Kraft erinnern kann, bevor nicht nur der Golf, sondern unsere kleine, heile Welt in einer Explosion hochging und in einem Chaos versank. Alles, was ich darüber hinaus jetzt sagen kann, habe ich selbst nur den Berichten der Polizei entnommen.

Wir waren in eine Sprengfalle geraten, die durch die Inbetriebnahme des Autos ausgelöst worden war. Wir wurden nach der Explosion beide ohne Bewusstsein in die Notaufnahme der Charité eingeliefert. Aus den polizeilichen Ermittlungen lässt sich der Hergang rekonstruieren: Der Anschlag war offenbar gegen den Fahrer gerichtet gewesen. Claire – sie musste die Wagentür noch nicht richtig geschlossen haben – wurde durch die Wucht der Explosion auf die Straße geschleudert. Sie erlitt durch den Aufprall Kopfverletzungen und eine schwere Gehirnerschütterung. Ihre Beine wiesen Verbrennungen und schwere Splitterwunden auf. Aber sie überlebte. Und nach langer Behandlung verbesserte sich ihr Gesundheitszustand wieder.

Ich hatte größeres Glück. Als Beifahrer wurde ich zwar an meiner ganzen linken Körperhälfte durch Metallsplitter verletzt und verlor sehr viel Blut. Wie durch ein Wunder handelte es sich aber nur um Wunden, die keine funktionellen Störungen nach sich zogen. Allerdings erlitt ich ein schweres Knalltrauma, das es mir längere Zeit schwer machte, etwas zu verstehen, geschweige denn, einer Unterhaltung zu folgen.

Die Ermittlungen des Staatsschutzes gingen in unterschiedliche Richtungen, blieben aber letztlich erfolglos. Das alles ist im Internet nachzulesen, ich möchte mir Einzelheiten ersparen.

Vielleicht aber doch noch etwas Persönliches zu Susan und André, die in der Öffentlichkeit kaum in Erscheinung getreten sind. Beide reisten nach dem Anschlag sofort an. Sie kümmerten sich gemeinsam mit rührender Geduld um Claire und mich. Dabei lernten sich Susan und André näher kennen und verstanden sich vom ersten Augenblick an. André war Susan als Mensch und Künstler sehr sympathisch. Auch später noch hielten sie die Verbindung zueinander aufrecht. Zwischen ihnen entwickelte sich eine jahrelange Künstlerfreundschaft, die noch immer besteht. – Auch zwischen Susan und Claire bildete sich, getragen von Respekt und Empathie, ein sehr spezifisches Vertrauensverhältnis.

Claire wurde ärztlich sehr gut versorgt. Nach einer intensiven Behandlung in der Charité verlegte man sie in eine Reha-Klinik, in der sie lange über die an sich übliche und vorgesehene Zeit hinaus medizinisch betreut wurde. Sobald mein Zustand es zuließ und ich wieder halbwegs kommunikationsfähig war, besuchte ich sie regelmäßig, oft allerdings genervt durch das Knalltrauma, das als ein Pfeifton in den Ohren wie ein Störsender wirkte und abgeschwächt bis heute fortwirkt. Aber ich konnte Claire bald wenigstens wieder verstehen. – Wir führten endlos lange Gespräche über unser Leben, über unsere gemeinsame Zukunft und natürlich auch über unsere Liebe – kurz, wir redeten über Ewigkeit, Zeit und Endlichkeit mehr als über aktuelle Themen. Die Frage war, wie es mit uns weitergehen konnte. Claire wollte zunächst nur noch zurück zu ihren „Lavendelfeldern", wie sie immer wieder betonte. Sie wollte Sicherheit und ihr erneut gestörtes inneres Gleichgewicht zurückgewinnen.

Gleichermaßen redete ich intensiv mit Susan. Obwohl meine Liebe zu ihr lebendig und innig geblieben war und auf dem Grunde meines Herzens weiter wuchs, und obwohl Susan mich vorsichtig, ohne mich zu bedrängen, fragte, ob ich nicht zu ihr nach Hamburg zurückkehren wolle – ich konnte mich dazu nicht entschließen, Berlin einfach hinter mir lassen Für mich stand fest, vorerst in der Hauptstadt bleiben zu wollen. Insbesondere brachte ich es nicht fertig, mein neues Aktionsfeld in den Menschenrechtsorganisationen aufzugeben. Dort wollte ich mich – einem Angebot folgend – ehrenamtlich als sog. ‚Political Consultant' engagieren. Auch mein Philosophie-Studium hielt mich in Berlin. Natürlich – das wusste meine feinfühlige Susan – spielte bei dieser Entscheidung auch die Liebe zwischen Claire und mir eine wesentliche Rolle. Trotz der geschilderten Ereignisse lebte unsere Liebe in aller Intensität fort und vertiefte sich sogar noch durch die gemeinsam überstandenen Krisen. Darüber hinaus entwickelte sie sich zu einer vertrauten Freundschaft.

Nachdem Claire in die Provence zurückgekehrt war, blieb unsere Kommunikation mit regelmäßigen Mail- und Telefonkontakten auch deswegen so überaus eng, weil Claire an Informationen ‚aus der Berliner Szene und der deutschen Politik' sehr stark interessiert war. Sie hatte zwar ihre Tätigkeit als Hauptstadtkorrespondentin aufgeben müssen, erarbeitete sich aber als freie Mitarbeiterin ihres Magazins mit der Zeit einen Ruf als Kommentatorin und Essayistin. Sie galt in Frankreich als eine exzellente Deutschlandexpertin.

Schritt um Schritt eroberte sich Claire auch ihre Gesundheit zurück, blieb aber verletzlich und nervös. Dennoch kam sie vom Spätsommer an in aller Regel monatlich nach Berlin. Wir nutzten ihre „Wochenendurlaube" für den Besuch von Opern- und Theatervorstellungen, hörten Konzerte und gingen in interessante Ausstellungen. Wann immer möglich besorgten wir Karten für die Berliner Staatsoper. Dort erlebten wir gemeinsam noch einmal ‚Tristan und Isolde'. Die Musik von Wagners Tristan hatte ganz zu Anfang unsere Beziehung begründet und geprägt, sie bildete einen der Keimböden unserer Liebesbeziehung und gehörte fortan und bis heute zu uns und unserer Liebe.

Aber wir verfolgten auch andere Interessen. So bereisten wir von Berlin aus die „Mark Brandenburg", natürlich auch ‚auf den Spuren Fontanes'. Oder wir fuhren Samstag/Sonntag an die Ostsee. Für den September planten wir, ein Wochenende in Claires Holzhaus am See zu verbringen.

Ihr eigentliches Leben führte Claire nun aber mit André in der Provence, wo sie glücklich war – glücklich auch mit André. Wir sprachen unbefangen über ihn. Wenn ich Claire dabei manchmal mit einem bestimmten fragenden Blick ansah, sagte sie: „André ist André. Und du bist du." Dabei lächelte sie mich in einer Weise an, der ich nicht widerstehen konnte. Und ich antwortete dann: „Ja, und für mich gilt: Susan bleibt Susan. Und du bist du." Meist umarmten wir uns dann, mal mehr, mal weniger intensiv. Dieses Wortspiel wurde mit der Zeit zu einem unserer Rituale. Es verbrauchte sich nie, sondern lud sich aus eigener Kraft immer wieder auf und verjüngte sich damit.

Claire bleibt Claire – die Frau mit dem französischen Namen.

***